湖南省教育厅科学研究重点项目

"诗学史视域下的王船山诗学话语研究"（20A068）结题成果

诗学史视域下的王船山诗学话语研究

杨兴华／著

湘潭大学出版社

图书在版编目（CIP）数据

诗学史视域下的王船山诗学话语研究 / 杨兴华著
. -- 湘潭 : 湘潭大学出版社, 2022.1
ISBN 978-7-5687-0701-5

Ⅰ. ①诗… Ⅱ. ①杨… Ⅲ. ①王夫之（1619-1692）
—诗学—研究 Ⅳ. ① I207.22

中国版本图书馆 CIP 数据核字（2021）第 270991 号

诗学史视域下的王船山诗学话语研究

SHIXUESHI SHIYU XIA DE WANG CHUANSHAN SHIXUE HUAYU YANJIU

杨兴华 著

责任编辑：李志红
封面设计：李　平
出版发行：湘潭大学出版社
社　　址：湖南省湘潭大学工程训练大楼
电　　话：0731-58298960 0731-58298966（传真）
邮　　编：411105
网　　址：http://press.xtu.edu.cn/
印　　刷：广东虎彩云印刷有限公司
经　　销：湖南省新华书店
开　　本：710 mm×1000 mm 1/16
印　　张：11.75
字　　数：197 千字
版　　次：2022 年 1 月第 1 版
印　　次：2022 年 1 月第 1 次印刷
书　　号：ISBN 978-7-5687-0701-5
定　　价：48.00 元

前 言

王船山是享誉世界的哲学家、思想家，也是一位卓尔不凡的诗学大家，现存《夕堂永日绪论》《诗译》《诗广传》《诗经稗疏》《楚辞通释》《古诗评选》《唐诗评选》《明诗评选》等诗学著作。然而，船山的皇皇巨著，并没有为其在清代诗学界挣得一席之地。在船山生前和身后的相当长一段时期里，其大部分诗学著作湮没不显，冷寂于学界。船山的诗学成就和诗学家身份在有清一代少有认同者。

船山之子王敔是船山著作的最早整理、刊行者。在康熙四十八年（1709）至康熙六十年（1721）间，王敔陆续刊刻了船山著作二十余种，与诗学相关的著作有《诗经稗疏》《诗经考异》《楚辞通释》和《夕堂永日绪论》。而从王敔《大行府君行述》可知，《诗经稗疏》《诗经考异》是作为经籍训诂著作推出的，《楚辞通释》则被视为辞赋注疏著作，真正以诗学著作身份面世的只有《夕堂永日绪论》一种。在《大行府君行述》中所言的船山汉魏六朝诗评选、唐诗评选等诗学著作均未见付梓。道光年间邓显鹤主持刊刻守遗经书屋本《船山遗书》，收书十八种，除被赋予经学著作身份的《诗经稗疏》《诗广传》外，船山的其他诗学著作均未在刊行之列。同治年间曾国藩、曾国荃兄弟主持刻印金陵书局本《船山遗书》，虽然刊刻了守遗经书屋本《船山遗书》未收的《夕堂永日绪论》《诗译》《楚辞通释》等诗学著作，但仍不收《古诗评选》《唐诗评选》《明诗评选》等诗歌评选著作。船山《古诗评选》《唐诗评选》《明诗评选》三部诗歌评选著作，至民国六年（1917）才在刘人熙主持下，冠以《船山古近体诗评选》总名，由船山学社刊刻发行。

船山诗学著作在清代不仅遭遇难以刊行之窘，较早刊行于世的《夕堂永日绪论》《楚辞通释》等诗学著作，亦关注度不高，评论者寥寥，并未产生重大的诗学影响。即便是在船山的哲学、历史等著作广为传播，船山学术大行于天下的清末，船山诗学著作仍冷寂不显。

至民国初年，船山诗学著作才日渐引起学界的关注，赞誉之声渐起。刘人熙在《古诗评选序》中说，昔先师孔子反鲁正乐，古诗三千余篇，删存三百篇，天道备，人事浃，遂立千古诗教之极。而“兴观群怨”一章，即孔子删诗之自序，是孔子开诗之生面也。船山《诗广传》又从齐、鲁三家之外开生面焉。又评选汉、魏以迄明之作者，别《雅》《郑》，辨贞淫，于词人墨客唯阿标榜之外，别开生面。与孔子删诗之旨，往往有冥契也。知此可以读《三百篇》，知此，可以观汉、魏以来之正变，以及无穷。紫不夺朱，《郑》不乱《雅》，利口覆邦之祸，庶不再见于中华乎！郭绍虞在《中国文学批评史》中说，他没有训诂家、道学家的习气，只用文学的眼光，所以说来精警透澈。他又不如评点家这般肤浅；他所说的仍本于儒家的见地，所以又觉得其切实。以文学眼光去读诗，则于诗能领悟；本儒家见地以论诗，则于诗能受用。钱钟书在《谈艺录》中指出，湖外论诗指归，实自船山发之。当代学者更是给予了船山诗学著作以极高的评价。如陶水平将船山与黑格尔相提并论，称“他们各自的理论分别代表了中西古典诗学和美学的最高水平”（《船学诗学研究》；崔海峰誉船山诗论为“中国古代诗学的高峰”（《王夫之诗学思想论稿》）；张健在《清代诗学研究》一书中说，船山诗论对古典诗歌的审美传统作了总结，并建立了以古诗为基准的诗学价值观。

但是，船山诗学著作在广受赞誉的同时，亦招致了尖锐的批评。如钱仲联在《王船山诗论后案》一文中，历数船山诗论之缺失，认为“船山持论虽高，赏鉴力并不能与之相称”；钱钟书在《谈艺录》中虽然从总体上肯定船山“识趣甚高”，但在陶诗评价、解诗原则、《诗经》诠释等具体问题上，对船山多持否定态度；当代学者蒋寅更是认为船山诗论中“大量充斥明人式的悠谬大言”。（《清代诗学史》第一卷）

船山诗学著作在清代长期遭受冷遇，在民国时期声誉日隆之时仍难免招致非议，一个重要原因是船山诗论在富于理论建树的同时，又多有迥异于诗家通行之说的诗学话语。如其评魏晋诗歌极贬曹植，评六朝诗歌推崇宫体诗人，论唐代诗歌贬抑杜甫、白居易、韩愈，论历代诗歌的诗史地位认为唐代不如六朝、六朝不如汉代、盛唐不如初唐等。这些诗学话语被指为“偏颇”“武断”，视为船山诗论之缺失。从现象上看，船山诗学话语确有偏颇、武断之处，人们的非议并非无稽妄言。问题是，以诗学理论成就著称的船山，其诗学话语何以会如此偏颇呢？诗学家的诗论水准理当与其诗学理论水平成正向关系，船山具有高度的诗学理论水平，这是不容置疑的学界共识，故而船山诗学话语的“偏颇”“武断”，成了一个令学者们疑惑不解的诗学现象。

正如蒋寅在《清代诗学史》（第一卷）中所言：“对一般的诗论家而言，独创性只能披沙拣金，而缺陷也与整个诗学无关。但像王夫之这样被认为‘对古典诗歌审美传统作了总结’的诗论家，随着当代学者对其文学理论、批评成就的评价越来越高，他的诗歌理论也就成为传统诗学的重要内容，被认为代表着中国古代文论的理论思维水平。这样，他的缺陷就不能仅视为个人才能的问题，而应该认真反思，是否在某种意义上也暴露了民族理论思维或学术方式的薄弱环节。”因此，船山诗学话语的“偏颇”现象，是一个必须追根究底的诗学现象。因为它不仅关乎对船山诗学的整体认识和价值评判，还事关对整个民族诗学的认识。近年来，学者们从船山诗论形成的社会背景和个人语境，船山的历史观和诗学修养的局限性，船山的言语个性和批评策略等多个角度，对船山诗学话语的“偏颇”现象进行了成因探究和是非评判，不乏富有学术价值和启发意义的精辟之见。但由于船山诗学话语的内在理路和话语逻辑没有得到充分而清晰的展现，仍然未能从根本上解除人们对船山诗学话语之“偏颇”现象的疑惑。

船山不是为学问而学问的学者，其为学的宗旨，王敔概括为“发明正学”。王敔在《大行府君行述》中说：“亡考慨明统之坠也，自正嘉以降，世教早衰，因以发明正学为己事，效设难作折。”船山孜孜以求的“正学”，指的是符合儒家正道的学问。也就是说，船山从事学术研究，旨在阐释和传承正统的儒家之学，以护持民族文化之根本，实现文化救亡的目的。于诗学而言，“正学”当为承载着历史积淀、以儒家“诗教”为代表的民族诗学。故船山论诗的主旨，在于传承和弘扬民族正统诗学，以矫明清诗坛之枉，重振民族诗学。因此，船山论诗不以评判历代作家作品的高下优劣为指向，不同于一般诗论者就事论事的对点评述。他注重在诗史流程中考察作家作品对诗歌发展的影响，追溯诗学现象尤其是明代重大诗学现象的渊源与流变。于是，在船山的诗史动态考察中，齐梁宫体诗人可以因为对诗体发展有所贡献而获得肯定和好评。曹植、杜甫则因被认定为肇启或鼓动了诗歌鄙俗之风等不良诗风而遭到贬抑，基于他们诗歌作品的客观存在状况的静态考察与评价则退居次要地位，并服从于诗史动态考察。船山这种总览诗学通史的学术视野，以及专注于作家作品诗史影响的学术视角，决定了其学术理路和言语逻辑有异于常人。

船山诗学著作生成于特定的语境之下，个性独特而理路和话语逻辑又隐而不显。只有理清船山诗学话语的内在理路和话语逻辑，循顺其固有理路和话语逻辑，而不是按照研究者自己的理路和逻辑进行探究，才能最大限度地接近船山诗论的本真，揭示船山个性化诗学话语的生成缘由和存在理由，追寻其要旨和精神实质。因此，本书以追寻船山诗学话语的内在理路和话语逻辑为指向，将船山诗学话语置于诗学史视域下进行考察，以契合船山总览诗学通史的学术视野，以及不拘泥于作家作品的静态呈现状况而专注于其在诗史流程中的影响的学术视角，避免研究者与研究对象因视野、视角相异而各说各话的现象。本书通过梳理体现船山诗论主要特色的诗学话语同诗学史上的重大诗学命题、诗学观念、诗学现象的关联，辨析其诗学渊源、背景和言说意图，来寻绎船山诗学话语的内在理路和话语逻辑，揭示船山疏离诗学主流的个性化诗学话语的生成和存在理由，消解人们对船山诗学话语之“偏颇”“武断”现象的疑惑。在宏观层面上，本书亦有揭示船山诗论的精神实质，完善对船山诗论的整体认知，发掘蕴含于船山诗论中源远流长的诗学精神等意图。

本书以船山诗论著作为考察文本，以船山诗论所涉重大诗学论题、诗学现象为线索，分七章对体现船山主要诗学观念、诗论观点、诗学方法的特征性诗学话语进行研究。

第一章“诗史意识与船山诗学话语的特立独行”主要阐述船山诗学话语中的特立独行现象同其史诗意识的关联。本章认为，船山诗论中多有疏离主流诗论而特立独行的诗学话语，即被人们指为“偏颇”“武断”的诗学话语。这一话语现象的出现，与船山的诗史意识有着直接的关联。在诗史意识的干预下，船山无意于就事论事地评述作家、作品，在一定程度上淡化了对诗学存在本身的微观关注，注重将诗人、诗作置于诗史流程中进行动态考察，聚焦于作家、作品的诗史影响并以诗史影响作为褒贬扬抑的依据，而一般诗论者多注目于批评对象的诗学存在本身并以之为评价依据，故船山诗学话语往往游离于诗坛主流之外，显得特立独行。由于船山的诗史意识受到纠明代诗坛之弊以振兴民族诗学这一思维原点的羁勒，致使船山有意无意地疏略了对明代诗坛没有直接影响的诗学现象，刻意渲染被其认定为与明代诗坛弊端有渊源关系的诗学现象，船山诗学话语的特立独行特征进一步凸显。诗史意识影响下的船山诗学话语可谓得失并存，其成就主要表现在对诗歌发展历史轨迹的追寻和诗学规律的揭示，以及鲜明的现实针对性等方面；其缺失主要表现为在英雄史观的影响下，高估或夸大了诗人个体的诗史影响，让作家个体承担起难以承受的历史之重。

第二章题为“诗歌本体论形态与王船山‘主情’诗学话语”，主要论述诗歌本体论多命题并存且概念含混的状况与船山“主情”论诗学话语的生成之间的内在联系。本章认为：中国古代诗歌本体论呈现出“言志”“缘情”“以意为主”等多命题并存的局面，且“志”“情”“意”等概念定义不明，各概念的内涵与外延包含交叉、边界模糊，致使相关诗学理论的阐释和运用具有很强的灵活性和主观性。因此，在明末清初的“尚情”思潮中，以欲代情得以理直气壮地肆行于诗坛。诗坛在陷于滥情纵欲的泥坑后，以纠枉为标榜，又出现了以理充情现象，“尚理”思潮试图借“情”的外壳卷土重来。在这一诗学背景下，船山提出了“正情”主张，以“诗道性情”论对“诗情”进行了界定和规范，试图构建纯粹的“主情”诗歌本体论，避免情与欲、情与理纠葛混淆。鉴于中国传统诗学习惯于直观感悟式的批评方式，船山试图通过直观的诗评来辨析诗情，阐述自己的理论主张，其诗学批评实践被赋予了诗歌本体论建设的职能。基于对诗“情”概念不清、边界模糊现象的矫枉之迫，船山诗评往往不吝严苛，凡不道“性情”或诗情不“正”者，一律毫不留情地予以贬斥，故其诗学话语多有“偏颇”之处。

第三章“诗学宗尚论争与王船山抑唐尊古诗学宗尚观”分析了明末清初诗学宗尚论争对船山诗学宗尚观生成的影响，论述了船山抑唐尊古主张的诗学意图。船山诗学宗尚观产生于明末清初尊唐与宗宋激烈论争的诗学背景下。这场诗学宗尚之争并非纯粹的学术争论，其中还夹杂着某些政治因素，因而斗争十分激烈。在这一诗学背景之下，作为对这一诗学宗尚之争的回应，船山在其诗论中明确表达出了抑唐尊古诗学宗尚观。船山之所以主张抑唐尊古，是因为船山为学的宗旨在于“发明正学”，即阐述和弘扬儒家正统之学，为民族文化存根留种。而船山认为尊唐与宗宋都有违诗学之“正学”——儒家诗教的原则和精神，唯有古诗“诗教良然”，承载着诗教传统与精神，故船山主张尊崇古诗以传承和弘扬儒家诗教。为了动摇唐诗业已取得的尊崇地位，为尊古扫清障碍，船山在扬古的同时极力贬唐，显现出了抑唐尊古的诗学宗尚观。显然，船山以抑唐尊古回应诗学宗尚之争，其诗学意图在于借推崇古诗弘扬儒家诗教，传承民族诗学之“正学”，在诗学领域护持民族文化之根本。

第四章以“船山‘诗教’观与儒家诗学的原始面貌及其流变”为题，探讨了船山“诗教”话语对儒家诗学原始精神的继承与发展问题。中国礼乐文化的一个重要特点就是政治教化审美化，通过“乐”的审美熏陶将“礼”转化为伦常情感，从而达到政治和伦理教化的目的。故而产生于礼乐文化环境中的先秦儒家诗学虽然注重诗歌的社会功用，但却没有漠视诗歌的抒情审美属性，其诗学观念中蕴含着以审美感化达成诗歌社会功用的精神实质。始于汉代中叶的儒家诗教，偏离了儒家诗学的原始精神，疏离艺术审美，片面强调诗歌的政治教化功能，将中国诗学推向了政教中心论的功利主义极致。至明末清初，一方面儒家诗教受到“尚情”思潮的猛烈冲击而日渐衰微；另一方面，与重振儒学以救亡图存的潮流相适应，诗学界兴起了复兴儒家诗教的思潮。从船山诗学话语可以看出，产生于这一背景下的船山诗教观，一方面极力维护儒家诗教的功利原则，另一方面又突破了诗教樊篱，融艺术审美精神于儒家诗学理论的阐释和诗歌解读中。船山反对以诗歌直接进行政治训导和道德说教，主张美善相济，借助艺术审美感化人心、调治人情，从而达到政治和伦理教化的目的。船山美善相济的诗学主张，就功利目的的实现路径而言，是对汉儒诗教的解构，但就儒家诗学的原始精神而言，则是回归与重振。

第五章“诗学反思潮流与王船山的‘门庭’批评话语”主要分析了王船山关于诗坛“门庭”批评的话语特点与其时的诗学反思思潮之间的关联，论述了船山“门庭”批评话语的得失。明末清初诗坛掀起了诗学反思思潮，“门庭”批评随之喧然而起，但却大多停留在现象批评的层面，未能深入到诗学历史和诗歌本体论层面刨根究底，揭示“门庭”痼疾的症结所在，故而批评效果有限。革除“门庭”流弊以重振民族诗学的诗学反思意图的实现，有待“门庭”批评的进一步推进。这一诗学背景，与船山自恨误入竟陵门庭的个人背景相叠合，致使船山在“门庭”批评上用力甚勤，致力于将“门庭”批评推向纵深。船山对“门庭”批评的推进，首先表现为从诗歌本体论层面，揭示了“门庭”致使诗歌疏离情感这一“门庭”为害诗坛的深层原因。其次，船山将“门庭”现象置于诗学史流程中进行动态考察，追溯“门庭”现象的源起流变，在历史反思中寻求革故鼎新之路。最后，船山将反“门庭”意识贯穿于作家作品品评中，通过诗学实践扩大了“门庭”批评的诗学影响。船山的“门庭”批评，无论是在理论上还是在实践上，都有超出时人的成就，但由于船山对“门庭”的痛恨甚于常人，矫枉之心甚切，故其“门庭”批评亦存在不够客观理性甚至偏于一隅的一面。如其对诗坛“门庭”采取一概否定的态度，显然失之偏颇。其作家作品品评，亦存在推高不涉“门庭”者，低评甚至贬抑关涉“门庭”者的不公允现象。

第六章“船山诗学著作在清代的冷寂及其诗学原因”梳理了船山诗学著作在清代的传播与影响状况，分析了船山诗学著作不显于清代的学术原因。本章认为，船山诗学著作不显于清代，固然有船山不闻达于学界、缺乏有学术推挽能力的后学门人，及清代文网约束等制约船山著作传播的共性因素的影响，但从船山诗学著作不同于其哲学、史学著作的特殊境遇看，主因还在学术方面。从学术上看，船山诗学著作在清代遭受冷遇，主要是因为船山诗学著作的话语方式与流行于清代的考证风尚相左，诗学观念和诗论观点又多与清代宗宋风气下的诗界主流剧烈冲突，故而难以被清代学界所容。

第七章“明末清初诗学背景与《楚辞通释》的个性化表现”，主要论述在诗学活动被赋予文化救亡职能的诗学背景下，《楚辞通释》的个性化表现与船山弘扬楚文化精神以助救亡图存的诗学意图之间的关联。《楚辞通释》是一部个性鲜明的楚辞学著作。其个性化表现并非船山刻意求异所致，而是由其时的诗学背景及船山基于诗学背景的诗学意图所规定的。如《楚辞通释》选篇的个性化，船山明言是为了“绍楚辞之余韵”“广三楚之遗风”，即为了赓续楚风，张扬楚文化精神；船山力诋朱熹“过于忠”论，意在冲击“过于忠”论所宣扬的温驯、中庸的文化精神，给时代精神文化注入血性与活力，用屈原的“忠义激烈”精神去唤起人们恢复江山社稷的意识；与力诋“过于忠”论的意图相似，船山以丹法释骚，目的在于申明屈原捐生赴死缘于忠爱之性而非不习尊生之道，以凸显屈原的“千古独绝之忠”，激发人们复兴民族的斗志；《楚辞通释》注重义理阐释而不以训诂为事的诠释特点，也是由船山发掘和传承楚文化精神以助救亡图存的意图决定的。

目　录

第一章　诗史意识与船山诗学话语的特立独行

船山诗论在富于理论建树的同时，又多有被指为“偏颇”“武断”的诗学话语。这些诗学话语往往疏离主流诗论，取意迥异于诗家通行之说，特立而独行。如其评魏晋诗歌极贬曹植，评六朝诗歌推崇宫体诗人，论唐代诗歌贬抑杜甫，论历代诗歌的诗史地位认为唐代不如六朝、六朝不如汉代、盛唐不如初唐等。鉴于船山诗论多为散在的点评式批评，一般不做铺陈、演绎，其内在理路和话语逻辑往往隐而不现，让人难以索解，故而学界对船山诗学话语的特立独行现象颇感疑惑，船山诗论亦因此而屡受诟病，甚至有人将其归因于船山审美判断力和诗学修养的缺失①。事实上，如果我们对贯穿于船山诗论中的诗史意识予以重视，就不难发现，船山诗学话语之所以特立独行，在于其不同于一般诗论者就事论事的对点评述，而是将作家、作品置于诗史流程中进行历史考察，关注重点在于作家与作品的诗史影响而非其诗学存在本身。在这一诗史意识的干预下，其论诗的视角和旨归常异于世人，故其诗论中多有特立独行的诗学话语。

第一节　诗史意识与船山诗学话语特立独行现象的生成

船山诗论多为点评式批评，不讲究系统性和完整性，又缺少铺陈和演绎，

① 蒋寅：《清代诗学史》（第一卷），中国社会科学出版社2012年版，第487页。

因而船山诗论中的许多诗学话语，呈现出散漫无稽、随性而发的表象。但是，如果我们对贯穿于船山诗论中的诗史意识予以重视，顺循王船山在诗史流程中考察作家、作品诗史影响的致思路径进行梳理辨析，则可透过散漫无稽表象觅见船山理性、明晰的内在理路和话语逻辑。王船山对曹植的评价，可为典型例证。

曹植享有“建安之杰”的美誉，在中国诗歌史上久负盛名，是历代文人学士公认的杰出诗人，而船山则认为曹植“横得大名”[①]，对其大加贬斥。船山认为，曹植的诗歌或“拖沓如肥人度暑”“识趣卑下”[②]；或“累垂郎当，如蠹桃苦李”[③]；或如“行尸视肉”[④]，了无生气。至于“情乍近而终远，词在苦而如甘”的无可挑剔之诗，船山则疑其为代庖之作。[⑤] 于是船山由诗及人，斥责曹植曰：“子建横得大名，酌其定品，当在陈琳、阮瑀之下。……其父篡祚，其子篡名，无将之诛，当不下于阿瞒。”[⑥]

船山何以要极力贬抑曹植？从以下论说大抵可寻其话语逻辑：

> 建立门庭，自建安始。曹子建铺排整饰，立阶级以赚人升堂，用此致诸趋赴之客，容易成名，伸纸挥毫，雷同一律。……降而萧梁宫体，降而王、杨、卢、骆，降而大历十才子，降而温、李、杨、刘，降而江西宗派，降而北地、信阳、琅邪、历下，降而竟陵，所翕然从之者，皆一时和哄汉耳。[⑦]

从上述引文可以看出，在船山的认识中，曹植“立阶级以赚人升堂”，始开诗坛“建立门庭”之风，后人“翕然从之”，相沿成习。而建立门庭是船山所深恶痛绝的诗坛风气，船山在其诗论中对此多有指斥：“诗文立门庭使人学已，人一学即似者，自诩为‘大家’，为‘才子’，亦艺苑教师而已。……

① 王夫之：《古诗评选》，《船山全书》第十四册，岳麓书社1996年版，第664页。
② 王夫之：《古诗评选》，《船山全书》第十四册，岳麓书社1996年版，第664页。
③ 王夫之：《古诗评选》，《船山全书》第十四册，岳麓书社1996年版，第511页。
④ 王夫之：《古诗评选》，《船山全书》第十四册，岳麓书社1996年版，第503页。
⑤ 王夫之：《古诗评选》，《船山全书》第十四册，岳麓书社1996年版，第503页。
⑥ 王夫之：《古诗评选》，《船山全书》第十四册，岳麓书社1996年版，第664页。
⑦ 王夫之：《姜斋诗话》，《船山全书》第十五册，岳麓书社1996年版，第832页。

才立一门庭，则但有其格局，更无性情，更无兴会，更无思致；自缚缚人，谁为之解者?”① “所以门庭一立，举世称为‘才子’、为‘名家’者，有故。……举世悠悠，才不敏，学不充，思不精，情不属者，十姓百家而皆是。有此开方便门大功德主，谁能舍之而去?”② “建立门庭，已绝望风雅。”③ 船山认为，门庭之风在诗史上产生了十分恶劣的影响，而曹植是这一诗坛陋习的始作俑者。既如此，船山贬斥曹植也就不难理解了。关于这一点，从船山评曹植《七哀诗》亦可看出：

> 情乍近而终远，词在苦而如甘。“入室”之誉，以此当之，庶几无愧。乃以植驵才，奈何一旦顿造斯品？意其谲冒家传，豪华固有，门多赋客，或代其庖，如曹洪托笔孔璋以欺子桓，则未卜斯篇之定为植作也。④

船山高度赞许曹植《七哀诗》，但却推断其为伪托之作，而理由仅为“门多赋客”。仅凭曹植门庭鼎盛，“门多赋客”，就推论其名下佳作为代庖之作，可见船山对曹植“建立门庭”是何等的耿耿于怀。倘若曹植没有始立门庭之过，船山笔下的曹植和曹植诗歌或许就是另种景况了。

王船山贬斥曹植，不仅仅是因为其肇启诗坛门庭之风，船山还认为，诗坛鄙俗之风亦源于曹植。船山评曹植《赠王粲》诗云：

> 《公燕》、《侍坐》拖沓如肥人度暑，一令旁观者眉重，而识趣卑下，往往以流俗语入吟咏，几为方干、杜荀鹤一流人作俑。而潘尼、沈约、骆宾王、李颀等皆其嫡系。如“良田无晚岁，膏泽多丰年。亮怀璠玙美，积久德弥宣”，以腐重之辞，写鄙秽之情，风雅至此扫地尽矣。又如“积善有余度，荣枯立可须”，居然一乡约老叟壁上语。至云“肴来不虚归，觞至反无余”，则馋涎喷人，止堪为悲田

① 王夫之：《姜斋诗话》，《船山全书》第十五册，岳麓书社 1996 年版，第 831 页。
② 王夫之：《姜斋诗话》，《船山全书》第十五册，岳麓书社 1996 年版，第 833 页。
③ 王夫之：《姜斋诗话》，《船山全书》第十五册，岳麓书社 1996 年版，第 838 页。
④ 王夫之：《古诗评选》，《船山全书》第十四册，岳麓书社 1996 年版，第 665 页。

院作谱耳。古今人瞳眬双眼，生为此儿埋没。[1]

在船山的认识中，曹植的宴游酬答诗，“识趣卑下，往往以流俗语入吟咏”，“以腐重之辞，写鄙秽之情”，开诗坛鄙俗之风，影响及于西晋之潘尼、六朝之沈约、初唐之骆宾王，并经晚唐方干、杜荀鹤相沿而下，致使后世鄙俗之诗泛滥于诗坛。

由上可知，船山贬抑曹植虽不合于公识，但亦有其符合逻辑的内在理由，即曹植开启诗坛“建立门庭”之习和诗歌鄙俗之风，在诗歌发展史上产生了极其恶劣的影响。也就是说，船山考察曹植，聚焦于曹植在诗史上产生的影响，不太在意一般诗论者所瞩目的曹植的才情与诗歌艺术，故而评价迥异于世人。

再如船山对杜甫的评价。杜甫是公认的唐代最杰出的诗人之一，被尊为“诗圣”，在中国诗歌史上拥有崇高的地位。而享有“诗圣”之誉的杜甫，却屡遭船山近乎刻薄的贬损。如其称杜甫为“风雅罪魁”[2]，指斥杜甫“朱门酒肉臭，路有冻死骨”等诗句为“宋人谩骂之祖”“风雅一厄”[3]，并认为历代对杜甫的赞誉为“不虞之誉”，尤“紫之夺朱”[4] 等。

船山为什么要不讳公识，如此贬损杜甫呢？从船山在《诗广传》卷一《论北门》中的借题发挥可看出其原因之一：

恤妻子之饥寒，悲居食之俭陋，愤交游之炎凉，呼天责鬼，如衔父母之恤，昌言而无忌，非殚失其本心者，孰忍为此哉！二雅之变，无有也，十二国之风，不数有也。汉、魏、六代、唐之初，犹未多见也。夫以李陵之逆，息夫躬之室，潘安、陆机之险，沈约、江总之猥，沈佺期、宋之问之邪，犹有忌焉。《诗》之教，导人于清贞而蠲其顽鄙，施及小人而廉隅未刓，其亦效矣。若夫货财之不给，居食之不腆，妻妾之奉不谐，游乞之求未厌，长言之，磋叹之，缘

[1] 王夫之：《古诗评选》，《船山全书》第十四册，岳麓书社1996年版，第664页。
[2] 王夫之：《明诗评选》，《船山全书》第十四册，岳麓书社1996年版，第1440页。
[3] 王夫之：《唐诗评选》，《船山全书》第十四册，岳麓书社1996年版，第958页。
[4] 王夫之：《唐诗评选》，《船山全书》第十四册，岳麓书社1996年版，第1021页。

> 饰之为文章，自绘其渴于金帛，设于醉饱之情，腼然而不知有讥非者，唯杜甫耳。
>
> 呜呼！甫之诞于言志也，将以为游乞之津也……。甫失其心，亦无足道耳。韩愈承之，孟郊师之，曹邺传之，而诗遂永亡于天下。是何甫之遽为其魁哉?①

在船山看来，以琐屑俗事和卑俗私情入诗，不见于二雅，国风中少有，汉、魏、六代、初唐亦不多见，李陵、息夫躬、潘安、陆机、沈约、江总、沈佺期、宋之问之流均有所顾忌。唯有杜甫“腼然而不知有讥非”，恣意为之。杜诗之俚俗，若只是事关杜甫个人声誉的孤立事件，“亦无足道耳”，不值得过多关注。然“韩愈承之，孟郊师之，曹邺传之”，致使鄙俗之诗前承后继，造成“诗遂永亡于天下”的严重后果，则杜甫之过不可以不深究。以诗史影响论，不贬杜甫，无以纠诗坛鄙俗之风。此为船山贬杜的内在理由。

同样的观点，亦见于船山《夕堂永日绪论内编》：

> 门庭之外，更有数种恶诗：有似妇人者，有似衲子者，有似乡塾师者，有似游食客者。妇人、衲子，无非小慧。塾师、游客，亦侈高谈。但其识量不出针线、蔬笋、数米、量盐、抽丰、告贷之中，古今上下，哀乐了不相关；……似塾师、游客者，《卫风》、《北门》实为作俑。彼所谓政散民流，诬上行私而不可止者，夫子录之，以著卫为狄灭之因耳。陶公“饥来驱我去”，误堕其中。杜陵不审，鼓其余波。嗣后啼饥号寒、望门求索之子，奉为羔雉，至陈昂、宋登春而丑秽极矣。学诗者一染此数家之习，白练受污，终不可复白，尚戒之哉。②

船山认为，记针钱蔬笋之琐事，抒数米量盐之俗情的“恶诗”，始于《卫风》《北门》，陶潜承之，杜甫不为始作俑者。但杜甫有推波助澜之过，致使其后啼饥号寒的丑秽之诗大行其道，学诗者若染此陋习，如“白练受污，终

---

① 王夫之：《诗广传》，《船山全书》第三册，岳麓书社 1996 年版，第 326 页。

② 王夫之：《姜斋诗话》，《船山全书》第十五册，岳麓书社 1996 年版，第 840 页。

不可复白”。正如船山在评杜甫《漫成》一诗中所说，“学之者拙，似之者死”①。所以，要革除诗歌鄙俗之风，必须剥夺杜甫享有的“不虞之誉”，削弱杜甫的诗学影响。

船山贬斥杜甫，不只是因为其鼓动了诗歌的鄙俗之风，还因为杜甫“以史为诗”，疏离了诗歌的抒情特质，致使后世诗歌文体驳杂，“诗道废矣”。船山在《古诗评选》卷四中借评《上山采蘼芜》说：

诗有叙事叙语者，较史尤不易。史才固以隐括生色，而从实著笔自易；诗则即事生情，即语绘状，一用史法，则相感不在永言和声之中，诗道废矣。此《上山采蘼芜》一诗所以妙夺天工也。杜子美放之，作《石壕吏》，亦将酷肖，而每于刻画处犹以逼写见真，终觉于史有余，于诗不足。论者乃以“诗史”誉杜。见驼则恨马背之不肿，是则名为可怜闵者。②

又船山在《诗译》中说：

“赐名大国虢与秦”，与“美孟姜矣”“美孟弋矣”“美孟庸矣”一辙，古有不讳之言也，乃《国风》之怨而诽，直而绞者也。夫子存而弗删，以见卫之政散民离，人诬其上；而子美以得“诗史”之誉。夫诗之不可以史为，若口与目之不相为代也，久矣。③

再者船山在《古诗评选》卷一中说：

咏古诗下语秀善，乃可歌可弦，而不犯史垒。足知以诗史称杜陵，定罚而非赏。④

从船山的上述三段诗评可以看出，船山对以史法作诗十分反感，但相较于杜甫以史为诗的案例本身，船山似乎更在意杜甫因此获得的“诗史”之誉。

---

① 王夫之：《唐诗评选》，《船山全书》第十四册，岳麓书社 1996 年版，第 1021 页。
② 王夫之：《古诗评选》，《船山全书》第十四册，岳麓书社 1996 年版，第 651 页。
③ 王夫之：《姜斋诗话》，《船山全书》第十五册，岳麓书社 1996 年版，第 812 页。
④ 王夫之：《古诗评选》，《船山全书》第十四册，岳麓书社 1996 年版，第 509 页。

因为“诗史”之誉是对“以史为诗”的标榜，诗学影响甚于以史为诗的案例本身。也就是说，让船山耿耿于怀的，其实是杜甫以史为诗产生的诗学影响。关于这一点，船山在《明诗评选》卷五中有更明确的表述：

> 诗以道性情，道性之情也。性中尽有天德、王道、事功、节义、礼乐、文章，却分派与《易》、《书》、《礼》、《春秋》去，彼不能代《诗》而言性之情，《诗》亦不能代彼也。决破此疆界，自杜甫始。桎梏人情，以掩性之光辉；风雅罪魁，非杜其谁耶？①

以史为诗者不在少数，以文为诗、以学问为诗、以议论为诗者更是为数众多，船山为什么要揪住杜甫不放呢？因为“诗之不可以史为，若口与目之不相为代也，久矣”，诗与史历来界线分明，“决破此疆界，自杜甫始”，推源祸始，诗歌驳杂不纯、“泛滥杂沓”② 之风始于杜甫。以不良诗学影响论，无人能及杜甫。故船山愤然质问：“风雅罪魁，非杜其谁耶？”

概而言之，船山贬抑杜甫，是因为杜甫“诞于言志”③，鼓动诗歌鄙俗之风；又首逾史、诗界限，为诗歌“泛滥杂沓”之渊源，经后世学杜拟杜风气的传导，在诗坛产生了极其严重的不良影响。也就是说，船山贬杜之由，主要在于杜甫的诗史影响，杜甫与杜诗的本体存在状况，退而居其次。

再如船山对齐梁诗人的评价。南朝齐梁时期，诗坛流行以轻艳柔靡为特征的宫体诗，齐梁诗人因此而声名狼藉，齐梁诗歌亦因之而屡受诟病。而船山却高评徐陵、萧纲、萧绎等宫体诗人，并予齐梁诗歌以较高的诗史地位。船山在《古诗评选》卷六中评萧纲《长安道》云：“简文为宫体渠帅，谈艺者莫不置之卑不足数，乃取此等诗置初唐近体诗中，高华雄浑又在沈、宋之上。‘落花依度幰，垂柳拂行轮’，唯杜子美早年足构此句，太白、摩诘时差参近之，余子望风而靡久矣。”④ 沈佺期、宋之问是船山最欣赏的初唐诗人，《唐诗评选》选沈佺期诗歌 14 首，为初唐诗人之最，其次为宋之问，选诗 11

① 王夫之：《明诗评选》，《船山全书》第十四册，岳麓书社 1996 年版，第 1440 页。
② 王夫之：《古诗评选》，《船山全书》第十四册，岳麓书社 1996 年版，第 821 页。
③ 王夫之：《诗广传》，《船山全书》第三册，岳麓书社 1996 年版，第 326 页。
④ 王夫之：《古诗评选》，《船山全书》第十四册，岳麓书社 1996 年版，第 835 页。

首，并推沈、宋为“以五言长篇居胜”的“名家”[①]。而在船山看来，萧纲《长安道》若置之初唐，则连沈佺期、宋之问亦无以及之；若置之盛唐，则唯有杜甫早年可与之颉颃，李白、王维也只能偶有近似之作，其他诗人则只能望风而靡。船山对萧纲的评价之高于此可见一斑。至于萧绎，船山则赋予了他“七言小诗之祖”的诗学地位。船山在《古诗评选》卷三评魏收《扶琴歌》云：“与梁元帝同为七言小诗之祖。”[②] 船山对徐陵的评价更是高于萧纲、萧绎，如其在《古诗评选》卷六中评徐陵《春情》说：“尽唐一代，能如此高朗冲秀有余韵者，千不得一二，何况宋人？唐之不逮陈、隋，犹宋之不逮唐也。”[③] 又如其在《古诗评选》卷六中评徐陵《关山月》说：“高、岑何得有此开爽悲健？故云‘春晴始旦’。唐人正在秋冬之间矣。”[④] 也就是说，徐陵的诗歌，置于唐诗之中，也是千里挑一的佳作，即便是唐代名家，亦有所不及。

船山为什么要一反公识，褒扬齐梁诗人，高评齐梁诗歌呢？船山在《古诗评选》中关于萧子显诗歌《乌栖曲》的评语可以说是对其理由的直接陈述：“唐人佳句，无不从齐梁得也。”[⑤] 也就是说，船山肯定齐梁诗人与诗作，是基于对齐梁诗歌推动律诗发展、促成唐诗繁荣的历史功绩的认定。关于这一点，船山在《唐诗评选》卷三中评唐太宗《赋得浮桥》时说得更明白：“五言近体既不得不以唐为鼻祖，要当溯源寻声，以戒其滥。汉、魏、晋、宋苦于邈不相亲，则其流止初终，安能舍徐、庾、柳、吴，被以陈、隋遗响之名，而弃冠毁冕，拔本塞源也哉？”[⑥] 意思是说，五言近体虽盛于唐代，但溯源寻声，则免不了徐陵、庾肩吾、柳恽、吴均等齐梁诗人这一环节。舍此，则是“弃冠毁冕”“拔本塞源”。又船山在《明诗评选》卷二中评唐寅《登吴王郊台作》曰：“七言之制何所始？唐人七言何所祖？人特有目不视，有心不考

① 王夫之：《唐诗评选》，《船山全书》第十四册，岳麓书社1996年版，第1052页。
② 王夫之：《古诗评选》，《船山全书》第十四册，岳麓书社1996年版，第642页。
③ 王夫之：《古诗评选》，《船山全书》第十四册，岳麓书社1996年版，第856页。
④ 王夫之：《古诗评选》，《船山全书》第十四册，岳麓书社1996年版，第855页。
⑤ 王夫之：《古诗评选》，《船山全书》第十四册，岳麓书社1996年版，第547页。
⑥ 王夫之：《唐诗评选》，《船山全书》第十四册，岳麓书社1996年版，第980页。

耳。作七言忌齐、梁，犹作四言忌《三百篇》，作五言而忌《十九首》。”[①] 也就是说，齐梁诗之所以值得肯定，在于齐梁诗不仅滋养了唐人五言，更是唐人七言之渊薮。

船山对齐梁诗人和诗作的个体评价，亦多从诗学影响的角度切入。如船山评徐陵《折杨柳》说：“孝穆于诗，疏宕以成其韵度，纳之古诗中则如落日余光，置之近体中则如春晴始旦矣。”[②] 意思是说，徐陵的诗于古诗而言，已是日暮西山的没落之作；但于近体诗而言，则为开启春色的先驱之作。在此，船山充分肯定了徐陵继往开来、辞旧更新的历史地位。再如船山评萧绎《春别应令》云：“元帝二诗，恰与刘梦得《浪淘沙》、白乐天《竹枝》合辙，盖中唐人于此一体殊胜盛唐，中唐以兴会为主，雅得元音故也。元帝五言，于诗家最为卑下，而于此体则为元音。”[③] 意思是说，刘禹锡“浪淘沙”、白居易“竹枝词”等七言绝句体，与梁元帝萧绎的《春别应令》如出一辙，若推源论始，则可溯源至元帝五言诗。再如船山评简文帝萧纲《乌栖曲》说：“深思逸韵，为太白《横江词》所祖。”[④] 李白的组体《横江词》想象奇伟，境界开阔，语言流丽，是唐诗中的上乘之作。船山认为，李白这一组诗脱胎于萧纲《乌栖曲》。

从上文的分析可以看出，船山对齐梁诗人、诗作的赞誉，多基于对齐梁诗歌在诗体演变和诗歌艺术发展历程中的作用和贡献的认定。也就是说，船山肯定齐梁诗人、诗作的依据在于其具有积极意义的诗史影响。

上述以诗学影响论作家、作品的现象，在船山诗论中带有一定的普遍性。如陈子昂是公认的初唐杰出诗人，而船山在《唐诗评选》中仅选其诗四首，并且评价不高。理由在于陈子昂的诗不以和平蕴借为度，“为褊急率滞之词”，“似说，似狱词，似讲义，乃不复似诗”，在诗史上造成了“五言古自是而亡”的严重影响。[⑤] 白居易是中唐诗歌大家，在诗史上拥有公认的崇高地位，

---

① 王夫之：《明诗评选》，《船山全书》第十四册，岳麓书社 1996 年版，第 1201 页。
② 王夫之：《古诗评选》，《船山全书》第十四册，岳麓书社 1996 年版，第 854 页。
③ 王夫之：《古诗评选》，《船山全书》第十四册，岳麓书社 1996 年版，第 642 页。
④ 王夫之：《古诗评选》，《船山全书》第十四册，岳麓书社 1996 年版，第 548 页。
⑤ 王夫之：《唐诗评选》，《船山全书》第十四册，岳麓书社 1996 年版，第 929－930 页。

而船山在《唐诗评选》中仅录其七律三首，对其新乐府诗全部弃而不录，对白居易的总体评价也不高。一个重要的原因在于船山认为白居易的诗歌“徒用谩骂”，违背了温柔敦厚的诗教原则，造成了“诗教无存”的严重后果。[①]如此等等，不一而足。

概而言之，船山论诗，往往伴随着强烈的诗史意识。他无意于对作家、作品进行静态的、微观的事实评述，而是注重将诗人、诗作置于诗史流程中进行瞻前顾后的动态考察，以作家、作品的诗史影响作为褒贬扬抑的依据。在诗史意识的干预下，船山论诗聚焦于诗史影响，而不像一般诗论者那样注目于批评对象的诗学存在本身，船山诗学话语因此而显得特立独行。

第二节　诗史意识的思维原点与船山诗学话语特立独行特征的凸显

船山《古诗评选》卷五评江洪《游泊》云：“看古人文字，须有通明眼力，作一色参勘，胸中铢两乃定；不尔，必为流俗驱扇，横分皂白矣。”[②] 的确，船山具有史学家通观古今的通明眼力，往往能不为流俗驱扇，在复杂的诗史流程中寻溯作家、作品的诗学贡献和诗史影响。但船山论作家、作品的诗学贡献和诗史影响，却并不像史家惯常治史那样讲究全面、客观，而是明显地有所挑拣、有所偏好。如船山对于曹植史诗影响的认定，就有偏于一隅之嫌。曹植是第一位大力创作五言诗的文人，并致力于五言诗艺术技巧的探索，实现了乐府民歌向文人五言诗的转变。其在五言诗发展史上的贡献，正如林庚《中国文学简史》所言：“这是一个时代的事业，却通过曹植才获得完成。”[③] 对曹植这一在诗歌发展史上影响深远的重大贡献，船山却避而不谈，只论曹植的“始立门庭”之过和其宴游酬答诗的“识趣卑下”之失，并以偏概全，断定“子建横得大名”。又如船山对杜甫的评价。元稹曾在《唐故检校

① 王夫之：《唐诗评选》，《船山全书》第十四册，岳麓书社1996年版，第976页。
② 王夫之：《古诗评选》，《船山全书》第十四册，岳麓书社1996年版，第802页。
③ 林庚：《中国文学简史》，北京大学出版社1988年版，第120页。

工部员外郎杜君墓系铭并序》中如此评价杜甫："至于子美，盖所谓上薄风骚，下该沈、宋，言夺苏、李，气吞曹、刘，掩颜、谢之孤高，杂徐、庾之流丽，尽得古今之体势，而兼人人之所独专矣。"① 宋人秦观亦说："于是杜子美者，穷高妙之格，极豪逸之气，包冲淡之趣，兼俊洁之姿，备藻丽之态，而诸家之所不及焉。然不集众家之长，杜氏亦不能独至于斯也。"② 也就是说，杜甫是一位兼取多家之所长，兼备多种诗歌风格，集前代诗歌之大成的诗人。这样一位诗人，其诗史影响自然也是多方面的，而船山却无意对杜甫的诗史影响进行全面评价，选择性忽略了杜甫在诗史上的诸多贡献和积极影响，眦目于杜甫"啼饥号寒"的"恶诗"，和"以史为诗"等部分诗学行为，并以之为据让杜甫为"诗遂永亡于天下"担责，定杜甫为"风雅罪魁"。

再如船山对齐梁宫体诗的态度。宫体诗发展了南朝民歌的艺术形式，并承接了永明体对诗歌艺术的探索，于律诗的形成有重要的推动作用，也为隋、唐诗人提供了可资借鉴的艺术经验。但是，宫体诗毕竟有内容卑俗佻薄、风格轻艳柔靡的一面，在一定程度上消解了文学的人文精神，促成了靡丽浮艳的形式主义文风，以至于到隋代和初唐，诗坛仍弥漫着一股柔靡缓弱的宫体气息。船山对宫体诗的这些负面影响采取了回避的态度，单论宫体诗在诗体演变和诗歌艺术发展方面的正面影响。于是，在船山的选择性评价中，齐梁宫体诗人大多成为褒扬的对象。

从上文的分析可以看出，船山对作家与作品诗史影响的评价的确有所偏狭。但船山诗史影响评价偏狭现象的产生，决非由于"诗学修养和判断能力的缺失"③ 所致，也不能简单地归之于"批评策略"④，而是由船山诗学活动的思维原点所决定的。船山在经历了举兵抗清失败和辅佐南明王朝复国无果等事件后，被迫遁迹山野，放弃了反清复明的武装斗争，潜心于学术研究和文化传承，走上了文化救亡的漫漫长路。船山诗学活动就是其文化救亡事业的重要组成部分。船山极力维护儒家诗教的政教功利原则，高度认同诗歌的

① 元稹：《元稹集》，中华书局1982年版，第600页。
② 秦观：《论韩愈》，《淮海集》卷22，四部丛刊本。
③ 蒋寅：《清代诗学史》（第一卷），中国社会科学出版社2012年版，第487页。
④ 涂波：《王夫之诗学研究》，湖北人民出版社2006年版，第32页。

政治教化功能。在船山看来，诗风与国家社稷的兴衰存亡息息相关：

东周之季，大历之末，刻露下躁之言兴，而周、唐衰亟矣。①

周、唐之衰如此，明朝之亡尤然：

《子夜》、《读曲》等篇……历代艺林，莫之或采。自竟陵乘闰位以登坛奖之，使厕于风雅，乃其可读者一二篇而已。其他媟者如青楼哑谜，黠者如市井局话，蹇者如闽夷鸟语，恶者如酒肆拇声，涩陋秽恶，稍有须眉人见欲哕。而竟陵唱之，文士之无行者相与敩之，诬上行私，以成亡国之音，而国遂亡矣。竟陵灭裂风雅，登进淫靡之罪，诚为戎首。②

意即明朝之亡与竟陵派所倡诗风有关，竟陵派“灭裂风雅，登进淫靡”，“成亡国之音”，造成了“国遂亡矣”的严重后果。因此，船山论诗，总是以纠明代诗坛之弊，振兴民族诗学为思维原点。船山论诗有强烈的诗史意识，善于纵观古今、通览诗史，但其诗史意识始终为上述思维原点所羁勒。纠明代诗坛之弊以振兴民族诗学成为他诗学行为的思维出发点和归宿，凡是与此无关或关系不大的，船山尽可能略而不论，反之则尽可能刨根问底、痛陈利弊。

船山所痛恨的明朝诗坛之弊，大体可分为以下几类：一是“建立门庭”之习，以及与之相关的诗歌模拟之风；一是诗歌鄙俗之风，包括内容上的低俗浅陋和表达上的疾言遽色、情绪下躁；一是模糊诗歌的文体特征，以史为诗、以文为诗、以学问为诗。基于纠明代诗坛之弊以振兴民族诗学这一思维原点，船山论诗，往往从明代诗坛的上述弊病出发，溯源寻流，以求拨出病根，截断毒流。与明代诗坛之弊无关的诗学现象，船山则往往有意无意地忽略或者淡化。于是，曹植纵然有首推文人五言之功，但因其与明代诗坛现状没有直接关联，船山无心探究，无意评价。而曹植“建立门庭”之举和“以

① 王夫之：《诗广传》，《船山全书》第三册，岳麓书社1996年版，第345页。

② 王夫之：《古诗评选》，《船山全书》第十四册，岳麓书社1996年版，第617页。

腐重之辞、写鄙秽之情”的宴游酬答之诗，经船山的诗史考察，被认定为明代诗坛“门庭”之习和鄙俗之风的渊源，船山不能不耿耿于怀、揪住不放，船山贬抑曹植也就成为必然。

从船山对杜甫的评价，更可看出思维原点对船山诗史意识的干预、羁勒。船山虽然对杜甫和杜诗整体评价不高，并以“风雅罪魁”定性杜甫的诗史地位，但对杜甫和杜诗亦时有赞赏，并评杜甫为“大家”：“李、杜则内极才情，外周物理，言必有意，意必由衷；或雕或率，或丽或清，或放或敛，兼该驰骋，唯意所适，而神气随御以行，如未央、建章，千门万户，玲珑轩豁，无所窒碍：此谓大家。”① 可见，在对杜甫和杜诗的评价问题上，船山的内心是矛盾和纠结的。一方面，杜甫的诗歌成就是一种真实的客观存在，洞悉诗史的船山，自然认同杜甫在诗史上的“大家”地位；另一方面，在船山的认识中，杜甫毕竟是诗与其他文体疆界的首破者和诗歌鄙俗之风的鼓动者。而且，虽然杜甫本身“未尝党同伐异，画疆墨守”②，但事实上却成为诗坛的最大门庭，拟杜学杜蔚然成风，亦助长了明代诗坛的模拟之习。可以说，明代诗坛之弊大多与杜甫有着瓜葛。因此，不贬抑杜甫，推倒杜甫这尊偶像，就无以纠明代诗坛之弊。于是在纠明代诗坛之弊以振兴民族诗学这一思维原点的羁勒下，船山选择了杜诗“以史为诗”和“啼饥号寒”等现象予以渲染、批判，以破杜诗门户，抑鄙俗之风和模拟之习。而对那些奠定杜甫“大家”地位的诗歌成就，船山则予以淡化，只是偶尔情不自禁地奉上几句赞语。

从船山对齐梁诗人的评价，亦可看出船山诗史考察的思维原点对其诗评的影响。齐梁宫体诗固然有内容卑俗佻薄、风格轻艳柔靡之弊，也曾对后世诗坛产生过严重的不良影响，但由于宫体诗早已被公认为靡靡之音、亡国之音，宫体诗人亦因之而声名狼藉，人们避之若浼，宫体诗的内容和风格鲜有人标榜、仿效，于明朝诗坛而言，并没有产生实质性的直接影响。因此，船山在对齐梁诗人作诗史考察时，淡化了齐梁诗人宫体之过的一面，重点关注齐梁诗人对古诗艺术传统的继承和发扬的一面。在船山看来，齐梁诗人的诗

① 王夫之：《姜斋诗话》，《船山全书》第十五册，岳麓书社1996年版，第843页。
② 王夫之：《姜斋诗话》，《船山全书》第十五册，岳麓书社1996年版，第832页。

歌或“疏宕以成其韵度”[①]，或“远思逸韵”[②]，或“丽而不淫”[③]，继承并发扬了古诗温厚和平、舒缓从容的艺术传统，而这正是纠明代诗坛“赪面张拳”[④]“竞气躁情”[⑤] 的粗鄙之风所需要的，因此，船山一反前人成见，对齐梁诗人在艺术表现上的成就刻意渲染，并据此充分肯定齐梁诗人在诗歌发展史上的贡献。

其他如船山以“徒用谩骂”讥毁白居易[⑥]，以“狷急险躁”责难韩愈[⑦]，以“一色佻薄”贬斥《子夜》曲[⑧]等，均非基于对评价对象的全面考察得出的结论，而是从明代诗坛的词遽音促、竞气躁情、俚俗轻薄等诗歌鄙俗现象出发，在史诗流程中溯源寻流，及于评价对象的某一现象时，便驻足审视，聚力以攻，以求警醒世人，达到纠明代诗坛之弊的效果。

总之，船山论诗具有强烈的诗史意识，注重在复杂的诗史流程中寻溯作家作品的诗学贡献和诗史影响。但船山的诗史意识往往受到纠明代诗坛之弊以振兴民族诗学这一思维原点的羁勒，致使船山在论作家、作品时有意无意地淡化甚至忽略对明代诗坛没有直接影响的诗学现象，刻意渲染被其认定为与明代诗坛弊端有源流关系的诗学现象，以期拔根截流，革除明代诗坛之弊，重振民族诗学。于是，基于史诗意识而生成的船山诗学话语的特立独行特征进一步凸显，以至于涉嫌“偏颇”。

第三节　诗史意识干预下的船山独特性诗学话语之得失

如前文所述，船山论诗具有强烈的诗史意识，注重在诗史流程中考察作

① 王夫之：《古诗评选》，《船山全书》第十四册，岳麓书社 1996 年版，第 854 页。
② 王夫之：《古诗评选》，《船山全书》第十四册，岳麓书社 1996 年版，第 548 页。
③ 王夫之：《古诗评选》，《船山全书》第十四册，岳麓书社 1996 年版，第 547 页。
④ 王夫之：《姜斋诗话》，《船山全书》第十五册，岳麓书社 1996 年版，第 860 页。
⑤ 王夫之：《明诗评选》，《船山全书》第十四册，岳麓书社 1996 年版，第 1285 页。
⑥ 王夫之：《唐诗评选》，《船山全书》第十四册，岳麓书社 1996 年版，第 976 页。
⑦ 王夫之：《唐诗评选》，《船山全书》第十四册，岳麓书社 1996 年版，第 967 页。
⑧ 王夫之：《古诗评选》，《船山全书》第十四册，岳麓书社 1996 年版，第 616 页。

家、作品的诗学影响，辨析诗学现象的渊源流变，在历史反思中探寻民族诗学的振兴之路。在诗史意识的干预下，船山论诗的视角和旨归常异于世人，其诗论呈现出了特立独行的话语现象。船山诗论中渗透着诗史意识的独特性诗学话语，在船山历史观的规定下，颇有别开生面的诗学建树，但亦难免有所缺失，可谓得失并存。

船山独特性诗学话语之得，首先表现在对诗歌发展历史轨迹的追寻和诗学规律的揭示上。船山认为，历史发展不为人意所左右，也不是神意的体现，而是由"理"和"势"所决定的。"理"即"物之固然，事之所以然"[①]，也就是事物发展的内在法则、必然规律；"势"即"一动而不可止者"[②]，也就是事物发展的必然趋势。"理"与"势"，"合而名之曰天"[③]，"理势合一"乃历史演进之"天道"。船山这一理势合一的历史发展观，反映在其诗史意识中，则表现为对体现诗歌发展之"势"的诗学现象源流通变轨迹的执着追寻，以求"在势之必然处见理"[④]，揭示诗歌发展的内在规律。鉴于中国古代诗论多局限于就诗论诗，少有通论历代诗歌的，船山这种逾越本事寻"势"现"理"的诗论方式疏离了诗学主流，故其诗学话语往往显得特立独行。船山诗学话语的特立独行，给世人留下了"偏颇"的口实，然其独特性诗学话语在展现诗歌演进的历史轨迹，揭示诗歌发展内在规律方面所取得的成就，却是前代无人所及的。如关于诗体流变，长期以来诗学界"罕能考核源委"（《四库全书总目提要》），而船山则对四言诗、五言古诗、五言近体、七言诗等诗体的源起流变都进行了通代考察，勾勒出了它们各自的发展演变轨迹。如其对五言古诗演变轨迹的勾勒：以古诗十九首为代表的汉魏古诗"诗教良然"[⑤]，是"风雅正系"[⑥]，为五言古诗之宗；齐梁"声偶既盛，古诗已绝"[⑦]，

① 王夫之：《张子正蒙注》，《船山全书》第十二册，岳麓书社1996年版，第194页。
② 王夫之：《读通鉴论》，《船山全书》第十册，岳麓书社1996年版，第582页。
③ 王夫之：《读四书大全说》，《船山全书》第六册，岳麓书社1996年版，第995页。
④ 王夫之：《四书稗疏》，《船山全书》第六册，岳麓书社1996年版，第94页。
⑤ 王夫之：《古诗评选》，《船山全书》第十四册，岳麓书社1996年版，第644页。
⑥ 王夫之：《古诗评选》，《船山全书》第十四册，岳麓书社1996年版，第650页。
⑦ 王夫之：《古诗评选》，《船山全书》第十四册，岳麓书社1996年版，第814页。

“五言之制，衰于齐，几绝于梁”①；至唐，诗律、诗法禁严，五言古诗“大裂于唐”②，“唐无五言古诗”③。

又如船山对诗坛“建立门庭”这一现象的历史追踪：

> 建立门庭，自建安始。……降而萧梁宫体，降而王、杨、卢、骆，降而大历十才子，降而温、李、杨、刘，降而江西宗派，降而北地、信阳、琅邪、历下，降而竟陵，所以翕然从之者，皆一时和哄汉耳。④

在这段论述中，船山简明扼要勾勒出了诗坛“建立门庭”之风自建安而至齐梁，降而至唐代的初唐四杰、大历十才子，再到宋代西昆诗人、江西诗派，然后到明代前七子、后七子、景泰十才子，再至竟陵派的整个历史行程，在诗学史上第一次比较完整地疏理出了“建立门庭”这一诗学现象的诗史流程。

船山追踪诗学现象的源流通变，总不忘“在势之必然处见理”，揭示诗歌发展的内在规律。如船山在追寻诗体演变轨迹过程中对诗歌由简至繁演变规律的揭示：“四言之制，实维《诗》始。……自汉以降，凡诸作者，神韵易穷，以辞补之。故引之而五，伸之而七，藏者不足，显者有余，亦势之自然，非有变也。”⑤

再如船山对诗体盛极而衰规律的揭示：“五言之制，衰于齐，几绝于梁，而大裂于唐。历下之云，非过激也。顾衰之自生，恒乘乎极盛。”⑥ 意思是说，五言古诗在齐代已显颓势，至梁代几乎陷于绝境，到唐代已消失殆尽。李攀龙“唐无五言古诗”之说并非过激之言。五言古诗的衰落源于其自身，就像上弦月趋于盈满达到极盛而不得不亏一样。

船山对诗风与政治风尚之关系的揭示，亦属于诗史规律总结。“汉、唐都

① 王夫之：《明诗评选》，《船山全书》第十四册，岳麓书社1996年版，第1271页。
② 王夫之：《明诗评选》，《船山全书》第十四册，岳麓书社1996年版，第1271页。
③ 王夫之：《明诗评选》，《船山全书》第十四册，岳麓书社1996年版，第1181页。
④ 王夫之：《姜斋诗话》，《船山全书》第十五册，岳麓书社1996年版，第832页。
⑤ 王夫之：《古诗评选》，《船山全书》第十四册，岳麓书社1996年版，第590页。
⑥ 王夫之：《明诗评选》，《船山全书》第十四册，岳麓书社1996年版，第1271页。

周、秦之故壤，其民一也。汉教近周，唐教近秦，而声诗之作亦异焉。西京之制，夷犹婉娩，虽以李陵之轻，息躬夫之戾，犹然其无促绞也。三唐之作，迫矫而无余思，虽北里南部之淫媟，且有杀伐之气焉。"① 意思是说，汉、唐与周、秦地域相同，民情类似。汉代的政治教化近似推重"情欲"的周代，唐代的政治教化近似崇尚"杀伐"的秦代。受政治风尚的影响，汉、唐诗风迥异。汉代政风从容和顺，故即使骁悍如李陵，暴戾如息躬夫，其诗歌仍然没有狂躁之气。唐代像秦朝一样尚"杀伐"，故即使是民风淫逸之地，诗歌作品仍免不了"杀伐"之气。概而言之，诗歌风格的朝代特征，往往为其时的政治风尚所左右。王船山的这种基于诗史考察的诗学规律总结，富于思辨色彩，在一定程度上，突破了传统诗论直观、感性的诗话模式，具有别开生面的启示意义。

船山独特性诗学话语之得，还表现在鲜明的现实针对性上。船山十分重视历史研究，明确提出了"有尊史者存，而史乃立"的"尊史"主张②，但船山"尊史"，不仅仅是为了探求历史真相，更在于寻求历史的经验教训，作为治世的借鉴，即"述往以为来者师"③，治史以致用。所以船山治史，注重"读古人书，以揣当世之务"④，以达到"求安于心，求顺于理，求适于用"⑤的目的。船山的"尊史"思想，致使其注重在诗史流程中考察作家、作品，有别于传统诗论就事论事的直观点评，成就了其诗学话语的独特品质。而其治史以致用史学观念的影响所及，就是船山诗学批评始终从纠明代诗坛之弊以振兴民族诗学这一思维原点出发，诗学话语具有鲜明的现实针对性。船山诗史批评的对象，往往关乎明代诗坛的重大诗学现象，有如前文所述，船山从明代诗坛弊病出发，对诗坛"建立门庭"之习、诗歌鄙俗之风和诗歌文体驳杂现象的推源祸始等。船山诗论中的诗学论题也大多源自明代诗坛的重大诗学论争。如船山抑唐尊古诗学宗尚观的提出，就是对明末清初弥漫于诗坛

① 王夫之：《诗广传》，《船山全书》第三册，岳麓书社1996年版，第370页。
② 王夫之：《春秋家说》，《船山全书》第五册，岳麓书社1996年版，第211页。
③ 王夫之：《读通鉴论》，《船山全书》第十册，岳麓书社1996年版，第225页。
④ 王夫之：《读通鉴论》，《船山全书》第十册，岳麓书社1996年版，第798页。
⑤ 王夫之：《读通鉴论》，《船山全书》第十册，岳麓书社1996年版，第1179页。

的诗学宗尚之争的回应。明朝末年，诗学界掀起了以宋诗为宗的思潮，在这一思潮中的冲击下，唐诗的独尊地位开始动摇。自明末至清初，诗学界以尊唐与尚宋两种主张为核心，其间夹杂着尊崇古诗的呼声，展开了激烈的诗学宗尚论争。船山通过诗史考察，认定尊唐与宗宋都有违诗教精神，不足以革除诗坛之弊以振兴民族诗学，唯有尊崇古诗方能弘扬诗教精神，护持儒家正统观念以振兴民族诗学。因此，船山反对以宗宋替代尊唐，明确提出了抑唐尊古的诗学崇尚观，以回应明末清初的这场诗学宗尚之争。

诚然，由于时代政治和船山生存境况、学术环境等方面的原因，船山诗学著作成书之后长期湮没不彰，船山诗论在当时诗学界的影响十分有限，诗学批判的即时效应并没有真正发挥出来。但是，鉴于船山所针对的明代诗坛之弊并没有随着时代的变迁而全然消失，船山所论亦多有跨越时代的诗学共性论题，所以，当船山诗论历经沧桑而彰显于世之时，对诗坛仍有振聋发聩的作用，仍然发挥出“述往以为来者师”的“致用”效果。

船山独特性诗学话语之失，主要表现为在英雄史观的影响下，高估或夸大了诗人个体的诗史影响。船山蕴含着朴素唯物主义思想的历史观是存在内在矛盾的。一方面，船山认为历史发展有其不以人的意志为转移的必然规律，即“理”；另一方面，船山又认为“君相可以造命”，圣人“可以造万物之命”①，甚至“一介之士莫不有造焉”②，明显夸大了个人主观能动性的历史作用，表现出了英雄造时势的英雄史观思想。受英雄史观的影响，船山往往将政治经济环境、社会心理、文化传统、文学自身发展状况等多种因素综合作用形成的诗学现象归因于某些作家、作品，于是有意无意地拔高或迁怒于某些作家与作品，让作家个体承担起难以承受的历史之重。如其将诗坛“建立门庭”现象归因于曹植，就明显地夸大了曹植个人的诗史影响。文人结群立户，是一种复杂的社会现象，绝非个人凭一己之力所引发的偶发事件，且在曹植之前早已有之。如汉代《诗》学有鲁、齐、韩、毛四家，各家门下门徒众多，谨守师法，相互援引，党同伐异，实际上就是四大诗学门庭。再如西

---

① 王夫之：《姜斋文集》，《船山全书》第十五册，岳麓书社 1996 年版，第 88 页。

② 王夫之：《读通鉴论》，《船山全书》第十册，岳麓书社 1996 年版，第 1179 页。

汉时期以梁孝王刘武、司马相如为中心的梁园文学群体，聚集了枚乘、邹阳、严忌、公孙诡、羊胜等众多文士，可以说是汉代风靡一时的赋坛门庭。倘若汉代诗歌能如辞赋般兴旺发达，诗坛门庭的出现也就在所难免。可以说，曹植固然有“立阶级以赚人升堂”之过，但倘若没有曹植，诗坛门庭仍然会顺势而立，只是门面不同而已。再如让杜甫承担诗歌鄙俗之风的历史责任，将诗人缚于诗法诗律之咎于皎然等，都有夸大个人诗史作用之嫌。总之，在英雄史观的影响下，船山“客观地指出了个别作家及其作品在诗歌发展史上的重要地位，揭示了客观必然性与个人的主观能动精神的关系，却又过分强调了他们的作用，把个别作家作品的出现当做客观规律本身而不是当做客观规律推动下的结果”①。

综上所述，船山诗论中多有疏离主流诗论而特立独行的诗学话语，这一话语现象的出现，与船山的诗史意识有着直接的关联。在诗史意识的干预下，船山无意于就事论事地评述作家、作品，在一定程度上淡化了对诗学存在本身的微观关注，注重将诗人、诗作置于诗史流程中进行动态考察，聚焦于作家、作品的诗史影响并以诗史影响作为褒贬扬抑的依据，而一般诗论者多注目于批评对象的诗学存在本身并以之为评价依据，故船山诗学话语往往游离于诗坛主流之外，显得特立而独行。由于船山的诗史意识受到纠明代诗坛之弊以振兴民族诗学这一思维原点的羁勒，致使船山有意无意地淡化甚至忽略了对明代诗坛没有直接影响的诗学现象，刻意渲染被其认定为与明代诗坛弊端有渊源关系的诗学现象，船山诗学话语的特立独行特征进一步凸显。诗史意识影响下的船山诗学话语可谓得失并存，其成就主要表现在对诗歌发展历史轨迹的追寻和诗学规律的揭示，以及鲜明的现实针对性等方面；其缺失主要表现为在英雄史观的影响下，高估或夸大了诗人个体的诗史影响，让作家个体承担起难以承受的历史之重。

① 陈建生：《知始则知化——评船山诗论及其历史观》，徐州师范学院学报（哲学社会科学版）1989年第3期。

第二章　诗歌本体论形态与王船山“主情”诗学话语

明末清初，在文学解放的旗号下，诗学界发生了由崇理抑情到崇情抑理的转变，人们以“尚情”为标榜，反对以诗“明理”“载道”，主张诗歌挣脱政教功利束缚，抒发自然情欲、抒写世俗情怀。崇情抑理诗学潮流解放了诗歌，张扬了个性，但其导致的滥情纵俗风气对民族传统文化普遍原则的冲击，对诗歌社会功用的消解，给明末清初的民族救亡图存尤其是文化救亡运动带来了消极影响。而任凭“尚理”诗学观念回潮，则会扼杀成长中的诗歌美学思想，使诗歌的发展归于沉寂。于是，诗学界陷入了情与欲、情与理的纷争与迷惘中。在这一诗学背景下，王船山提出了“正情”主张，试图从诗歌本体论层面对“诗情”进行界定和规范，以维护“诗情”的纯正，剥夺以欲代情、以理充情的诗学理由。

第一节　船山“主情”论诗学话语的诗学背景

自南宋至明代，理学日炽。随着理学在文学领域的全面渗透，诗学界掀起了崇理抑情思潮，导致诗歌尚理而病于意兴，严重偏离了诗歌的抒情特质和审美属性。至晚明，顺应思想解放运动的大潮，在徐渭、李贽、汤显祖、袁宏道等文人的大肆鼓动下，诗学界掀起了声势浩大的“尚情”思潮，诗学风尚由崇理抑情变而为崇情抑理。徐谓的“本色”论、李贽的“童心”说、汤显祖的“情至”说、袁宏道的“性灵”说等尚情诗学主张相继而出、风靡一时，影响所及，至于清初。

在明末清初特定的历史背景下，作为对崇理抑情诗学思潮的反拨，“尚情”诗学思潮对于将诗歌从理的束缚中解放出来，回归诗歌的抒情本质，具有十分重要的历史作用。但是，“尚情”诗学思潮中各家的诗学主张存在十分明显的理论缺陷，它们缺乏对“情”的规范，模糊了“诗情”与人的自然性情、本领欲望的界线，不可避免地陷入了滥情纵欲的泥潭。

李贽标举“童心”，认为“天下之至文，未有不出于童心焉者也”。所谓“童心”，就是未为“闻见道理”所障的“真心”，“最初一念之本心”。[①] 在一定意义上说，就是人的基于本能的一己之情欲。所以李贽坦言：“大凡我书，皆为求以快乐自己，非为人也。”[②] 李贽对本能情感宣泄的鼓吹，在其《焚书·杂说》中表现得更为直接：“且夫世之真能文者，比其初皆非有意于为文也。其胸中有如许无状可怪之事，其喉间有如许欲吐而不敢吐之物，其口头又时有许多欲语而莫可所以告语之处，蓄极积久，势不能遏。一旦见景生情，触目兴叹，夺他人之酒杯，浇自己之垒块，诉心中之不平，感数奇于千载。既已喷玉唾珠，昭回云汉，为章于天矣。遂亦自负，发狂大叫，流涕恸哭，不能自止。”[③] 这是一种全然不顾“道理闻见”，随心任性、放任自流的情感宣泄，以至于可以不顾“见者闻者切齿咬牙，欲杀欲割”[④] 的社会反响。

汤显祖是激进的尚情主张者，他在《耳伯麻姑游诗序》中写道：“世总为情，情生诗歌，而行于神。天下之声音笑貌、大小生死，不出乎是。因以憺荡人意，欢乐舞蹈，悲壮哀感鬼神风雨鸟兽，摇动草木，洞裂金石。其诗之传者，神情合至，或一至焉；一无所至，而必曰传者，亦世所不许也。”[⑤] 汤显祖认为，“情生诗歌”，“情”是诗歌的灵魂，是诗歌“行于神”的关键。但汤显祖所说的“情”，不同于传统“缘情”诗论中的一般意义上的“情”，

---

① 李贽：《焚书》，中华书局1967年版，第98页。

② 李贽：《与袁石浦》，《续焚书》（卷一），《李贽文集》，社会科学文献出版社2000年版，第45页。

③ 李贽：《焚书》，中华书局1967年版，第97页。

④ 李贽：《焚书》，中华书局1967年版，第97页。

⑤ 汤显祖：《汤显祖全集》，北京古籍出版社1999年版，第1110页。

它是一种与“理”相对立、相排斥的自然、随性之情。汤显祖认为，“情有者，理必无；理有者，情必无”[1]，情与理势不两立。又其在《沈氏弋说序》一文中说：“今昔异时，行于其时者三：理尔，势尔，情尔。以此乘天下之吉凶，决万物之成毁。作者以效其为，而言者以立其辨，皆是物也。事固有理至而势违，势合而情反，情在而理亡，故虽自古名世建立，常有精微要眇不可告语人者。……是非者，理也；重轻者，势必；爱恶者，情也。三者无穷，言亦无穷。”[2] 很明显，汤显祖此论中的“理”，并非特指的“理学”之“理”，而是天地人间的普遍事理，是评判“是非”的通行法则，在一定程度上具有公理的性质。即便是此类事理，汤显祖还是认为，“情在而理亡”，诗歌等文学作品的情感抒发，应当摒弃“理”的干预，顺情随性而不求合“理”。

公安派的灵魂人物袁宏道以“独抒性灵”为标榜，主张率心而行，无所忌惮地抒发一己之自然性情。袁宏道倡导“以腕运心”，一任“性灵”恣意翱翔的“真诗”。至于境界之高下，语言之庄谐，皆可弃之不顾。江盈科《袁石公敝箧集序》引录袁宏道语曰：“要以出自性灵者为真诗尔。夫性灵窍于心，寓于境。境所偶触，心能摄之；心所欲吐，腕能运之；心能摄境，则蝼蚁、蜂虿皆足寄兴，不必《雎鸠》《驺虞》矣；腕能运心，即谐词谑语皆足观感，不必法言庄什矣。以心摄境，以腕运心，则性灵无不毕达，是之谓真诗。”[3] 在袁宏道的观念中，作诗以性灵毕达为旨，不必在意“性灵”的内质，也不在乎语言是庄是谐，摆脱“法言庄什”的束缚，将“窍于心”“寓于境”的“性灵”抒写出来即为值得称道的“真诗”。袁宏道还在《叙小修诗》一文中表达了对“任性而发”的“真声”的崇尚：“今闾阎妇人孺子所唱《劈破玉》、《打草竿》之类，犹是无闻无识真人所作，故多真声，不效颦于汉魏，不学步于盛唐，任性而发，尚能通于人之喜怒哀乐嗜好情欲，是可

① 汤显祖：《寄达观》，《汤显祖全集》，北京古籍出版社 1999 年版，第 1351 页。

② 汤显祖：《汤显祖全集》，北京古籍出版社 1999 年版，第 1646 页。

③ 江盈科：《袁石公敝箧集序》，《明代诗话全编》第六册，江苏古籍出版社 1997 年版，第 5846 页。

喜也。”[1]《劈破玉》《打草竿》等民间俗曲的高下优劣另当别论，从袁宏道以“任性而发”“通于人之喜怒哀乐嗜好情欲”而许其“可喜”，可见袁宏道对顺情任性之执着。尚情论者的纵情任性倾向，不仅表现在诗论中，还体现在诗歌创作中。以袁宏道的诗歌作品作为观察样本则可管中窥豹。袁宏道《湖上别同方子公赋》其二云：

望望鄂公坟，石龟与人齐。冢前方丈土，浇酒渥成泥。虽知生者乐，无益死者啼。如彼坟前马，张吻不能嘶。天地入晦劫，志士合骞栖，曷为近汤火，为他羊与鸡？孤山梅处士，事业未曾低。西陵倡家女，松柏夹广蹊。红粉是活计，山花足品题。奚折苏公柳，策马度花堤。[2]

诗歌从游人在岳飞墓前尽情游乐、全无崇敬之心的场景引发感慨：天地既然黑暗，仁人志士就应该归隐山林，岳飞又何必自投火坑汤地，沦为他人餐桌上的羊和鸡呢？诗歌接着将岳飞和孤山梅处士、西陵倡家女进行对比，竟认为岳飞的功业和隐者的“事业”、娼妓的“活计”难分高下。诗歌的确像袁宏道的理论主张一样“任性而发”，情绪宣泄一露无余，但抒发的却是低俗浅陋的一己之私情，毫无人文品位可言。这种情感低俗浅陋的现象，还体现在袁宏道的其他许多诗中，如其《严陵》其一：“溪深六七寻，山高四五里。纵有百尺钓，岂能到潭底。”[3] 这类诗歌说是情感的自然流露固然没错，但生活中如此肤浅的一念之想只配流露于喃喃自语之中，不堪入诗。

从上文的分析可以看出，尚情论者的诗学主张存在重大缺陷，就是缺乏对诗情的界定和规范，混淆了诗情与人的自然本领情感的界线，将文学抒情导向了日常生活化、私欲化的轨道。尚情论者诗学主张的这一缺陷，导致明末清初诗坛出现了滥情纵欲现象，诗歌的人文教化功能遭到消解，俚俗叫噪之风盛行。于此，作为尚情思潮主要推动者之一的袁中道曾反思道：“国朝有助风雅者莫如历下，其意以气格高华为主，力塞大历后之窦于时，宋元近代

① 袁宏道：《叙小修诗》，《袁宏道集笺》，上海古籍出版社2008年版，第187页。
② 袁宏道：《袁中郎全集》，世界书屋2009年版，卷二。
③ 袁宏道：《袁中郎全集》，世界书屋2009年版，卷八。

之习为之一洗。及其后也，学之者浸成格套，以浮响虚名相高，凡胸中所欲言者，皆郁而不能言，而诗道病矣。先兄中郎矫之，其意以抒发性灵为主，始大畅其意所欲言，极其韵致，穷其变化，谢华启秀，耳目为之一新。及其后也，学之者稍入俚易，境无不收，情无不写，未免冲口而发，不复检括，而诗道又将病矣。"①

尚情论者张扬性情、鼓动私欲，其初始目的在于以情抗理，解除"理"对诗歌的束缚，将诗歌拉回到抒情的轨道上来。但其对信心信腕的自然性情的极端鼓动，导致了诗意俚易，"境无不收，情无不写"，"冲口而发，不复检括"的严重后果。以救赎诗歌为初衷的尚情思潮，将诗坛推入了"诗道又将病矣"的尴尬境地。于是，在尚情思潮冲击下有所蛰伏的"理"，以矫枉归正为标榜，重新获得了在诗坛登堂入室的理由。这种情况正如洪涛在《以情为本：理欲纠缠中的离合与困境——晚明文学主情思潮的情感逻辑与思想症状》一文中所言："在冯梦龙的'无情化有，私情化公'的期待中，已经明显表露出将李贽、袁宏道等张扬的私情重新纳入纲常伦理的救世企图。而当孟称舜拈出'情正说'，以为'情至之人可以为义夫节妇，即可为忠臣孝子'的时候，情的内容已经被抽空，那种原本的情理的抵牾，被圆融地达成了想象性的和解，这种和解的方式其实就是融'情'入'理'，是情对理的彻底归顺。"②"理"在诗坛的重新活跃使得"情"常常被掏空和置换，以理充情被诗坛所容忍和接纳，以学问为诗、以议论为诗也就顺理成章地获得了认可。

概而言之，王船山诗论的酝酿和创作时期，正值尚情诗学思潮在经历了狂飙突进的高峰期之后，渐成收敛之势的历史阶段。这一时期，一方面尚情论者的诗学理论仍具有相当的影响，诗歌创作中纵情恣欲、以欲代情现象仍相当普遍。另一方面，以矫纵情恣欲之枉为标榜，以理充情日渐理直气壮地行之于诗坛。诗坛陷入了情与欲、情与理的矛盾与纠葛中。王船山诗学话语就是这一特定的诗学背景下的产物。

---

① 袁中道：《阮集之诗序》，《珂雪斋集》，上海古籍出版社 1989 年版，卷三。

② 洪涛：《以情为本：理欲纠缠中的离合与困境——晚明文学主情思潮的情感逻辑与思想症状》，南京大学学报（社会科学版），2009 年第 4 期。

第二节　船山“主情”话语的诗学背景与诗歌本体论形态的关系

上述船山“主情”论诗学话语之背景的形成，固然是明末清初特定的政治环境和哲学思想环境使然，但亦有诗学本身方面的原因，这就是中国古代诗歌本体论多命题并存且概念含混的存在状况。

中国古代诗歌本体论主要有“诗言志”“诗缘情”和“以意为主”三大理论命题。“诗言志”最早见于《尚书·舜典》：“诗言志，歌咏言，声依永，律和声。八音克谐，无相夺伦，神人以和。”[①] 闻一多从文字学角度，对“志”的含义进行了考释，认为“志”的本意是“停止在心上”，“停在心上亦可说是藏在心里”；在“诗言志”这句话中，“志”指的是“怀抱”，即诗人的心意。[②] 闻一多的考释结论与《毛诗序》“在心为志，发言为诗”的认识大体吻合，都强调了“志”的心灵属性。“志”的心灵属性决定了它必然具有情感内质，往往与“情”混沌一体。所以，《毛诗序》在肯定“诗言志”的同时，又将“情”与“志”并举，并提出“吟咏情性”说：“诗者，志之所之也。在心为志，发言为诗，情动于中，而形于言。言之不足，故嗟叹之。嗟叹之不足，故永歌之。永歌之不足，不知手之舞之，足之蹈之也。情发于声，声成文谓之音。……国史明乎得失之迹，伤人伦之废，哀刑政之苛，吟咏情性，以风其上，达于事变，而怀其旧俗者也。故‘变风’，发乎情，止乎礼义。发乎情，民之性也；止乎礼义，先王之泽也。”[③] 在《毛诗序》的这段论述中，“言志”实际上就是“情动于中”的外在表现，“言志”与抒情俨然一体。所谓“志”，实际上就是种“止乎礼义”的“情”，也就是一种框定在政治伦理范畴内的“情”。《毛诗序》的论述是对“诗言志”的权威阐释，但却没有给“志”以明确定义，只是以“情”释“志”，“志”与“情”自此

① 蔡沉：《书集传》，中华书局 2017 年版，第 16 页。

② 朱自清：《诗言志辨》，《朱自清说诗》，上海古籍出版社 1998 年版，第 7 页。

③ 朱熹：《诗集传》，中华书局 2017 年版，第 14 页。

难解难分。

魏晋时期，陆机在《文赋》中提出“诗缘情而绮靡”[①]，标志着“诗缘情”命题的正式确立。陆机没有给“情”以定义，也没有对“情”的范畴作出限定，只是对“情”作了“绮靡”的审美描述，将“诗情”由“诗言志”命题中“止乎礼义”的狭义之“情”扩展为广义的心理审美之“情”。因此，朱自清说，“‘缘情’这一词组将‘吟咏情性’一语简单化、普遍化”了[②]。“诗缘情”命题扩大了诗情的领地，将喜怒哀乐等人之常情统统纳入了诗情的范畴之中，但并没有将“志”所涵括的“止乎礼义”的政治伦理情感排除在外，“情”与“志”在内涵和外延上存在包含交叉关系。因此，陆机在诗学活动中并不严格区分“志”与“情”，也不忌讳谈“志”，文论中多有“情”“志”并举之语。如其《文赋》中就多有“伫中区以玄览，颐情志于典坟”“六情底滞，志往神留”之类的“情”“志”并举之语。[③] 后世文论中亦不乏将“志”与“情”混为一谈，“言志”“缘情”两可的含混话语。朱自清就以裴子野《雕虫论》为例指出了这一现象：“他在主张恢复经学，也在主张恢复‘诗言志’的传统；诗至少要吟咏穷通出处，不当在‘卉木’‘风云’里兜圈子。他抨击的是‘缘情’‘体物’的诗。他引用‘吟咏情性’一语，实指‘缘情’而言；这揭穿了一般调和论者的把戏。但他虽能看出‘言志’跟‘吟咏情性’不同，在‘远志’和‘其志弱’二语里却还将所谓‘志’与‘情’混为一谈。”[④] 唐代孔颖达甚至提出了“情志合一”论，其《毛诗序正义》云：“在已为情，情动为志，情志一也。”[⑤] 由上可见，在“诗缘情”命题中，“情”并没有获得诗本体意义上的明确定义，“诗情”与人情呈混沌未分状况，“情”与“志”在概念上的内涵和外延上多有包含交叉。

南朝刘宋时期，范晔总结和发展了前人关于“意”的理论，提出了“以意为主”的命题。范晔在《狱中与诸甥侄书》中说：“常谓情志所托，故当

① 郭绍虞编：《中国历代文论》，上海古籍出版社 1979 年版，第 171 页。
② 朱自清：《诗言志辨》，《朱自清说诗》，上海古籍出版社 1998 年版，第 35 页。
③ 郭绍虞编：《中国历代文论》，上海古籍出版社 1979 年版，第 171 页。
④ 朱自清：《诗言志辨》，《朱自清说诗》，上海古籍出版社 1998 年版，第 38 页。
⑤ 孔颖达：《毛诗正义》，北京大学出版社 1999 年版，第 7 页。

以意为主，以文传意。以意为主，则其旨必见；以文传意，则其词不流；然后抽其芬芳，振其金石耳。”[①] 范晔所说的意，既包含“情”，又包含“志”，是“情”与“志”的融合，即所谓“情志所托”。在“以意为主”的命题中，诗之本体不再是单义的“志”或“情”，而是由二者协调整合而成的“意”，诗歌本体论论争中“志”与“情”的紧张对立关系在形式上趋于缓和。

明代陆时雍在《诗镜总论》中阐释“意”与“情”的关系时说：“夫一往而至者，情也；苦摹而出者，意也。若有若无者，情也；必然不必然者，意也。意死而情活，意迹而情神，意近而情远，意伪而情真。情意之分，古今所由判矣。”[②] 用现代的话来说，大意是“‘情’虽也不乏理解的因素，但更偏重于感性和直觉；‘意’中虽也有‘情’，但却比‘情’带有更多的理性与逻辑的成份。”[③]“意”的理性与逻辑走向，“必然引出以理为诗，以议论为诗，以文为诗，而这又必然继而引出对读书穷理的强调，对表达意理的‘法度’的探究”。[④] 而“以意为主”命题本就没给“意”以明确定义，因此，在经历了中唐的“尚意”高峰之后，“意”渐渐向“理”靠拢，至宋代，“以意为主”事实上已潜移暗换为“以理为主”。宋人仍然“尚意”，但他们所说的“意”，大都就是“理”。“意”原本就是“志”和“情”的混融，和“志”“情”有内涵和外延上的叠合交叉，“理”是“意”的衍生旁枝，自然也是如此。于是“理”以“意”的名义，搅进了诗学本体论命题概念的纠葛中，中国诗学本体论命题陷入了“志”“情”“意”“理”多概念并存、内涵与外延包容交叉的复杂局面中。

从上文的分析可以看出，中国诗歌本体论命题中的“志”“情”“意”等概念定义不明，各概念的内涵和外延又相互包含交叉，边界模糊。这就使得诗歌本体论理论的阐释和运用具有很强的灵活性和主观性。因此，在明末清初的“尚情”运动中，传统“缘情”诗学中“情”的定义不明、边界宽泛的特点被充分利用，各种张扬世俗情怀的主张都可以通过自己的阐释获取所需

① 沈约：《范晔传》，《宋书》，中华书局1974年版，卷69。
② 丁福保辑：《历代诗话选编》，中华书局1983年版，第1414页。
③ 萧华荣：《中国古典诗学理论史》，华东师范大学出版社2005年版，第130页。
④ 萧华荣：《中国古典诗学理论史》，华东师范大学出版社2005年版，第131页。

的传统资源支持，滥情纵欲行为的诗学传统阻力可以轻松化解。于是，在特定的时代背景下，人们的七情六欲都被放逸出来，像脱缰的野马一样奔向诗坛，诗情泛滥无疆。“情”与“意”本来就边界模糊，而“理”又常以“意”的面目出现，这就给人们混淆“情”“理”创造了条件，使得在“尚情”的旗号下，“情”可以被“理”悄然置换，以理充情得以行之于诗坛。

虽然中国诗学史不同历史阶段各有其发挥主导作用的诗歌本体论命题，但诗歌本体论命题在诗学史进程中并非此起彼亡，而是呈现出新旧命题并存的局面。正如朱自清对陆机“诗缘情”提出之后诗歌本体论命题存在状况的论述：“六朝人论诗，少直用‘言志’这词组的。他们一面要表现诗的‘缘情’作用，一面又不敢无视‘诗言志’的传统；他们没有胆量全然撂开‘志’的概念，径自采用陆机的‘缘情’说，只得将‘诗言志’这句话改头换面，来影射‘诗缘情’那句话。”① 至唐代，“‘诗言志’的传统经两次引申、扩展以后，始终屹立着。‘诗缘情’那新传统虽也在发展，却老只掩在旧传统的影子里，不能出头露面。直到清代，纪昀论诗，还以‘发乎情而不必止乎礼义’一派归罪于陆机这句话，说‘其究乃至于绘画横陈’，可以为证。这中间就是文坛革命家也往往不敢背弃这个传统，因为它太古老了。”② “以意为主”的命题提出以后，至中唐成为主流，并逐渐潜移暗转为宋人的“以理为主”。但中唐及以后以“志”论诗、以“情”论诗者仍比比皆是，“诗言志”“诗缘情”没有因为“以理为主”的流行而泯灭于诗坛。“诗言志”“诗缘情”“以意为主”三大命题并行而下，至明末清初，一方面，“尚情”论者可以顺当地承接“缘情”传统，并依靠传统力量的支撑掀起声势浩大的“尚情”思潮；另一方面，“尚理”作为由“以意为主”命题衍生而来的诗学观念，亦是自中唐以来传承不辍的诗学传统，同样具有传统资源的支撑。于是，“尚情”与“尚理”形成了激烈对抗、相持不下的局面。鉴于“尚理”在明代长期处于强势地位，“尚情”论者不得不剑走偏锋，以放纵情欲的极端方式“以情抗理”。这种矫枉过正行为产生的诗情泛滥的后果，又给了“尚理”主

① 朱自清：《诗言志辨》，《朱自清说诗》，上海古籍出版社 1998 年版，第 36 页。
② 朱自清：《诗言志辨》，《朱自清说诗》，上海古籍出版社 1998 年版，第 40 页。

义者以口实和反扑的理由，有所蛰伏的“尚理”诗学观重新活跃起来。

概而言之，中国古代诗歌本体论命题中“志”“情”“意”等概念定义不明，各概念的内涵和外延包含交叉边界模糊的状况，为明末清初“尚情”运动者拓宽诗情领地，以欲代情、以理充情提供了借助传统资源支持的便利，在一定程度上助长了滥情纵欲和以理充情风气。而诗歌本体论命题多元并存且各有传统资源可资倚重的局面，又迫使“尚情”论者不得不以放纵情欲等极端方式反拨“尚理”诗风，从而加剧了诗坛的滥情纵欲风气，使“尚情”运动陷入尴尬境地，“尚理”风尚得以借机回潮。

第三节　船山“主情”论诗学话语的诗歌本体论建设功能

王船山是旗帜鲜明的诗歌“主情”论者。船山认为，诗歌是基于情感的艺术，“诗以道情，道之为言路也。情之所至，诗无不至；诗之所至，情以之至。”① 故船山主张以情统摄诗歌，“情为至，文次之，法为下”②。鉴于对情感在诗歌中统摄地位的认识，船山视“兴、观、群、怨”为彼此关联的“四情”，“于所兴而可观，其兴也深；于所观而可兴，其观也审；以其群者怨，怨愈不忘；以其怨者而群，群乃益挚。出于四情之外，以生起四情；游于四情之中，情无所窒；作者用一致之思，读者各以其情而自得。”③ “唯此窅窅摇摇之中，有一切真情在内，可兴、可观、可群、可怨，是以有取于诗。”④ 意思是说，被儒家诗教定义为诗歌社会功用的“兴、观、群、怨”，实际上是由诗情引发的相互会通的系列审美心理活动，其生发与会通的枢纽在于诗情。没有情感，就没有审美感受，也就无所谓“兴、观、群、怨”，“诗教”也就荡然无存了。所以，船山从传承“诗教”的高度，大力渲染“主情”诗学

---

① 王夫之：《古诗评选》，《船山全书》第十四册，岳麓书社1996年版，第654页。
② 王夫之：《诗广传》，《船山全书》第三册，岳麓书社1996年版，第307页。
③ 王夫之：《姜斋诗话》，《船山全书》第十五册，岳麓书社1996年版，第808页。
④ 王夫之：《古诗评选》，《船山全书》第十四册，岳麓书社1996年版，第681页。

观："长言咏叹，以写缠绵悱恻之情，诗本教也"[①]，"诗之为教，相求于性情"[②]。

作为"主情"论者的王船山，不得不面对一个残酷事实，明末清初的"尚情"运动，旗帜不可谓不鲜明，声势不可谓不浩大，但最终未能完成救赎诗歌的历史使命。因此，擅长诗史考察的船山，对明末清初的"尚情"运动进行了冷静的审视和理性的分析、总结。从船山对"尚情"运动的主将袁宏道的评价大抵可以看出其对这场"尚情"运动的认识。船山高度赞许袁宏道的才情，认为："立北地于风雅中，恰可得斯道一位座。乃苦自尊已甚，推高之者又不虞而誉，遂使几为恶诗作俑，亦北地之不幸。要以平情论之，北地天才自出公安下；六义之旨，亦堕一偏，不得如公安之大全。"[③] 意即"北地天才"李梦阳固然才华出众，但公允而论，其才在公安袁宏道之下。船山亦充分肯定了袁宏道的过人胆识和历史担当精神，他在《明诗评选》卷六中评袁宏道《和萃芳馆主人鲁印山韵》说："王、李笼罩天下，无一好手敢于立异。中郎以天姿迥出，不受其弹压，一时俗目骇所未见，遂推为廓清之主！"[④] 但才华与胆识兼备的袁宏道，终究未能完成救赎诗歌的历史使命，反倒将诗坛引入了"诗道又将病矣"[⑤] 的尴尬境地。王船山认为，这一结果的出现，一是因为"李贽以佞舌惑天下，袁中郎、焦弱侯不揣而推戴之"[⑥]，意即袁宏道惑于诗情，不假思量地推举拥戴李贽的纵情主张；二是由于雷何思、江进之等公安末流，"以俗淫而败公安风矩"[⑦]。而袁宏道对李贽之论会"不揣而推戴之"，雷何思、江进之等公安末流"以俗淫而败公安风矩"能得以实现，其诗学原因在于诗歌本体论理论对诗情缺乏明确的范畴界定，诗情边界宽泛，以至于"诗以道性情，无人不知，且无人不言之矣，然人人知之而性情之旨

① 王夫之：《姜斋诗话》，《船山全书》第十五册，岳麓书社1996年版，第829页。
② 王夫之：《古诗评选》，《船山全书》第十四册，岳麓书社1996年版，第677页。
③ 王夫之：《明诗评选》，《船山全书》第十四册，岳麓书社1996年版，第1311页。
④ 王夫之：《明诗评选》，《船山全书》第十四册，岳麓书社1996年版，第1529页。
⑤ 袁中道：《阮集之诗序》，《珂雪斋集》，上海古籍出版社1989年版，卷三。
⑥ 王夫之：《姜斋诗话》，《船山全书》第十五册，岳麓书社1996年版，第859页。
⑦ 王夫之：《明诗评选》，《船山全书》第十四册，岳麓书社1996年版，第1312页

晦，人人言之而性情之真愈淆。”① 面对这种情况，船山亦感慨“世无足与言情”②，“关情亦不大易”③。在这一背景下，船山敏锐地觉察到，要想将诗歌拉回到抒情的轨道上，必须在诗歌本体论层面对诗情进行界定和范畴规定。按船山的话说，就是要“正情”，具体来说，就是“以性正情”④。因此，船山“主情”论的重心在于“正情”的理论创建和批评实践，其诗学话语具有诗歌本体论构建的性质。

船山明确提出，“情者，性之情也”⑤，“诗以道性情，道性之情也”⑥，将诗情规定为“性之情”，把诗情范畴限定在“性情”之内。“性”是性理哲学中的一个术语，按照船山的解释，“性便是道心”⑦。船山所说的“道心”指的是儒家道德要求之恻隐、羞恶、辞让、是非“四端”⑧。显然，船山的“诗道性情”说，不同于以往“止乎礼义”之类的道德层面的诗歌情感约束要求，而是在诗歌本体论层面对诗情作出了明确的界定，将诗情的范畴限定在儒家之“性情”的范围内，而不是仰仗个体的自我道德约束使诗情向善。

鉴于中国传统诗学习惯于直观感悟式批评方式，从接受效果上看，纯粹思辨性的理论阐述往往难以充分实现诗歌本体论建设的意图，故船山常常通过诗评借题发挥，多角度、多层面申述自己的理论主张，其诗歌批评实践也就被赋予了诗歌本体论建设的职能。为了防止情、欲混淆，使“性情”的概念更加明晰，船山在诗歌批评中对各种与“性情”相对立的“从欲”之情进行了细致辨析，明确地将其一一排除在诗情之外，彻底剥夺了以欲代情的诗学理由。船山认为，“情上受性，下授欲”⑨，“情”与“欲”是密切相关的，但“欲限于小”⑩，降情从欲将产生严重的不良后果，“降其志以从康，降其

① 师范：《触怀吟序》，张国庆辑：《云南古代诗文论著辑要》，中华书局2001年版，第373页。
② 王夫之：《诗广传》，《船山全书》第三册，岳麓书社1996年版，第418页。
③ 王夫之：《明诗评选》，《船山全书》第十四册，岳麓书社1996年版，第150页。
④ 王夫之：《诗广传》，《船山全书》第三册，岳麓书社1996年版，第429页。
⑤ 王夫之：《诗广传》，《船山全书》第三册，岳麓书社1996年版，第384页。
⑥ 王夫之：《明诗评选》，《船山全书》第十四册，岳麓书社1996年版，第1440页。
⑦ 王夫之：《读四书大全说》，《船山全书》第六册，岳麓书社1996年版，第1068页。
⑧ 王夫之：《读四书大全说》，《船山全书》第六册，岳麓书社1996年版，第948页。
⑨ 王夫之：《诗广传》，《船山全书》第三册，岳麓书社1996年版，第327页。
⑩ 王夫之：《诗广传》，《船山全书》第三册，岳麓书社1996年版，第325页。

情以从欲，均之乎降，而贞士之去淫人也无几矣”[①]。故船山明确提出：“诗达情，非达欲也。”[②] 所以，凡是“动焉而不能自持”[③] 的“从欲”之情，如“遽情”“淫情”“俗情”等，船山都不忌话语偏激，予以贬斥，以维护诗情的纯正。

船山在《诗广传》之《论谷风二》中，作为“君子之通德”的反面，提出了“小人之遽情”一说：“导长者于迷，先之矣；拯溺者于渊，捽之矣；调病者于食，损之矣。先而不为不悌，捽而不为不仁，损而不为不惠，君子之通德也；先之而忿其傲，捽之而忌其凌，损之而怼其吝，小人之遽情也。”[④] 船山所说的“遽情”，是指基于本领情欲的格局狭小的任性而发之情，即“弗能待”“弗能择”的“从欲”之情：“遽而成，君子弗为，矧夫遽之未足有成也！所恶于遽者，恶其弗能待也，尤恶其弗能择也，至于弗择，而人道之不废鲜矣。”[⑤] 所谓“不能待”，就是急不可耐、顺心而发；所谓“不能择”，就是不假思索，不加选择地随意宣泄。船山认为，《北门》为“遽情”之宗祧，而杜甫为“遽情”之魁，故其借评《北门》对杜甫提出了尖锐的批评。

> 若夫货财之不给，居食之不腆，妻妾之奉不谐，游乞之求未厌，长言之，嗟叹之，缘饰之为文章，自绘其渴于金帛，设于醉饱之情，腼然而不知有讥非者，唯杜甫耳。
>
> 呜呼！甫之诞于言志也，将以为游乞之津也，则其诗曰“窃比稷与契”；迨其欲之迫而哀以鸣也，则其诗曰“残杯与冷炙，到处潜悲辛”。是唐虞之廷有悲辛杯炙之稷、契，曾不如呼蹴之下有甘死不辱之乞人也。甫失其心，亦无足道耳。韩愈承之，孟郊师之，曹邺传之，而诗遂永亡于天下。是何甫之遽为其魁哉？[⑥]

杜甫因“欲之迫而哀以鸣”被船山定为遽情之魁首，但船山虽剑指杜甫，

① 王夫之：《诗广传》，《船山全书》第三册，岳麓书社 1996 年版，第 375 页。
② 王夫之：《诗广传》，《船山全书》第三册，岳麓书社 1996 年版，第 325 页。
③ 王夫之：《诗广传》，《船山全书》第三册，岳麓书社 1996 年版，第 325 页。
④ 王夫之：《诗广传》，《船山全书》第三册，岳麓书社 1996 年版，第 418 页。
⑤ 王夫之：《诗广传》，《船山全书》第三册，岳麓书社 1996 年版，第 354 页。
⑥ 王夫之：《诗广传》，《船山全书》第三册，岳麓书社 1996 年版，第 326 页。

其意却不在杜甫本身，而是鉴于杜甫的诗史影响，借杜甫这一诗坛门户树立一个醒目的靶子，向世人明示何为不当入诗的“从欲”之“遽情”，使自己的“诗道性情”的主张更加明晰、具体。

“遽情”之外，“淫情”也是王船山力拒的“从欲”之情。王船山在《诗广传》之《论采绿》中云：“淫者，非谓其志于燕媟之私也，情极于一往，泛荡而不能自戢也。”① 意思是说，“淫情”并非专指男女之私情，而是指有失节制的激越、狂躁之情。按船山在《古诗评选》卷四中评孙绰《秋日》的话说，就是“心力褊躁，筋骨刻露，一往无余”② 之情。对此，船山分别选取了《诗经》中的《采绿》和《采葛》两首诗作为案例，以示“无所淫”与“淫情”之别。王船山评《采绿》曰：

诵《采绿》之诗，其得之矣。幽而不闭，旁行而不迷，方哀而不丧其和，词轻而意至，心有系而不毁其容，可与怨也，可与思也，无所伤，故无所淫也。呜呼！知不伤之乃以不淫者，可以言情矣。③

又船山评《采葛》曰：

《采葛》之情，淫情也；以之思而淫于思，以之惧而淫于惧，天不能为之正其时，人不能为之副其望，耳荧而不聪，目瞀而不明，心眩而不戢，自非淫于情者，未有如是之亟亟也。此无所不庸其亟亟，终不能得彼之亟亟，彼不与此偕亟亟焉，而此之情益迫矣。有望于人而不应，有畏于人而不知所裁，中区热迮而弗能自理，是故其词遽，其音促，其文不昌，其旨多所隐而不能详，情见乎辞矣。④

船山认为，《采绿》一诗“哀而不丧其和”，“词轻而意至”，抒情从容有度，情感平缓蕴借，可谓“哀而不伤”，所以“无所淫”。而《采葛》一诗，“词遽”“音促”“情迫”，情感的抒发过于急促，情绪过于激越、坦露，“自

① 王夫之：《诗广传》，《船山全书》第三册，岳麓书社1996年版，第433页。
② 王夫之：《古诗评选》，《船山全书》第十四册，岳麓书社1996年版，第713页。
③ 王夫之：《诗广传》，《船山全书》第三册，岳麓书社1996年版，第434页。
④ 王夫之：《诗广传》，《船山全书》第三册，岳麓书社1996年版，第344页。

非淫于情者，未有如是之亟亟也”，所以说“《采葛》之情，淫情也”。通过船山的对比分析，何为应当排除在诗情之外的“淫情”，也就一目了然了。

船山认为，“太过之情必成乎不及”①，“以悁急而尽天下之情，则天下之情躁以薄”②，“可以群者，非狎笑也；可以怨者，非诅咒也。不知此者，直不可语诗。上下四旁，古今人物，饶有动情之处，鄙躁者，非笑不欢，非哭不戚耳。自梁、陈、隋、唐、宋、元以来，所以亡诗者在此。”③ 所以，对涉嫌“淫情”的诗人诗作，船山毫不留情地在诗史长河中一一拣出加以批判，以助世人明辨“淫情”，明了“诗道性情”论的诗情范畴。如船山在《诗广传》之《论采薇二》中对元稹、白居易之诗情“褊促”的批评：“导天下以广心，而不奔注于一情之发，是以其思不困，其言不穷，而天下之人心和平矣。言悲则悴以激，言愉则华以慆，元稹、白居易之一率天下于褊促，宜夫杜牧之欲施之以刑也。”④ 又如船山在《唐诗评选》中借评刘长卿诗指责韩愈：“狷急险躁之音作，乃欲夺元声以矜霸气，如王世充作天子，指天画地白沫喷人，世乃谓之‘起八代之衰’。”⑤ 再如船山评杜甫《后出塞》：“直刺而无照耀，为讼为诅而已。杜陵败笔有‘李瑱死岐阳，来瑱赐自尽’、‘朱门酒肉臭，路有冻死骨’一种诗，为宋人谩骂之祖，定是风雅一厄。”⑥

被船山排除在诗情之外的还有“俗情”，又曰“私情”“小人之情”。船山在《明诗评选》卷六中评王世懋《横塘春泛》云：“关情是雅俗鸿沟，不关情者貌雅必俗。然关情亦大不易，钟、谭亦未尝不以关情自赏，乃以措大攒眉、市井附耳之情为情，则插入酸俗中为甚。情有非可关之情者，关焉而无当于关，不奚足贵哉！”⑦ 船山认为，钟惺、谭元春虽以关情自赏，但因其以令穷酸文士皱眉、市井之民窃语的“酸俗”之情为诗情，其情实“非可关之情”，关情不当，不足称道。

① 王夫之：《诗广传》，《船山全书》第三册，岳麓书社1996年版，第425页。
② 王夫之：《诗广传》，《船山全书》第三册，岳麓书社1996年版，第388页。
③ 王夫之：《古诗评选》，《船山全书》第十四册，岳麓书社1996年版，第540页。
④ 王夫之：《诗广传》，《船山全书》第三册，岳麓书社1996年版，第392页。
⑤ 王夫之：《唐诗评选》，《船山全书》第十四册，岳麓书社1996年版，第967页。
⑥ 王夫之：《唐诗评选》，《船山全书》第十四册，岳麓书社1996年版，第958页。
⑦ 王夫之：《明诗评选》，《船山全书》第十四册，岳麓书社1996年版，第1510页。

又船山在《古诗评选》卷二中评陶渊明《归鸟》云：“《时运》谋篇大雅，而言句犹谐俗耳。他如《责子》、《劝农》，谋篇亟为浅人之所称赏，盖以庸躁之心求之，则彼诸篇者正如软美之酒，令人易下咽耳。陶诗往往令人可喜；可喜一分，则减一分身分耳。抑此不但陶诗为然，凡才情用事者，皆以阉然媚世为大病。媚浪子，媚山人，媚措大，皆诗之贼也。夫浪子之狂，山人之褊，措大之酸，而尚可与言诗也哉？有才情者，亦尚知所耻焉。”① 船山认为，陶渊明《时运》《责子》《劝农》等诗，虽因谐合时俗而被浅人所喜，但却自降身份。诗歌以刻意迎合时俗为大病。浪子之轻狂，隐士之偏狭，落魄文士之酸腐，都是俗情的表现，媚之则为“诗之贼”。故船山云，“浪子之情，无当诗情”②。

不少学者认为，船山对民间诗歌存有偏见，对民间诗歌的轻蔑，反映出了船山艺术观念的偏狭，为船山诗评之瑕疵。但细究船山的相关批评话语，不难看出，船山对民间诗歌的批评固然有失之偏颇的一面，但其旨却不在评价民间诗歌的是非曲直，而在于否定和责难借民间诗歌鼓动俗情的诗学行为。如船山《古诗评选》卷三评《子夜春歌》云：“从景得情，不亵不稚，犹自有诗人之旨。《子夜》、《读曲》等篇，旧刻乐府，既不可登诸管弦，虽下里或讴吟之，亦小诗而已。晋、宋以还，传者几至百篇。历代艺林，莫之或采。自竟陵乘闰位以登坛奖之，使厕于风雅，乃其可读者一二篇而已。其他媟者如青楼哑谜，黠者如市井局话，蹇者如闽夷鸟语，恶者如酒肆拇声，涩陋秽恶，稍有须眉人见欲哕。而竟陵唱之，文士之无行者相与敩之，诬上行私，以成亡国之音，而国遂亡矣。竟陵灭裂风雅，登进淫靡之罪，诚为戎首。……推本祸原，为之眦裂。”③

从上述引文可以看出，船山以“从景得情，不亵不稚，犹自有诗人之旨”高度评价《子夜春歌》，可见船山并没有一味地蔑视民歌。船山在意的是，民歌中“媟者如青楼哑谜，黠者如市井局话，蹇者如闽夷鸟语，恶者如酒肆拇声”之类的俗情之诗，竟得到竟陵派的推崇，以至于“文士之无行者相与敩

① 王夫之：《古诗评选》，《船山全书》第十四册，岳麓书社 1996 年版，第 606 页。
② 王夫之：《古诗评选》，《船山全书》第十四册，岳麓书社 1996 年版，第 753 页。
③ 王夫之：《古诗评选》，《船山全书》第十四册，岳麓书社 1996 年版，第 617 页。

之”，导致诗风淫靡，诗情迷乱。可见，船山之论虽然客观上于民间诗歌有所误伤，但其剑锋所指却是竟陵派鼓动俗情的行为，意在拒绝俗情入诗，维护诗情之“正”。

以诗情界定为前提，船山试图理顺其时陷于混乱的情理关系。明末清初，一方面在崇情抑理的旗号下，出现了非理性的极端排理现象，另一方面，以清除“尚情”思潮中的滥情纵欲之弊为标榜，又出现了以理充情现象，诗坛在情、理关系上陷入纷扰、纠结，固有的诗歌本体论理论面对这种局面显得捉襟见肘。因此，王船山试图通过“诗情”辨析，理顺情理关系，达到“正情”的目的。

船山虽然是“主情”论者，但却不赞成“情有者，理必无；理有者，情必无”①，“情在而理亡”② 等情理对立的观点。船山认为：“诗源情，理源性，斯二者岂分辕反驾者哉？不因自得，则花鸟禽鱼累情尤甚，不徒理也。取之广远，会之清至，出之修洁，理顾不在花鸟禽鱼上耶？”③ “诗源情”，而此“情”为“性之情”④，“理”又源于性，诗与理以“性”为纽带自然牵系在一起了，故不可分辕反驾。所以船山主张“情理各至，文以不穷”⑤，极力反对“诗有妙悟，非关理也”之类的排斥诗理之论，如其在《姜斋诗话》中说：“谢灵运一意回旋往复，以尽思理，吟之使人卞躁之意消。《小宛》抑不仅此，情相若，理尤居胜也。王敬美谓：‘诗有妙悟，非关理也。’非理抑将何悟？”⑥

船山认同诗理存在的合理性和必要性，但并不赞同在诗中直接言理，不允许理挤压情在诗歌中的本体地位。船山认为，诗理应该伴随着诗人的审美感兴，在长言永叹中随情而出，即在“唱叹沿回，一往深远”中“感物言

① 汤显祖：《寄达观》，《汤显祖全集》，北京古籍出版社 1999 年版，第 1351 页。
② 汤显祖：《沈氏弋说序》，《汤显祖全集》，北京古籍出版社 1999 年版，第 1646 页。
③ 王夫之：《古诗评选》，《船山全书》第十四册，岳麓书社 1996 年版，第 588 页。
④ 王夫之：《明诗评选》，《船山全书》第十四册，岳麓书社 1996 年版，第 1440 页。
⑤ 王夫之：《唐诗评选》，《船山全书》第十四册，岳麓书社 1996 年版，第 933 页。
⑥ 王夫之：《姜斋诗话》，《船山全书》第十五册，岳麓书社 1996 年版，第 813 页。

理”[1]，达到“不言理而理自至”[2] 的效果。故船山反对以长于理性逻辑的“名言之理”入诗，他在《古诗评选》卷四中评司马彪《杂诗》云：“王敬美谓‘诗有妙悟，非关理也’，非谓无理有诗，正不得以名言之理相求耳。”[3] 出于同样的理由，船山反对以“经生之理”入诗，他在《古诗评选》卷五中评鲍照《登黄鹤矶》云：“鲍乐府故以骀宕动人，五言深秀如静女。古人居文有体，不恃才所有余，终不似近世人只一付本领，逢处即卖也。……故经生之理，不关诗理，犹浪子之情，无当诗情。”[4] 又其在《明诗评选》卷五中评张治《江宿》曰：“诗有诗笔，犹史有史笔，亦无定法，但不以经生详略开合脉理求之，而自然即于人心，即得之矣。”[5]

船山在《明诗评选》卷五中评徐谓《严先生祠》曰：“诗以道性情，道性之情也。性中尽有天德、王道、事功、节义、礼乐、文章，却分派与《易》《书》《礼》《春秋》去，彼不能代诗而言性之情，诗亦不能代彼也。”[6] 意思是说，诗应该抒发“性之情”，而不是直接呈现性理。性理的阐述和宣扬是《易》《书》《礼》《春秋》等论说文的职责，论说文不能代替诗歌来抒发“性之情”，诗歌也不能越俎代庖，替代论说文阐述性理。故不能以文为诗。以文为诗，体现在言说方式上就是以议论、论辩等方式直接言理。因此，船山认为“有议论而无风雅”[7]，“议论立而无诗”[8]，坚决反对以议论为诗。船山在《古诗评选》卷四中评张载《招隐》云：“议论入诗，自成背戾。盖诗立风旨，以生议论，故说诗者于兴、观、群、怨而皆可，若先为之论，则言未穷而意已先竭；在我已竭，而欲以生人之心，必不任矣。以鼓击鼓，鼓不鸣；以桴击桴，亦槁木之音而已。唐、宋人诗情浅短，反资标说，其下乃有如胡曾《咏史》一派，直堪为塾师放晚学之资。足知议论立而无诗，允

① 王夫之：《古诗评选》，《船山全书》第十四册，岳麓书社 1996 年版，第 705 页。
② 王夫之：《古诗评选》，《船山全书》第十四册，岳麓书社 1996 年版，第 719 页。
③ 王夫之：《古诗评选》，《船山全书》第十四册，岳麓书社 1996 年版，第 687 页。
④ 王夫之：《古诗评选》，《船山全书》第十四册，岳麓书社 1996 年版，第 753 页。
⑤ 王夫之：《明诗评选》，《船山全书》第十四册，岳麓书社 1996 年版，第 1410 页。
⑥ 王夫之：《明诗评选》，《船山全书》第十四册，岳麓书社 1996 年版，第 1440 页。
⑦ 王夫之：《明诗评选》，《船山全书》第十四册，岳麓书社 1996 年版，第 1281 页。
⑧ 王夫之：《古诗评选》，《船山全书》第十四册，岳麓书社 1996 年版，第 702 页。

矣。"[①] 意思是说，诗歌应体现风人之旨，长言永叹以写缠绵悱恻之情，以情引发读者的议论，使之可兴、可观、可群、可怨。诗理应该蕴含于长言永叹的声情之中，让读者去体悟。如果诗歌"先为之论"，直接论理，则不足以感人深念，只堪为"识量不出针线、蔬笋、数米、量盐、抽丰、告贷之中"[②]的塾师作为私塾童蒙的晚学之资。故"议论立而无诗"。

从上文的分析可知，在情与理的关系上，船山主张"情理各至，文以不穷"[③]，崇情未必要抑理。但理应该伴随审美感兴随情而出，在声情流动中自得，而不应在诗中直接呈现。故而各种形式的径直言理，以理充情，皆有违诗道。

概而言之，船山认为，"长言永叹，以写缠绵悱恻之情，诗本教也"[④]，诗歌以抒情为本。鉴于中国古代诗歌本体论对诗情缺乏明确的范畴界定，诗情边界宽泛，情与欲、情与理往往纠葛不清，明末清初以欲代情、以理充情肆行于诗坛的状况，船山提出了"正情"的主张，从诗歌本体论层面对诗情进行了界定，把诗情范畴限定在"性情"之内，并在批评实践中将"遽情""淫情""俗情"等与"性情"不合的情感排除在诗情之外。同时，船山还对情、理关系进行了辨析，认为情与理可以并存于诗中，但理必须依赖审美感兴随情而出，不可挤压情在诗中的本体地位独立呈现。

综上所述，中国古代诗歌本体论呈现出"言志""缘情""以意为主"等多命题并存的局面，且"志""情""意"等概念定义不明，各概念的内涵与外延包含交叉、边界模糊，致使相关诗学理论的阐释和运用具有很强的灵活性和主观性。因此，在明末清初的"尚情"思潮中，以欲代情得以理直气壮地肆行于诗坛。诗坛在陷于滥情纵欲的泥坑后，以纠枉为标榜，又出现了以理充情现象，"尚理"思潮试图借"情"的外壳卷土重来。在这一诗学背景下，船山提出了"正情"主张，以"诗道性情"论对诗情进行了界定和规范，试图构建纯粹的"主情"诗歌本体论，避免情与欲、情与理纠葛混淆。

---

① 王夫之:《古诗评选》,《船山全书》第十四册，岳麓书社 1996 年版，第 753 页。
② 王夫之:《姜斋诗话》,《船山全书》第十五册，岳麓书社 1996 年版，第 840 页。
③ 王夫之:《唐诗评选》,《船山全书》第十四册，岳麓书社 1996 年版，第 933 页。
④ 王夫之:《姜斋诗话》,《船山全书》第十五册，岳麓书社 1996 年版，第 829 页。

鉴于中国传统诗学习惯于直观感悟式的批评方式，船山试图通过诗评来辨析诗情，阐述自己的理论主张，其诗学批评实践被赋予了诗歌本体论建设的职能。基于对诗“情”概念不清、边界模糊现象的矫枉之迫，船山诗评往往不吝严苛，凡不道“性情”或诗情不“正”者，一律毫不留情地予以贬斥，故其诗学话语多有“偏颇”之处。

第三章　诗学宗尚论争与王船山抑唐尊古诗学宗尚观

中国诗歌发展到有明一代，呈现出了古诗、唐诗、宋诗三种典型的诗歌范式。诚如南宋诗论家严羽所言，“本朝人尚理而病于意兴，唐人尚意兴而理在其中，汉魏之诗，词、理、意兴，无迹可求”①，三种诗歌范式的艺术风貌和精神气质各自不同。于是，诗坛就出现了关于师法对象选择的困惑，引发了关于诗学宗尚问题的思考和争论。自元至明，诗坛以宗尚唐诗为总体风尚。至明朝末年，唯唐独尊所造成的模拟成习、陈陈相因，诗歌缚于诗法、流于平熟而自狭诗道等弊端日渐显露，人们唯唐独尊的信念开始动摇，诗学界围绕诗学宗尚问题展开了激烈的争论。这场诗学宗尚之争并非纯粹的学术争论，其中还夹杂着某些政治因素，因而众语喧哗，论争十分激烈。作为对这一诗学宗尚之争的回应，王船山在其诗论中明确表达出了抑唐尊古诗学宗尚观。其诗学意图带有强烈的现实性，即通过推崇古诗，弘扬儒家诗教，在民族文化面临断灭的历史关头，为民族文化留根存种。

第一节　王船山的诗学宗尚观

唐诗是中国诗歌史上的高峰，宋、元、明几代均以唐诗为诗歌典范，宋诗谱系的建构对唐诗地位的冲击十分有限，尊崇唐诗是唐代以降数百年间的

---

①　严羽：《沧浪诗话·诗评》，何文焕《历代诗话》，中华书局1981年版，第696页。

诗学宗尚主流，间或有不同的声音，亦如短歌微吟，婉曲柔和。至明末清初，受诗学宗尚论争的影响，唯唐独尊的局面有所改变，但唐诗的至尊地位并没有受到实质性的撼动。而船山则于尊唐风尚中兀然独立，置唐诗的至尊地位于不顾，以犀利辛辣的文笔猛烈抨击唐诗，对汉魏六朝的古诗则推崇至极。如其在《古诗评选》卷一中评刘琨《扶风歌》时说：

> 视《青青河畔草》，殊有惰气，然杜陵取资一二，以为《出塞》、《三别》，遂得神明生动。六代之于两汉，唐人之于六代，分量固然。而过宠唐人者，乃跻祢于祖上，吾未见新鬼之大也。①

在这段评述中，船山借题发挥，标举汉代古诗《青青河畔草》，认为杜甫《出塞》《三别》，仅从《青青河畔草》中取资一二，则有“神明生动”之效，从而导出唐诗不如六朝诗，六朝诗不如汉代诗的观点，并以辛辣的笔触嘲讽了“过宠唐人”的现象。

又如船山在《古诗评选》卷六为五言近体所作序文中说：

> 近体之制，肇于唐初。迨其后刻画以立区宇，遂与古诗分朋而处。此犹一王定制，分伯而治，伯之陆梁，挟别心而与王相亢。风会之衰，君子之所忾也。……皎然一狂髡耳，目蔽于八句之中，情穷于“六义”之始，于是而有开合收纵、关锁唤应、情景虚实之法，名之曰“律”，钳梏作者，俾如登爰书之莫逭。此又宋襄之伯，设为非仁之仁，非义之义，以自蹙而底于衄也，悲夫！六代之作，世称浮艳，乃取唐音与颉颃，则唐益卑矣。②

近体诗萌芽于六朝之末，至唐日渐定型、成熟，是唐诗的标志性体裁，也是唐诗成就的主要体现者。而船山则认为，唐初近体诗兴起，其后诗坛“刻画以立区宇”，近体诗与古诗分朋而处，近体诗呈飞扬跋扈之势，诗风由之而衰，为君子所愤恨。受诗律、诗法的钳梏，诗歌发展到唐代之近体是一

① 王夫之：《古诗评选》，《船山全书》第十四册，岳麓书社1996年版，第521页。
② 王夫之：《古诗评选》，《船山全书》第十四册，岳麓书社1996年版，第830页。

种倒退，即便拿唐诗与“世称浮艳”的六代之作相比，唐诗亦显得更为逊色。

再如船山在《古诗评选》中借驳“唐人起六代之衰”贬唐扬古。船山评南朝诗人朱超道的古诗《别席中兵》说：

> 笔致疏率。齐、梁人不着铅华，则往往如此。中唐人所能至者，亦此而已。中唐人但得六代率笔，便自诩起六代之衰，亦不知量也。且此诗首尾只是一情，更不论新数旧。唐人处此，则又必添之绕。烦简纯驳之分，定当谁胜，耳食者可以思未?①

又船山评何承天古乐府歌行《芳树篇》说：

> 流文舒思，妙得从容之巧。……顾于汉本曲为闰位，而唐人又似续之以为禘祖矣。谓唐人起六代之衰，其将谁欺!②

再如船山评陆凯古诗《赠范晔诗》说：

> 音圆局整。浅人视此，亦当云起衰之作。讵知六代人率尔之吟，正自如此，特不屑频作耳。安得起六代人于地下，一拯唐人之衰也。③

前人认为唐诗在诗歌发展史上有“起六代之衰”的诗史地位，船山对这一论断十分反感。船山认为，唐诗的境界，超不出六朝古诗中不着铅华的“率尔之吟”的水准，“唐人起六代之衰”是欺人之说，是唐人不知自量的自诩，故而欲“起六代之人于地下，一拯唐人之衰”。

船山尊古抑唐的观念，不仅像上述引文那样在唐诗和古诗的比较中流露出来，还表现在对唐诗和古诗的单独评价中。如船山在《唐诗评选》中评蔡孚《打毬篇》说：“矜气中自有朴气，故知齐梁虽靡于汉晋，而生理自固。开元以降，雕琢苛细，靡乃已甚；降及元和，剥削一无生气，况生理耶？俗论

① 王夫之：《古诗评选》，《船山全书》第十四册，岳麓书社1996年版，第800页。
② 王夫之：《古诗评选》，《船山全书》第十四册，岳麓书社1996年版，第523页。
③ 王夫之：《古诗评选》，《船山全书》第十四册，岳麓书社1996年版，第621页。

不以为然，总牵臂入鬼录。”[①] 船山认为，齐梁诗较之汉晋之诗虽呈萎靡之势，但生机尚存。唐代开元以降，诗歌“雕琢苛细”，更加萎靡不振。降至唐代元和年间，诗歌已“一无生气”，更谈不上生机了。又船山在《古诗评选》中评孙绰《秋日》说：“序致顺，呼应切，然自以其平缓，不堕蹊径。唐人极有此种，而心力褊躁，筋骨刻露，一往无余，但觉佣贱，凡高延礼《品汇》所收，皆彼物也。”[②] 高延礼编纂的《唐诗品汇》，收唐诗五千七百多首，是明代最有影响力的唐诗学范本，《明史·文苑传》说：“终明之世，馆阁以此书为宗。厥后李梦阳、何景明等，摹拟盛唐，名为崛起，其胚胎实兆于此。”可见，《唐诗品汇》所收之诗，应为唐诗中的典范之作。而船山却说《唐诗品汇》所收，皆“心力褊躁，筋骨刻露，一往无余”的佣贱之作。再如船山在《唐诗评选》中评刘长卿《宿怀仁由南湖寄东海荀处士》说：“五言风味，凋于盛唐，至大历尽矣。”[③] 评虎丘鬼《题虎丘山石壁二首》说：“唐人作古诗者，眉稜如铁，肩骨如峰，皆鬼气也。”[④]

与贬抑唐诗的态度相反，船山对古诗的褒扬可以说达到了无以复加的程度，其诗论著作中对古诗的高度赞誉俯拾皆是。如其在《古诗评选》卷六中评徐陵《折杨柳》说：

孝穆于诗，疏宕以成其韵度，纳之古诗中则如落日余光，置之近体中则如春晴始旦矣。近体之视古诗，高下难易，于此可想。[⑤]

又如船山评《古诗十九首》：

《十九首》该情一切，群、怨俱宜，诗教良然，不以言著。入兴易韵，不法之法。具以浮云而蔽，哀哉，白日去矣。[⑥]

每一回笔，如有千波，而终平激。古人之力其神乎！[⑦]

---

① 王夫之：《唐诗评选》，《船山全书》第十四册，岳麓书社 1996 年版，第 890 页。
② 王夫之：《古诗评选》，《船山全书》第十四册，岳麓书社 1996 年版，第 713 页。
③ 王夫之：《唐诗评选》，《船山全书》第十四册，岳麓书社 1996 年版，第 967 页。
④ 王夫之：《唐诗评选》，《船山全书》第十四册，岳麓书社 1996 年版，第 975 页。
⑤ 王夫之：《古诗评选》，《船山全书》第十四册，岳麓书社 1996 年版，第 854 页。
⑥ 王夫之：《古诗评选》，《船山全书》第十四册，岳麓书社 1996 年版，第 644 页。
⑦ 王夫之：《古诗评选》，《船山全书》第十四册，岳麓书社 1996 年版，第 647 页。

兴、观、群、怨，诗尽于是矣。……《诗三百篇》而下，唯《十九首》能然。李、杜亦仿佛遇之，然其能俾人随触而皆可，亦不数数也。又下或一可焉，或无一可者。故许浑允为恶诗，王僧孺、庾肩吾及宋人皆尔。①

王船山抑唐尊古诗学观念，不仅表现在其诗歌评述中，还表现在其诗歌评选著作中古诗与唐诗的分量安排和选篇上。涂波《王夫之诗学研究》一书将王船山《古诗评选》《唐诗评选》《明诗评选》三部诗歌评选著作与沈德潜《古诗源》《唐诗别裁集》《明诗别裁集》进行了对照，显示沈德潜录古诗 802 首，录唐诗 1928 首，唐诗的分量在古诗的两倍以上；而王船山则录古诗 817 首，仅录唐诗 551 首，唐诗明显少于古诗。沈德潜在古诗和唐诗分量上的安排符合人们对唐诗、古诗之诗学地位的一般认识，船山诗歌评选著作中古诗和唐诗分量的反常安排，明确表达出了抑唐尊古诗学观念。② 再者，王船山在《唐诗评选》中列乐府歌行、五言古、七言律三体，却弃选唐人绝句。对于这一罕见现象，涂波的分析不无道理，"不选唐人绝句，与多选唐乐府歌行相对比，更能显出船山尊古体（乐府歌行和五古）的批评立场，也因此减少了《唐诗评选》在三部评选中的分量，尊古抑唐的批评意图得以明确表达"。③

从上文所引例证和分析可以看出，船山贬抑唐诗是不争的事实，而钱钟书却在《谈艺录》中说："船山《夕堂永日绪论》痛诋七子之诗，而持论尊唐斥宋，与七子不啻应声践迹。世人每以为推唐斥宋者必取七子，特见沈归愚辈如是耳，船山即推唐斥宋而不取七子者。"④ 钱钟书所说的"尊唐斥宋"，只出现于在某一具体的诗学现象上唐宋相较的情况下。如船山在《夕堂永日绪论内编二》中，将唐诗、宋诗的布局谋篇进行比较，认为唐诗尚写意，故"烟云泉石，花鸟苔林，金铺锦帐，寓意则灵"；而宋诗则重用字、用事，"抟合成句之出处，役心向彼掇索，而不恤己情之所自发"。所以唐代的李、杜等

① 王夫之：《姜斋诗话》，《船山全书》第十五册，岳麓书社 1996 年版，第 819 页。
② 涂波：《王夫之诗学研究》，湖北人民出版社 2006 年版，第 36 页。
③ 涂波：《王夫之诗学研究》，湖北人民出版社 2006 年版，第 40 页。
④ 钱钟书：《谈艺录》，中华书局 1984 年版，第 144 页。

诗人堪称“大家”，而宋代诗人则走不出“小家”辈的圈子，“总在圈缋中求活计”。[①] 再如船山在《夕堂永日绪论内编二十一》中就诗歌用韵问题进行唐、宋对比，认为唐人虽“不寻出处，不夸字学”，但犯忌者百无一二；“宋人以博核见长，偏于此多误。”[②]《夕堂永日绪论》中虽然多有这类唐宋相较情况下的“尊唐斥宋”，但“尊唐”只是针对宋诗而言的，并非整体观念。不过，钱钟书之论却揭示了一个客观事实，即船山对宋诗的反感剧于唐诗，至少在唐诗与宋诗相较的情况，他是肯定唐诗的。这一点，从船山宋“一代无诗”[③] 和“唐以后诗亡”[④] 等极端言论可以得到印证。

船山虽然反感宋诗，其贬抑宋诗的程度超过唐诗，但却很少通过宋诗与古诗相颉颃的方式标举其尊古的主张。在诗学宗尚问题上，宋诗并没有像唐诗那样成为与古诗相对立的标靶。这一现象的出现，有两个方面的原因。其一，在船山的认识中，宋诗中那些让他最难容忍的破坏风雅传统的弊端，如以文为诗、以学问为诗、以议论为诗等，都肇启于唐诗，宋诗只是这些诗弊的承接者。所以，船山论诗弊，即便是在唐诗中并不突出而显著于宋诗的现象，亦往往唐、宋并举，以示源流。如船山以下诗论：“指事发议诗一入唐、宋人铺序格中，则但一篇陈便宜文字，强令入韵，更不足以感人深念矣。”[⑤]“唐、宋则又不然，以章疏入讽咏，殊无诗理。”[⑥]“诗固不以奇理为高。唐、宋人于理求奇，有议论而无歌咏，则胡不废诗而著论辩也?”[⑦] 总之，在船山看来，古诗凋零，祸起唐诗，宋诗只起到推波助澜的作用，并非元凶。故船山宣扬尚古主张，不立宋诗为直接的对立标靶。其二，在船山诗论的生成时期，虽然诗学界掀起了以唐宋诗之争为主体的诗学宗尚论争，宗宋的呼声日渐高涨，但鉴于唐诗的巨大影响和尊唐的惯性，诗学宗尚的总体格局依然是尊唐黜宋，宋诗宗尚者往往还需通过揭示唐宋诗的传承关系，借唐诗为宋诗

① 王夫之：《姜斋诗话》，《船山全书》第十五册，岳麓书社1996年版，第819页。
② 王夫之：《姜斋诗话》，《船山全书》第十五册，岳麓书社1996年版，第828页。
③ 王夫之：《姜斋诗话》，《船山全书》第十五册，岳麓书社1996年版，第832页。
④ 王夫之：《古诗评选》，《船山全书》第十四册，岳麓书社1996年版，第784页。
⑤ 王夫之：《明诗评选》，《船山全书》第十四册，岳麓书社1996年版，第1330页。
⑥ 王夫之：《古诗评选》，《船山全书》第十四册，岳麓书社1996年版，第854页。
⑦ 王夫之：《古诗评选》，《船山全书》第十四册，岳麓书社1996年版，第787页。

张目，以求打破唐诗独尊的局面。所以，船山推行尊古主张的阻力主要来自尊唐的传统，宗宋对船山的诗学宗尚观尚未构成直接的威胁。在诗学宗尚论坛上，宋诗尚未成为古诗的直接对垒者。故船山论诗学宗尚，不直指宋诗。

船山对唐诗的贬抑，多以唐诗与汉魏六朝古诗相颉颃的方式导出，抑唐与扬古常相伴而生，即便不显于文字，亦在内在理路上存在唐诗与古诗的隐性对决。在与古诗无涉的场合，特别是在唐宋诗相较的情况下，船山确实存在钱钟书所说的“尊唐”现象，即便是批评唐诗，也显得比较温和。也就是说，船山抑唐，意在扬古，抑唐只是手段，扬古才是目的。由于唐诗是诗学宗尚对象，是诗学标杆，不推倒唐诗，难以立古诗，故而船山常将贬抑唐诗与推崇古诗纠缠在一起，表现出了明显的抑唐尊古诗学宗尚观。

第二节　王船山诗学宗尚观的诗学背景

有明一代，诗界多以唐诗为诗歌楷模和师法对象，尊唐是明代诗学宗尚的主流倾向。明朝立国之初，宋濂等人主张诗歌师法汉魏盛唐，就包含了尊唐的观念。稍晚，高棅明确地提出尊唐的主张，高棅认为：“风骚辍响，五言始兴，汉氏既亡，文体乃散。魏晋作者虽多不能兼备诸体，齐梁以还无足多得，声律纯完，上追风雅而所谓集大成者，唯唐有以振之。”[①] 故其倾力编纂《唐诗品汇》，为人们师法唐诗提供范本。其崇尚盛唐、区分流变的主张，对明代诗坛尊尚唐诗风尚的盛行产生了重大影响。其后李东阳以茶陵派掌门人的身份宣扬“轶宋窥唐”，推崇唐诗，尤其是杜甫的诗歌。七子派诗人紧随其后张扬尊唐主张，李梦阳“倡言文必秦汉，诗必盛唐，非是弗道”；[②] 何景明认为“近诗以盛唐为尚，宋人似苍老而实疏卤，元人似秀峻而实浅俗”；[③]“李攀龙、王世贞辈，文主秦汉，诗规盛唐，王、李之诗论，大率与梦阳、景

① 高棅：《唐诗正声》，明嘉靖何城重刻本，卷首。
② 张廷玉等：《明史·文苑传》，中华书局 1974 年版，第 7348 页。
③ 何景明：《与李空同论诗书》，《大复集》，文渊阁《四库全书》本，卷三十二。

明相倡和也”。[①] 经过七子派的推波助澜，尊唐之风蔚为大观，以至于达到了“诗必盛唐”的境地。但是，到明朝末年，唯唐独尊造成的诗坛模拟成习，陈陈相因，诗歌缚于诗法、流于平熟等弊端日渐显露，人们宗唐的信念开始动摇，诗学界围绕诗学宗尚问题展开了激烈的论争，硝烟弥漫于明末清初整个诗坛。这场诗学宗尚之争以尊唐还是宗宋之辩为焦点，其间夹杂着尊古的呼声。

钱谦益是明末清初诗学宗尚之争的主角之一，他反对“诗必盛唐”，主张师法宋元之诗，尤其是宋诗。钱谦益认为：“自羽卿之说行，本朝奉以为律令。谈诗者必学杜，必汉魏盛唐，而诗道之榛芜弥甚。羽卿之言，二百年来，遂若涂鼓之毒药。甚矣！”[②] 又钱谦益在《题燕市酒人篇》中说：“或曰：‘孝威诗于古人如何？’案头有《中州集》，余曰：‘以是集拟之，当在元裕之、李长源之间。’或怫然而起，曰：‘今之论诗者，非盛唐弗述也，非李杜弗宗也，拟孝威于元季，何为是戋戋者乎？’余曰：‘不然。诗言志，志足而情生焉。……子之云盛唐李杜者，偶人之衣冠，断菑之文绣。我之云裕之、长源者，旅人之越吟也，怨女之商歌也。安得以子之梦梦而易我之戋戋者乎？’”[③] 在钱谦益看来，明人谨遵严羽之说而学杜宗唐，结果却是“诗道之榛芜弥甚”，故严羽尊唐之说有如“毒药”。面对论诗者“非盛唐弗述”“非李杜弗宗”的局面，钱谦益指出，人们所推崇的盛唐李杜之诗，有如偶人身上的衣冠，断木枝头的文绣，已失去了鲜活的生命，仅存华丽的外表，不足为学。因而钱谦益弃唐诗而宗宋元之诗，尤其力推苏轼、陆游、黄庭坚等宋代诗人的诗作。由于钱谦益极力倡导尚宋，并在创作实践中身体力行，故而形成了“天启、崇祯中，忽崇尚宋诗”[④] 的局面。所以乔亿在《剑溪说诗》中说：“明诗屡变，咸宗六代三唐，固多伪体，亦有正声，自钱受之力诋弘、正诸公，始缵宋人余绪，诸诗老继之，皆名唐而实宋，此风气一大变。”[⑤]

---

① 张廷玉等：《明史·文苑传》，中华书局1974年版，第7307页。

② 钱谦益：《牧斋初学集》下册，上海古籍出版社1996年版，第924页。

③ 钱谦益：《牧斋有学集》中册，上海古籍出版社1985年版，第1550页。

④ 贺裳：《载酒园诗话》，郭绍虞《清诗话续编》第一册，上海古籍出版社1983年版，第453页。

⑤ 乔亿：《剑溪说诗》，郭绍虞《清诗话续编》第一册，上海古籍出版社1983年版，第1104页。

钱谦益之后，黄宗羲、吕留良、吴之振等人推波助澜，将明末清初诗坛的宗宋之风推向高潮。黄宗羲认为“善学唐者唯宋”①，“夫宋诗之佳，亦谓其能唐耳，非谓舍唐之外能自为宋也”②。他在肯定唐诗成就的基础上，从宋诗传承和发展唐诗的角度主张学宋。黄宗羲还认为，诗不应以时代而论，唐、宋诗各有所长，不应尊唐而黜宋。他在《张心友诗序》中说：“余尝与友人言诗，诗不当以时代而论。宋元各有优长，岂宜沟而出诸于外若异域然？即唐之时，亦非无蹈常袭故，充其肤廓而神理蔑如者。故当辩其真与伪耳。徒以声调之似而优之，而劣之，杨子云所言：伏其几，袭其裳，而称仲尼者也。”③黄宗羲在诗歌批评实践中则更表现出了明显的宗宋倾向。又吕留良认为：“黜宋诗者，曰腐，此未见宋诗也。宋人之诗，变化于唐而出其所自得，皮毛落尽，精神独存。……今之黜宋者，皆未见宋诗者也。虽见之，而不能辨其源流，则见与不见等。此病不在黜宋，而在尊唐。”④ 他认为宋诗与唐诗同源异体、精神相传，但宋诗有其“自得”，于唐诗有所超越，故而斥黜宋诗者为“腐”，称其病根在于尊唐。因此，吕留良主张学习宋诗，其作诗纯用宋法。与吕留良同时的吴之振在诗歌创作上亦主张师法苏轼、黄庭坚、杨万里等宋代诗人，并游说于诗坛为宋诗张扬，故而“时之论孟举之诗者必曰学宋”。⑤

黄宗羲、吕留良、吴之振对明末清初宋诗运动的最大影响还在于他们合编《宋诗钞》。由于明代诗坛尊唐黜宋，“明自嘉、隆以后，称诗家皆讳言宋，至举以相訾謷，故宋人诗集庋阁不行。”⑥ 至明末清初，宋人诗集已成稀罕之物。故而，在宗宋思潮如火如荼的诗学背景下，《宋诗钞》的刊行有如久旱甘霖，极大地满足了人们对宋诗文本的需求。同时，由于《宋诗钞》立足于宗宋立场，遂令宋诗热骤然升温。故纳兰性德在《原诗》中说：“十年前诗人，皆唐之诗人也，必嗤点夫宋；近年来之诗人，皆宋之诗人也，必嗤点夫唐。”⑦

① 黄宗羲：《黄宗羲全集》第十册，浙江古籍出版社1994年版，第60页。
② 黄宗羲：《黄宗羲全集》第十册，浙江古籍出版社1994年版，第51页。
③ 黄宗羲：《黄宗羲全集》第十册，浙江古籍出版社1994年版，第50页。
④ 吴之振：《宋诗钞》第一册，中华书局1986年版，第4页。
⑤ 吴之振：《吴之振诗集》，浙江古籍出版社2012年版，第1页。
⑥ 宋荦：《漫堂说诗》，丁福保《清诗话》上册，上海古籍出版社1978年版，第416页。
⑦ 转引自陈居渊《清代朴学与中国文学》，百花洲文艺出版社2010年版，第112页。

清初诗人宋荦亦在《漫堂说诗》中说："近二十年来，乃专尚宋诗。至余友吴孟举《宋诗钞》出，几于家有其书矣。"① 然而，诗学界的尊唐之习由来已久，根基深厚，宗宋思潮在明末清初的诗学宗尚之争中并未形成压倒性优势，尊唐与宗宋两股势力相互钳制，对峙于诗坛。故明末清初的许多宗宋者，鉴于唐诗的巨大影响和尊唐的传统，往往以宋诗对唐诗的传承为突破口，借唐诗张扬宋诗，以求打破唯唐独尊的局面，而不公然宣称宗宋。如黄宗羲主张不以时代论诗，反对唯唐独尊，但当他的主张被人们理解为宗尚宋诗的时候，他则郑重其事地予以澄清："听者不察，因余之言，遂言宋优于唐。夫宋诗之佳，亦谓其能唐耳。非谓舍唐之外，能自为宋也。于是缙绅先生间谓余主张宋诗，噫亦冤矣。"② 在宋诗热日渐升温之际，以陈子龙为代表的云间派，再次掀起了尊唐热潮。陈子龙说："文当规摹两汉，诗必宗趣开元。吾辈所怀，以兹为正。至于齐梁之赡篇，中晚之新构，偶有间出，无妨斐然。若晚宋之庸沓，近日之俚秽，大雅不道，吾知免夫。"③ 在陈子龙的号召下，"诗必宗趣开元"成为云间派的总体诗学取向，而宋诗则为云间派诗人所否定。云间派的尊唐主张在明末清初影响很大，响应者甚众。"西泠十子""太仓十子"均以云间派的复古宗唐主张为论诗旨归，明末清初诗人吴伟业、宋琬、钱澄之、施闰章等，亦受其影响以唐诗为圭臬。

明末清初诗坛不唯尊唐、宗宋两种声音，还夹杂着尊古的呼声。尊古者以陈祚明最具代表性。陈祚明认为："古诗自汉迄隋代远矣，大抵多五言，齐、梁稍趋之律。学者概目为古诗，与近体诗判然，是近体之源。今为近体，如不读古诗，见不高，取材也狭隘，坐下俚。"④ 他还说："作律不由古诗而入，自多俚率凡近，乏于温厚之音。"⑤ 在陈祚明看来，近体诗是由古体发展演变而来的，近体诗渊源于古诗，故不学古诗，则作诗眼界不高，取材狭隘，近乎俚俗之言。为了张扬古诗，陈祚明耗时十余年编成《采菽堂古诗选》，选

① 转引自陈居渊《清代朴学与中国文学》，百花洲文艺出版社 2010 年版，第 110 页。
② 黄宗羲：《黄宗羲全集》第十册，浙江古籍出版社 1994 年版，第 51 页。
③ 陈子龙：《陈子龙文集》，华东师范大学出版社 1988 年版，第 670 页。
④ 陈祚明：《采菽堂古诗选》上册，上海古籍出版社 2008 年版，第 9 页。
⑤ 陈祚明：《采菽堂古诗选》下册，上海古籍出版社 2008 年版，第 949 页。

录先唐诗歌作品4487首，并逐一加以评析。蒋寅认为，陈祚明《采菽堂古诗选》是清初诗坛力图拓展诗歌传统视野的工程之一。只可惜《采菽堂古诗选》未能及时刊行，对当时诗坛风气的影响不大。①

明末清初的诗学宗尚之争并非纯粹的学术之争，其中还夹杂着某些政治因素的干预。李剑波《清代诗坛对宋诗范式的重建与创新》一书认为，明末清初诗人宗宋，与民族情绪有关。② 宋亡于异族入侵，而明末清初亦正是一个因异族入侵而让士人们感到地裂天倾的时代，这使得明末清初诗人在民族情绪上与宋人意气相通，他们试图在宋诗中寻找相同的精神体验，借宋诗来宣泄民族情绪，寄寓民族情感。同时，正如明朝遗臣李楷在《宋遗民广录序》中所云："夫宋亡之恸，非犹夫昔之亡国者，宋存而中国存，宋亡而中国亡，中国之存亡，千古之大变也夫！"③ 明末清初把存宋作为保存民族文化的一种手段，宋代文化俨然成为华夏文化的象征。"既然宋代文化是中原华夏文化的象征，那么人们继承和发扬宋诗传统，也就隐含着一种令人难以名状而又心照不宣的民族主义情绪。"④

明亡清立之后，皇权直接加入到了尊唐的势力中，诗学宗尚之争的政治色彩进一步加浓，局势更加复杂。唐朝是一个象征太平盛世的政治符号，康熙皇帝欲以唐代明君自比，建立大唐般的盛世王朝，故而在文化政策上多仿效唐代，于诗则主张独尊唐诗，以显盛世气象。康熙命亲信曹寅统领编纂《全唐诗》，并亲自为《全唐诗》作序，以帝王的身份钦定唐诗的独尊地位。康熙在《全唐诗序》中说："诗至唐而众体悉备，亦诸法毕该。故称诗者，必视唐人为标准，如射之就彀率，治器之就规矩焉。"⑤ 圣意既明，许多原本主张宗宋的文人亦倒戈一击，为唐诗张扬。如曾经"越三唐而事两宋"的王士祯，转而作《唐贤三昧集》《十种唐诗选》，明确表明自己尊唐的态度。此后他在各种诗论中彻底摆脱了宗宋的痕迹，转变为唐诗尊崇者。如其在《鬲津

① 蒋寅：《清代诗学史》（第一卷），中国社会科学出版社2012年版，第521页。

② 李剑波：《清代诗坛对宋诗范式的重建与创新》，中国社会科学出版社2015年版，第48页。

③ 李楷：《河滨文选》，上海古籍出版社2009年版，卷四。

④ 李剑波：《清代诗坛对宋诗范式的重建与创新》，中国社会科学出版社2015年版，第51页。

⑤ 康熙：《圣祖仁皇帝御制文集》，《文渊阁四库全书》，台北商务印书馆1980年影印本，第1299册，第163页。

草堂诗集序》中对祖宋祧唐的批评说："历六朝而唐、宋，千有余岁，以诗名其家者甚众，岂其才尽不今若耶？是必不然。故尝著论，以为唐有诗，不必建安、黄初也；元和以后有诗，不必神龙、开元也；北宋有诗，不必李、杜、高、岑也。二十年来，海内贤知之流，矫枉过正，或乃欲祖宋而祧唐，至于汉魏《乐府》、《古选》之遗音，荡然无复存者。江河日下，滔滔不返，有识者惧焉。"① 由此可见在政治因素的干预下，诗学宗尚论争形势的复杂性。

王船山主要生存于明朝崇祯和清朝顺治、康熙年间，其时正是尊唐与宗宋论争最激烈的时期。王船山作为一位胸怀天下、"经世致用"意识强烈的儒家学者，不可能置身于这场论争之外。有学者根据王船山晚年蛰居湘西草堂而绝迹人间的情况，认为王船山"超然于时代之外"，其诗学是"远离诗坛的理论独白"②，这种论断忽略了王船山生平经历的多样性和其学术思想形成的过程。年轻时的王船山，在晚明动荡不安的社会背景下，一方面走着传统知识分子读书、科举、入仕的老路，另一方面又十分关注社会局势，踊跃参加"行社""匡社""须盟"等带有一定政治色彩的民间学术团体，以文会友，指点江山，以匡扶社稷为己任。而且，王船山有四次参加科举乡试的经历，钱谦益、吴伟业等学界名流曾为其主考官。作为科举士子，王船山必然要了解社会局势和学术动态，同学术界保持密切联系。南明王朝期间，王船山更是社会活动频繁，他曾以南明永历王朝行人司行人身份活跃于政坛，其间与瞿式耜、方以智、钱澄之等名士交游甚密。即便是隐姓埋名流落湘南期间，王船山亦为学者讲授《周易》《春秋》，未曾脱离和学界的联系。朱迪光《王夫之诗歌创作考论》一书列"王夫之的文学交游考"一节，以王船山《广哀诗》《南窗漫记》与传世文献相印证，对王船山的文学交游情况进行了考辨，列王船山各个时期的文学交游人士 37 人，比较清晰地勾勒出了王船山的文学交游圈，说明王船山并非与世隔绝的孑然孤士。③ 总之，从王船山的人生经历和经世意识看，他不可能脱离明末清初尊唐宗宋之争这一诗学背景而喃喃自语。

① 王士祯：《蚕尾集》卷七，康熙刊本。
② 蒋寅：《清代诗学史》（第一卷），中国社会科学出版社 2012 年版，第 411 页。
③ 朱迪光：《王夫之诗歌创作考论》，中国社会科学出版社 2017 年版，第 137－193 页。

综上所述，明末清初诗坛围绕尊唐与宗宋问题展开了旷日持久的诗学宗尚论争，尊唐与宗宋两派旗鼓相当、相持不下，其间虽有尊古的呼声，但湮灭在了尊唐、宗宋的喧嚣声中。这一诗学争论贯穿王船山的整个学术生涯，王船山的诗学活动，全然发生在这一过程中。显然，王船山抑唐尊古诗学宗尚观产生于明末清初诗坛就诗学宗尚问题展开激烈论争的诗学背景之下。

第三节　王船山诗学宗尚观的诗学意图

南明王朝灭亡后，王船山带着壮志未酬的遗憾遁迹山野，潜心于学术研究和学术整理。关于船山的学术宗旨，其子王敔概括为“发明正学”。王敔在《大行府君行述》中说：“亡考慨明统之坠也，自正、嘉以降，世教早衰，因以发明正学为己事，效设难作折。”① 王船山自题墓志铭亦用“正学”标榜自己的学术追求。其墓志铭曰：“抱刘越石之孤愤，而命无从致；希张横渠之正学，而力不能企。幸全归于兹丘，固衔恤以永世。”王船山孜孜以求的“正学”，指的是符合正道的学说，即符合儒家道统的正统之学。也就是，王船山从事学术研究，旨在阐释和传承正统的儒家之学，护持民族文化之根本。

于诗学而言，“正学”当为儒家诗教。也就是说，船山论诗的主旨在于传承和弘扬儒家诗教。关于这一点，船山在诗论中屡屡以“诗教”说诗可资印证：

> 《十九首》该情一切，群、怨俱宜，诗教良然，不以言著。②
>
> 微而婉，则诗教存矣。③
>
> 盖诗之为教，相求于性情，固不当容浅人以耳目荐取。④
>
> 故闻温柔之为诗教，未闻其以健也。⑤

① 王敔：《大行府君行述》，《船山全书》第十六册，岳麓书社1996年版，第73页。
② 王夫之：《古诗评选》，《船山全书》第十四册，岳麓书社1996年版，第644页。
③ 王夫之：《诗经稗疏》，《船山全书》第三册，岳麓书社1996年版，第82页。
④ 王夫之：《古诗评选》，《船山全书》第十四册，岳麓书社1996年版，第677页。
⑤ 王夫之：《古诗评选》，《船山全书》第十四册，岳麓书社1996年版，第821页。

> 一时一事一意，约之止一两句；长言永叹，以写缠绵悱恻之情，诗本教也。[①]

如此等等，不一而足，可见船山对诗教的执着。

船山认定的诗教，是传统政教诗学和审美诗学的结合。船山高度认同“兴、观、群、怨”在儒家诗教中的纲领性地位，充分肯定诗歌的政治教化功能，但在如何实现政治教化功能方面，有超越前人的阐释。船山认为，“兴、观、群、怨”是相互会通、互为一体的。会通的枢纽在于情，故船山以情统摄“兴、观、群、怨”，称“兴、观、群、怨”为“四情”。船山在《诗译》中说：“‘诗可以兴，可以观，可以群，可以怨。’尽矣。辨汉、魏、唐、宋之雅俗得失以此，读《三百篇》者必此也。‘可以’云者，随所‘以’而皆‘可’也。于所兴而可观，其兴也深；于所观而可兴，其观也审；以其群者而怨，怨愈不忘；以其怨者而群，群乃益挚。出于四情之外，以生起四情；游于四情之中，情无所窒。作者用一致之思，读者各以其情而自得。故《关雎》，兴也；康王晏朝，而即为冰鉴；‘讦谟定命，远猷辰告。’观也。谢安欣赏，而增其遐心。人情之游也无涯，而各以其情遇，斯所贵于有诗。”[②] 船山还说：“唯此窅窅摇摇之中，有一切真情在内，可兴、可观、可群、可怨，是以有取于诗。”[③] 在王船山看来，“兴、观、群、怨”是伴随着情感而展开的系列审美心理活动，没有情感，也就没有审美感受，也就无所谓诗了。所以船山认为：“圣人达情以生文，君子修文以函情。琴瑟之友，钟鼓之乐，情之至也。百两之御，文之备也。善学《关雎》者，唯《鹊巢》乎！学以其文而不以情也。故情为至，文次之，法为下。”[④] 故作诗缚于诗法、诗律，以及以文为诗、以学问为诗、以议论为诗，因为不能吟咏性情，给人以审美感受，都是船山所反对的。同样的理由，船山厌弃表达过于直露、情绪过于激越的诗歌，谨守“温柔敦厚”的诗教原则，提倡“和远幽微”[⑤]、委婉含蓄的诗歌

---

① 王夫之：《姜斋诗话》，《船山全书》第十五册，岳麓书社 1996 年版，第 829 页。
② 王夫之：《姜斋诗话》，《船山全书》第十五册，岳麓书社 1996 年版，第 808 页。
③ 王夫之：《古诗评选》，《船山全书》第十四册，岳麓书社 1996 年版，第 681 页。
④ 王夫之：《诗广传》，《船山全书》第三册，岳麓书社 1996 年版，第 307 页。
⑤ 王夫之：《唐诗评选》，《船山全书》第十四册，岳麓书社 1996 年版，第 1008 页。

风格。船山认为“太过之情必成乎不及”[①]，所以说“可以群者，非狎笑也；可以怨者，非诅咒也。不知此者，直不可语诗。上下四旁，古今人物，饶有动情之处，鄙躁者非笑不欢、非哭不戚耳。自梁、陈、隋、唐、宋、元以来，所以亡诗者在此。”[②]

简而言之，船山论诗，旨在弘扬以“兴、观、群、怨”“温柔敦厚”为核心命题的儒家诗教，但在船山对诗教原则的阐释中，突出强调了诗歌吟咏性情的抒情特质和审美感发功能。

按照船山的诗学观念，明末清初诗学宗尚之争中的尊唐与宗宋主张都有违诗教传统和诗教精神，不足以实现其“发明正学”的学术意图。就唐诗而言，其一，近体诗发展到唐代，诗法、诗律日渐森严，阻碍了自由性情的表达。在船山看来，诗法、诗律致使诗人“目蔽于八句之中，情穷于‘六义’之始”，“开合收纵、关锁唤应、情景虚实之法，名之曰‘律’，钳梏作者，俾如登爰书之莫逭”[③]。诗法、诗律桎梏了诗人的自由性情，诗歌因此也就丧失了审美意味。因而船山愤言“说格，说法，说开阖，说情景，都是得甚恶梦”[④]。并指斥“唐宋以下，有法吏而无诗人”[⑤]。既如此，尊唐自然与船山弘扬诗教的意图不合。其二，唐诗中多有“健笔”，即慷慨直言之作。在船山看来，这是有违“温柔敦厚”之诗教原则的。船山的这一认识，从其对白居易、韩愈、杜甫等诗人的批评中可以得到印证。船山在《唐诗评选》中借评曹邺诗指责白居易“徒用谩骂”，使得“诗教无存”，是“以暴易暴”[⑥]；又其借评刘长卿诗批评韩愈说：“狷急险躁之音作，乃欲夺元声以矜霸气，如王世充作天子，指天画地，白沫喷人，世乃谓之‘起八代之衰’。”[⑦] 再如船山评杜甫《后出塞》说：“杜陵败笔有‘李瑱死岐阳，来瑱赐自尽’、‘朱门酒肉臭，路

① 王夫之：《诗广传》，《船山全书》第三册，岳麓书社1996年版，第425页。
② 王夫之：《古诗评选》，《船山全书》第十四册，岳麓书社1996年版，第540页。
③ 王夫之：《古诗评选》，《船山全书》第十四册，岳麓书社1996年版，第830页。
④ 王夫之：《明诗评选》，《船山全书》第十四册，岳麓书社1996年版，第1388页。
⑤ 王夫之：《古诗评选》，《船山全书》第十四册，岳麓书社1996年版，第490页。
⑥ 王夫之：《唐诗评选》，《船山全书》第十四册，岳麓书社1996年版，第976页。
⑦ 王夫之：《唐诗评选》，《船山全书》第十四册，岳麓书社1996年版，第967页。

有冻死骨’一种诗，为宋人谩骂之祖，定是风雅一厄。”① 其三，就现实而言，在尊唐的旗号下，人们以唐诗为标榜建立门庭，模拟之风盛行，使得诗歌性情与兴会全无，既无真情流露，又无审美价值，自然有违诗教精神，故船山对此十分反感。船山在《夕堂永日绪论内编》中说：“立一门庭，则但有其格局，更无性情，更无兴会；自缚缚人，谁为之解者？”② 又如船山讥讽杜诗门派拟杜风气说：“诗有生气，如性之有仁也。杜家只用一钝斧子死斫见血，便令仁戕生夭。”③ “指事发议诗一入唐宋铺序格中，则但一篇陈便宜文字，强令入韵，更不足以感人深念矣。此法至杜而裂，至学杜而荡尽。”④

王敔的门生曾载阳、曾载述在湘西草堂初刻本《夕堂永日绪论》文后“附识”中说：“子船山先生初徙茱萸塘，同里刘庶仙前辈藏书甚多，先生因手选唐诗一帙，颜曰《夕堂永日》，夕堂，子先生之别号也。继又选古诗一帙，宋元诗、明诗各一帙，而暮年重加评论，其说尤详。”⑤ 据此，船山当作有《宋元诗评选》，然今不传其书，故船山宋诗评选的具体情况不得而知，但其不宗宋诗的态度却显见于其他诗学著作。船山在《明诗评选》中评王思任《薄雨》时说：“靠古人成语，人间较量，东支西补而已。宋人诗最为诗蠹在此。”⑥ 又王船山在《姜斋诗话》中说：“唐初比偶，即有陈子昂、张子寿扢扬大雅。继以李、杜代兴，杯酒论文，雅称同调，而李不袭杜，杜不谋李，未尝党同伐异，画疆墨守。沿及宋人，始争疆垒。欧阳永叔亟反杨亿、刘筠之靡丽，而矫枉已迫，还入于枉，遂便使一代无诗，掇拾夸新，殆同觞令。胡元浮艳，又以矫宋为工，蛮触之争，要于兴、观、群、怨丝毫未有当也。”⑦ 船山称宋“一代无诗”，“于兴、观、群、怨丝毫未有当”，除了党同伐异的门庭之风及缚于诗法等因素造成诗歌僵化等原因，还因为宋人好以议论为诗、以意为诗、以才学为诗、以经生之理为诗。船山认为，“指事发议诗一入唐宋

① 王夫之：《唐诗评选》，《船山全书》第十四册，岳麓书社1996年版，第958页。
② 王夫之：《姜斋诗话》，《船山全书》第十五册，岳麓书社1996年版，第831页。
③ 王夫之：《明诗评选》，《船山全书》第十四册，岳麓书社1996年版，第1310页。
④ 王夫之：《明诗评选》，《船山全书》第十四册，岳麓书社1996年版，第1330页。
⑤ 曾载阳、曾载述：《附识》，《船山全书》第十六册，岳麓书社1996年版，第401页。
⑥ 王夫之：《明诗评选》，《船山全书》第十四册，岳麓书社1996年版，第1454页。
⑦ 王夫之：《姜斋诗话》，《船山全书》第十五册，岳麓书社1996年版，第832页。

铺序格中，则但一篇陈便宜文字，强令入韵，更不足以感人深念矣。”① “宋人以意为律诗绝句，而诗遂亡。如以意，则直须赞《易》陈《书》，无待诗也。”② “艺苑之士，不原本于《三百篇》之律度，则为刻木之桃李；释经之儒，不证合汉、魏、唐、宋之正变，抑为株守之兔罝。陶冶性情，别有风旨，不可以典册、简牍、训诂之学与焉也。”③ “古人居文有体，不恃才所有余，终不似近世人只一付本领，逢处即卖也。……故经生之理，不关诗理，犹浪子之情，不当诗情。”④ 也就是说，以议论为诗、以意为诗、以才学为诗、以经生之理为诗，不能激发人的情感，亦不能给人以审美感受，故不能感人深念，有违“兴、观、群、怨”的诗教原则。而以议论为诗、以意为诗、以才学为诗、以经生之理为诗正是宋诗的典型特征，故船山反对以宋诗为宗。鉴于宗宋包含着一定的民族情感因素，王船山对宗宋主张寄寓的民族情感感同身受，加至在船山之世，宋诗并未像唐诗那样取得公认的宗尚地位，宗宋尚未成为船山推行自己的诗学宗尚主张的直接障碍，故船山虽不赞同宗宋，但其对宋诗的批评亦不似抨击唐诗那样显著、激烈。

在船山的认识中，古诗“该情一切，群、怨俱宜，诗教良然”⑤，与诗教精神契合无间。船山认为，古诗“情之所至，诗无不至；诗之所至，情以之至……如蝶无定宿，亦无定飞，乃往复百歧，总为情止，卷舒独立，情依以生。”⑥ “大端言情，风雅正系。”⑦ 即便是叙事，也“因事起情，事为情用”。⑧ 且“古诗无定体，似可任笔而为之”⑨，不受制于诗法、诗律，便于性情自由舒展和审美艺术的充分发挥。故船山认为古诗“有一切真情在内，可兴，可观，可群，可怨”⑩，最能体现诗教之“兴、观、群、怨”原则。再

① 王夫之：《唐诗评选》，《船山全书》第十四册，岳麓书社1996年版，第1330页。
② 王夫之：《明诗评选》，《船山全书》第十四册，岳麓书社1996年版，第1576页。
③ 王夫之：《姜斋诗话》，《船山全书》第十五册，岳麓书社1996年版，第807页。
④ 王夫之：《古诗评选》，《船山全书》第十四册，岳麓书社1996年版，第753页。
⑤ 王夫之：《古诗评选》，《船山全书》第十四册，岳麓书社1996年版，第644页。
⑥ 王夫之：《古诗评选》，《船山全书》第十四册，岳麓书社1996年版，第654页。
⑦ 王夫之：《古诗评选》，《船山全书》第十四册，岳麓书社1996年版，第650页。
⑧ 王夫之：《古诗评选》，《船山全书》第十四册，岳麓书社1996年版，第680页。
⑨ 王夫之：《姜斋诗话》，《船山全书》第十五册，岳麓书社1996年版，第822页。
⑩ 王夫之：《古诗评选》，《船山全书》第十四册，岳麓书社1996年版，第681页。

者，古诗“平而远，淡而深”[①]，“立论平善，使气纯澹”[②]，契合“温柔敦厚”的诗教原则。所以，从传承和弘扬儒家诗教的目的出发，船山力主尊古。

简而言之，船山学术研究的宗旨是“发明正学”，就诗学而言，“正学”即为儒家诗学。在船山的认识中，尊唐与宗宋都有违诗教原则，不足以弘扬儒家诗教。而古诗“诗教良然”，唯有尊古才是弘扬儒家诗教的正道。鉴于唐诗已然稳固的尊崇地位，不抑唐难以扬古，故船山抑唐与尊古并行，其诗学宗尚观表现为抑唐尊古。船山抑唐尊古，目的不在于评判历代诗歌之高下优劣，意在弘扬诗教传统和诗教精神，“发明”诗学领域之“正学”，存民族诗学之根柢。

综上所述，明末清初诗坛以尊唐与宗宋之争为核心，展开了旷日持久的诗学宗尚论争。这场诗学宗尚之争并非纯粹的学术争论，其中还夹杂着某些政治因素，因而斗争十分激烈。在这一诗学背景之下，作为对这一诗学宗尚之争的回应，船山在其诗论中明确表达出了抑唐尊古诗学宗尚观。船山之所以主张抑唐尊古，是因为船山为学的宗旨在于“发明正学”，即阐述和弘扬儒家正统之学，为民族文化存根留种。而尊唐与宗宋都有违诗学之“正学”——儒家诗教的原则和精神，唯有古诗“诗教良然”，承载着诗教传统与精神，故船山主张尊崇古诗以传承和弘扬儒家诗教。为了动摇唐诗业已取得的尊崇地位，为尊古扫清障碍，船山在扬古的同时极力贬唐，显现出了抑唐尊古的诗学宗尚观。显然，船山以抑唐尊古回应诗学宗尚之争，其诗学意图在于借推崇古诗弘扬儒家诗教，传承民族诗学之“正学”，在诗学领域护持民族文化之根本。

① 王夫之：《古诗评选》，《船山全书》第十四册，岳麓书社1996年版，第712页。
② 王夫之：《古诗评选》，《船山全书》第十四册，岳麓书社1996年版，第686页。

第四章　船山“诗教”观与儒家诗学的原始面貌及其流变

王船山带着壮志未酬的遗憾遁迹山野之后，潜心于学术研究，其学术研究的动机和宗旨，王敔在《大行府君行述》中概括为：有感于“世教早衰”，以“发明正学为己事”。[①] 所谓正学，即符合儒家道统的正统之学。于诗学而言，“发明正学”就是传承和弘扬正统的儒家诗学。正统儒家诗学在形式上体现为始于汉代的儒家“诗教”，但其根底却在先秦时期的儒家诗学。船山虽然极力维护儒家“诗教”的正统地位，但却逾越了“诗教”樊篱，传承了蕴含在先秦儒家诗论中却被汉儒“诗教”疏离了的艺术审美精神，以美善相济的诗学主张实现了儒家诗学原生精神的回归和重振。

第一节　儒家诗学的生成背景及原始面貌

“中国政治与文化之变革，莫剧于殷周之际”[②]，而殷周之际的政治、文化剧变始于周公制礼。周原本是一个偏处西北边陲的小邦，曾长期臣服于商。经过数百年筚路蓝缕的惨淡经营，周族逐渐强大起来。公元前十一世纪，周人利用殷商王朝的内部腐败和商人转战东南淮夷之机，以一场牧野之战灭商立国，取代商人成为中原统治者。虽然周人由殷商帝国的属臣变成了中原大

① 王敔：《大行府君行述》，《船山全书》第十六册，岳麓书社 1996 年版，第 73 页。
② 王国维：《殷周制度论》，《观堂集林》卷十，中华书局 1959 年版，第 475 页。

地的领主，但是，“面对这样一个庞大的已经有自己悠久文化传统的发达的被征服民族，如何能在中原站稳脚跟？又如何才能使人们心悦诚服地认可自己作为统治者的正统形象？这些都是周初统治者必须正视的现实问题。这逼使他们动起了脑筋。就像刚刚成长的孩童面对突然的家庭变故不得不学着成人去思考问题，周人在政治上也成熟了许多。”① 周人经过理性思考，试图建立起以宗法政治体系为主体，以“德”为精神内核的政治文化制度和个人行为守则，即所谓“礼制”。周人将“礼”提升到了天地万物之本的高度：“夫礼，天之经也，地之义也，民之行也。天地之经，则民实则之。”（《左传·昭公二十五年》）② “凡礼之大体，体天地，法四时，则阴阳，顺人情，故谓之礼。”（《礼记·礼运》）并且，礼被赋予了治国安邦的职能：“礼，经国家，定社稷，序民人，利后嗣者也。”（《左传·隐公十一年》）“礼之所兴，众之所治也，礼之所废，众之所乱也。”（《礼记·仲尼燕居》）于是，从周公开始，周人不断对主于事神的祭礼进行损益和改造。除祭礼处，还增加了人们日常活动交往的各种典礼、仪式和行为规则，经过多代人的不断加工和完善，最后形成了庞大、精细的体系化礼制。“道德仁义，非礼不成；教训正俗，非礼不备；分争辩讼，非礼不决；君臣、上下、父子兄弟，非礼不定；宦学事师，非礼不亲；班朝治军，莅官行法，非礼威严不行，祷祠祭祀，供给鬼神，非礼不诚不庄；是以君子恭敬、撙节、退让以明礼。”（《礼记·曲礼》）礼的范畴几乎涵盖了所有的社会活动和个人生活，形成融道德、习俗、政治、经济、家庭、婚姻等于一体的系统、繁复的典章制度和仪式规则体系。

周人虽然制作了完备的礼制，但是，“‘礼’无论如何又总是从外面来的规范、约束、秩序，它与人作为血肉身心之躯的个性自然性的关系，实际上经常处在一种对峙的状态中，即‘礼’对人的身心的塑造和作用是从外面硬加上来的，是一种强制性的规定、制度，它与人的自然性的感官感受和情欲宣泄并没有直接的必然联系。特别是当‘礼’一方面在内容上逐渐演化为特定的法规、制度，另一方面在形式上又日渐沦为纯粹的外表、仪容的时候，

① 廖群：《〈诗经〉与中国文化》，东方红书社 1997 年版，第 21 页。

② 本文所引《左传》原文均据阮元主刻《十三经注疏》之《春秋左传正义》，所引《礼记》原文均据《十三经注疏》之《礼记正义》，恕不一一标注。

它与人的内在心理情感的联系就更为稀疏甚至脱节了。”[①] 因此，消除生命个体的本能抗拒，让冷漠、生硬的礼的规则获得人们的心理认同，使循礼成为一种道德自觉，是摆在周朝当政者面前的一个重大问题。这一问题不解决，“制礼”的初衷将难以实现，以礼治国的效果将大打折扣。周人从融乐、舞于一体的早期祭祀中获得经验和启发，让“乐”承担起“礼”与人的内在心理情感交融的职能，来化解人们的内在心理对外在之礼的抵触。于是，周人“律大小之称，比终始之序，以象事行，使亲疏、贵贱、长幼男女之理皆形见于乐”。（《礼记·乐记》）“圣人作乐以应天，制礼以配地。礼乐明备，天地官矣。”（《礼记·乐记》）

上述情况，正如廖群在《〈诗经〉与中国文化》一书中所说：“在既定好的等级秩序不被搅扰的前提下或基础上，更多地提倡的是君惠臣恭、父慈子孝、兄友弟恭的亲亲仁爱的温和关系，而这一切观念，又不是靠强制性的灌输，生硬的诏谕，而是就在一个个彬彬有礼的仪式上，在典雅、悠扬的弦歌声中，在翩翩起舞的美的享受之时，把实质上冷酷的规定，化为天经地义的观念，输入人们的血液，转化为一种伦常情感，从而建立起一个秩序、和谐、理智、宁静的王道乐土。”[②] 按照《礼记》的描述，就是“君子听钟声则思武臣”“听琴瑟之声，则思志义之臣”“听鼓鼙之声，则思将帅之臣”“情见而义立，乐终而德尊”“君臣上下同听之，则莫不和敬”“长幼同听之，则莫不知顺”“父子兄弟同听之，则莫不和亲”。（《礼记·乐记》）周人“礼”“乐”并行，寓教于乐，终于建立起了实用性的“礼”与审美性的“乐”相辅相成的礼乐文化，确立了政教审美化的文化走向。

如上文所述，中国上古礼乐文化的一个重要特点就是政治教化审美化，即通过“乐”的审美感化，将“礼”的规则在潜移默化中转化为伦常情感，以审美的手段实现“礼”的社会功用。这一礼乐文化环境正是儒家诗学的生成背景。产生于礼乐文化环境中的先秦儒家诗学，传承了以审美感化达成政治教化目的的文化传统，虽然视诗歌为政治教化工具，但却没有漠视诗歌的

---

① 李泽厚：《华夏美学》，《美学三书》，安徽文艺出版社1999年版，第232页。

② 廖群：《〈诗经〉与中国文化》，东方红书社1997年版，第52页。

抒情、审美特质。

孔子认为，“不能诗，于礼缪；不能乐，于礼素。薄于德，于礼虚”（《礼记·仲尼燕居》），“诗可以兴，可以观，可以群，可以怨，迩之事父，远之事君，多识于鸟兽草木之名”（《论语·阳货》）[①]，诗还可以“告诸往而知来者”（《论语·学而》）。孔子还认为，“诵《诗》三百，授之以政，不达；使于四方，不能专对；虽多，亦奚以为?”（《论语·子路》）可见，孔子赋予了诗歌以明礼、事父、事君、达政、专对以及历史借鉴等多种社会政治和伦理教化职能，诗歌不只是文学的诗，更是政治的诗、伦理的诗。但是，孔子虽然将诗歌视为社会政治和伦理教化的工具，高度重视诗歌的政治教化功能，但尚能顾及诗歌的文体特征，在政治功利与艺术审美之间并没偏于一隅，对审美感发于政治教化目的之实现的意义具有清醒的认识。《论语·泰伯》载：“子曰：‘兴于诗，立于礼，成于乐。’”所谓“兴于诗”，指的就是诗歌激发情志，引起读者情感共鸣的审美感发效应。对此，清代学者李恭在《论语传注》中有精当的阐释：“《诗》之为义，有兴而感触，有比而肖似，有赋而直陈，有风而曲写人情，有雅而正陈道义，有颂而形容功德。说（悦）之故言之，言之不足故长言之，长言之不足故嗟叹之。学之而振奋之心，勉进之行，油然兴矣。是‘兴于诗’。”[②] 当代学者东方朔亦认为：“重情乃是不争的事实，孔子言仁正要人从真情、从内心的戚然不安上加以指点，而其对成人更简言之为‘兴于诗，立于礼，成于乐’，诗以化人，乐以感人，皆是至情之表现。”[③] 简而言之，孔子“兴于诗，立于礼，成于乐”之论的要旨在于以诗化人，以乐感人，通过诗乐的艺术审美激发人们的情感，从而于“礼”有所树立。

再如孔子的“兴、观、群、怨”说，将“兴”置于首位，就是突出诗歌的“起情”作用，即诗歌所具有的激发情感的艺术感染力。“兴、观、群、怨”说中的“观”，即观察、审视，包括观诗人之志和观风俗之盛衰两层意

---

① 本文所引《论语》原文均据阮元主刻《十三经注疏》之《论语注疏》，恕不一一标注。

② 转引自赖力行《中国古代文论史》，岳麓书社2000年版，第12页。

③ 东方朔：《〈性自命出〉的心性观念初探》，《郭店楚简国际学术研讨会论文集》，湖北人民出版社2000年版，第325页。

思。诗歌的意蕴往往隐而不显，因此，蕴含在诗歌中的诗人之志或风俗盛衰情形才需要“观”。所以，“观”实际上就是基于诗歌的感情表现，亦或形象、意境，通过涵咏体悟，推见其内在意蕴的审美心理活动。“可以群”，意即诗人在诗中抒发的情感，可以引发读者的内心情思，产生情感共鸣。“怨”本身就是作者的情感宣泄，而蕴含在诗歌中的哀怨之情，又可触动读者不满情绪的宣泄。“可以群”“可以怨”实际上就是诗歌审美心理活动中的情感效应。所以“兴、观、群、怨”实为基于诗歌显在表象、以情感为联结纽带的相互会通的系列审美心理活动。

可见，孔子虽然将诗歌的社会功用推到了相当的高度，视诗歌为政治教化工具，但其诗学行为却并没有逸出诗歌作为审美艺术产品的观念范畴，诗歌的情感特质和审美属性并没有因推崇政治功用而被漠视，反而得到了相当程度的重视。

孟子论诗，最著名的是其与弟子咸丘蒙讨论如何解《诗》的这段对话：

> 咸丘蒙曰：“舜之不臣尧，则吾既得闻命矣。《诗》云：‘普天之下，莫非王土；率土之滨，莫非王臣。’而舜既为天子矣，敢问瞽瞍之非臣，如何？”曰：“是诗也，非是之谓也。劳于王事，而不得养父母也。曰：‘此莫非王事，我独贤劳也。’故说《诗》者，不以文害辞，不以辞害志。以意逆志，是为得之。如以辞而已矣，《云汉》之诗曰：‘周余黎民，靡有孑遗。’信斯言也，是周无遗民也。”①

在这段对话中，孟子提出了“不以文害辞，不以辞害志”的观点。意思是说，不要因诗歌之文饰而误解其辞，进而曲解作者的本意。可见，在孟子的认识中，诗歌不似直接宣讲伦理教条和礼仪规则的应用文体那样直白，它具有文饰和婉曲等艺术特征，读者必须透过文辞的表面意思，去追索、体悟作者的志趣所在。这种追索、体悟实际上就是艺术审美。那么，如何才能追寻诗人之志呢？孟子提出了“以意逆志”的方法，即以己之意逆诗人之志。

---

① 孟子：《万章上》，焦循《孟子正义》，中华书局1987年版，第637页。

也就是说，追索诗人之志必须有读者主体情感的参与。按照孟子的说法，诗歌赏读实际上就是一种以诗歌文本为观照对象，以追索诗人之志为目标，读者主体情感参与其中的审美心理活动。所以，王长华在《诗论与子论》一书中这样评价孟子的诗论观点：“这时的孟子论诗，仍从《诗经》开始，但又远远超出了《诗经》，诗在孟子眼里已有艺术代称的意思了。即使仅仅就孔、孟《诗》论而言，如果说孔子留给后人的主要是‘达政’、‘专对’的诗教的话，那么孟子留给后人的则主要是艺术鉴赏的审美诗论。”[①] 诚然，孟子的‘以意逆志’往往是用政治伦理之意去“逆”诗人之“志”，不出政治功利诗学之窠臼。但孟子对诗歌文饰、婉曲特点的体认，对诗歌赏读过程中读者主体情感参与的强调，都表明孟子诗学观念中的诗，虽然是为政治和伦理教化服务的，但却是具有情感特质的审美艺术作品。

荀子的《乐论》虽然主于论乐，但由于其时诗、乐、舞还处于三位一体的综合形态中，论乐自然包含了论诗和论舞，泛而言之，论乐也就是论艺术。乐离不开诗，乐教同时也是诗教。故荀子《乐论》中的很多观点可视为荀子的诗学观。在《乐论》中，荀子认为乐具有治国安民的政治功能：

> 故乐在家庙之中，君臣上下同听之，则莫不和敬；闺门之内，父子兄弟同听之，则莫不和亲；乡里族长之中，长少同听之，则莫不和顺。故乐者，审一以定和者也，比物以饰节者也，合奏以成文者也；足以率一道，足以治万变；是先王立乐之术也，而墨子非之，奈何！……
>
> 夫声乐入人也深，其化人也速，故先王谨为之文；乐中平则民和而不流，乐肃庄则民齐而不乱。民和齐则兵劲城固，敌国不敢婴也。如是，则百姓莫不安其处，乐其乡，以至足其上矣。然后名声于是白，光辉于是大；四海之民，莫不愿得以为师；是王者之始也。[②]

---

① 王长华：《诗论与子论》，学苑出版社2001年版，第108页。

② 荀子：《乐论》，张少康、卢永璘编选《先秦两汉文论选》，人民文学出版社1999年版，第182－183页。

荀子认为，“乐”的“入人也深”“化人也速”的政治教化效果的产生，依赖于“情”：

> 夫乐者，乐也，人情之所必不免也。故人不能无乐；乐则必发于声音，形于动静；而人之道，声音动静，性术之变尽是矣。故人不能不乐；乐则不能无形；形而不为道，则不能无乱。先王恶其乱也，故制《雅》《颂》之声以道之，使其声足以乐而不流，使其文足以辨而不諰，使其曲直繁省廉肉节奏足以感动人之善心，使夫邪污之气无由得接焉……。①

荀子文中所描述的是以乐感人的过程，实际上就是艺术审美过程，离开了艺术审美，也就无从“感动人之善心”。所以，荀子在《乐论》中又说：“君子以钟鼓道志，以琴瑟乐心；动以干戚，饰以羽旄；从以箫管；故其清明象天，其广大象地，其俯仰周旋有似四时。故乐行而志清，礼修而行成，耳目聪明，血气和平，移风易俗，天下皆宁，美善相乐。”② 可见，荀子已经具有了由美入善，通过艺术审美实施政治教化，促成“美善相乐”之局面的诗学意识。

诚然，先秦儒家诗学并没有形成系统、明确的由美入善、美善相济的理论和方法。以孔子、孟子、荀子为代表的原始儒家，虽然具有了一定的审美诗学意识，但在功利和审美之间仍偏于功利，关于诗歌审美的相关论述往往只是笼统的片言只语，远不及对诗歌社会功用的阐述那么系统、明朗。而且，在解《诗》实践中，儒家论《诗》者往往偏离诗歌的文体特征和原文本意，擅于政治引申和道德比附，审美感性往往被政治理性所压抑。即便如此，原始儒家试图借助艺术审美实现政治功利目的的诗学意识仍十分明显，诗学观念中蕴含的以审美感化达成功用目的的诗学精神清晰可见。

孔子、孟子、荀子是原始儒家的主要代表人物，据其诗论可以勾勒出儒

① 荀子：《乐论》，张少康、卢永璘编选《先秦两汉文论选》，人民文学出版社 1999 年版，第 182 页。

② 荀子：《乐论》，张少康、卢永璘编选《先秦两汉文论选》，人民文学出版社 1999 年版，第 184 页。

家诗学原始面貌的大体轮廓，这就是：儒家诗学融会了上古礼乐文化政治教化审美化的文化精神。它注重诗歌的社会功用，将诗歌视为政治和伦理教化工具，但却没有漠视诗歌的情感特质和审美属性，虽然没有形成关于政治教化审美化的系统理论，实践路线也不够明朗，但其诗学观念中蕴含着以审美感化达成诗歌社会功用的精神。

第二节　儒家诗学的流变与船山“诗教”观的提出

随着汉朝一统专制政权的建立，士人失去了先秦时期择主而仕的自由，“君臣之接，如朋友然”[①] 的局面不复存在。“绥之则安，动之则苦，尊之则为将，卑之则为虏；抗之则在青云之上，抑之则在深渊之下；用之则为虎，不用则为鼠。”[②] 士人政治作为的成败，完全取决于君主的喜恶，人生价值和兴衰荣辱乃至身家性命系于君主一人。贾山在《至言》中以沉痛的语气反映了汉代士人的这种政治处境和生存状况：“雷霆之所击，无不摧折者；万钧之所压，无不糜灭者。今人主之威，非特雷霆也；势重，非特万钧也。开道而求谏，和颜色而受之，用其言而显其身，士犹恐惧而不敢自尽，又乃况于纵欲恣行暴虐，恶闻其过乎？震之以威，压之以重，则虽有尧舜之智，孟贲之勇，岂有不摧折者哉？”[③] 在君主的雷霆之势下，虽然士人把自己放在贤才的位置上，欲竭诚尽忠，营造理想政治，而帝王却仅仅视其为“有用之器”，顺之则用，逆之则弃，生杀予夺，视若犬马。《资治通鉴·汉纪》载：“汲黯云：‘陛下求贤甚劳，未尽其用，辄已杀之。以有限之士恣无已之诛，臣恐天下贤才将尽，陛下谁与共治乎？’黯言之甚怒，上笑而谕之曰：‘何世无才，患人不能识之耳，苟能识之，何患无人！夫所谓才者，犹有用之器也，有才而不

① 郑玄：《六艺论》，张少康、卢永璘编选《先秦两汉文论选》，人民文学出版社1999年版，第638页。

② 东方朔：《答客难》，赵逵夫、韩高年主编《历代赋评注》（汉代卷），巴蜀书社2010年版，第199页。

③ 贾山：《至言》，董治安主编《两汉全书》第一册，山东大学出版社1999年版，第484页。

尽用，与无才同，不杀何施？'"[1] 在这种政治环境中，虽然从汉初的陆贾、孙叔通等人开始，儒生们就满腔热情地投身于汉代的政治文化建设，试图以儒家之道来提升汉代的政治文化品格，构建儒家的理想政治和士人的理想人格，但君王却我行我素，对儒家之道不感兴趣。至宣帝时，儒家的政治影响仍十分微弱。《汉书·元帝纪》载："（元帝）尝侍燕从容言：'陛下持刑太深，宜用儒生。'宣帝作色曰：'汉家自有制度，本以霸王道杂之，奈何纯任德教、用周政乎！且俗儒不达时宜，好是古非今，使人眩于名实，不知所守，何足委任！'乃叹曰：'乱我家者，太子也！'"[2] 在这段帝王父子对话中，我们看到，在帝王眼里，汉儒的政治见解不过是一些"不达时宜"的"是古非今"之论，甚至有儒生因不合时宜之论招来杀身之祸。据《汉书·眭弘传》载，眭弘以《春秋》为理论依据，以经学大师董仲舒之学为依托，假天意议论王权的合理性问题，结果以"妖言惑众，大逆不道"之罪伏法受诛。[3]

汉儒无力与帝王之势相颉颃，摆在儒生面前的只有两条路，要么改变策略，避免与君王直接冲突，曲折地达到政治目的，实现政治理想；要么放弃政治追求，游离于政治之外。而游离于政治之外与儒家的人格价值和人生理想背道而驰，非儒生之所愿。因为中国知识分子群体自古就与政治有着不解之缘，他们兼具文化和政治双重职能，再加上"礼乐"文化环境和"官学"教育的熏陶，其政治情结可以说是根深蒂固的。儒家的人格理论更带有浓郁的政治色彩，其核心在于"修己以安人"，要求士人具备天下意识，以上下流贯的"浩然之气"去经天纬地、建功立业。"立德、立功、立言"的生命理想和人生价值的实现，最终都体现在"治国平天下"的政治作为上，避世独行历来为儒家所不取。关于这一点，陆贾在《新语·慎微》中说得十分明白："夫播布革，乱毛发，登高山，食木实，视之无优游之容，听之无仁义之辞，忽忽若狂痴。推之不往，引之不来，当世不蒙其功，后代不见其才，君倾而不扶，国危而不持，寂寞而无邻，寥廓而独寐，可谓避世，非谓怀道者也。

① 司马光：《资治通鉴》，中华书局 1956 年版，卷十九。
② 班固：《汉书》，中华书局 1962 年版，卷九。
③ 班固：《汉书》，中华书局 1962 年版，卷七十五。

故杀身以避难则非计也，怀道而避世则不忠也。”① 所以，就儒生而言，人生的最大压抑是政治理想的破灭，政治作为的失败。正因为如此，我们看到，贾谊的《鵩鸟赋》、东方朔的《哀命》、严忌的《哀时命》、司马迁的《悲士不遇赋》等慨叹命运之作，有一个共同特点，就是将政治上的挫折与失败提升到人生价值的层面来看待，以感慨命运的方式来表达政治失意情绪。我们从中读到的不仅是对现实无可奈何的哀伤情怀，更有屈而不伸、壮志难酬的人性压抑之痛。

在上述背景之下，文士们别无选择，只有改变参政策略，利用自己的学术优势（当时文学还包含在学术之中），以柔制刚，以文制势，曲折地达到政治目的，成就理想人格，实现人生价值。而诗歌以其特有的柔性和艺术感染力，多少可以在冷漠的君臣关系中增添些宽容的可能与和谐的音符，最适合“主文而谲谏”，以达到“言之者无罪，闻之者足以戒”② 的效果。再加上作为汉儒诗学之依托的《诗经》，尚有经典的力量可资借重，诗学活动于是演变为一种政治批评的方式，朝着政治功利的方向越行越远，全然不顾诗歌的情感特质和审美属性。

汉儒功利主义诗学的成型，以“诗教”的确立为标志。编纂于汉宣帝时期的《礼记·经解》，提出了“《诗》教”的概念，其文曰：

> 孔子曰：“入其国，其教可知也。其为人也，温柔敦厚，《诗》教也；疏通知远，《书》教也；广博易良，《乐》教也；絜静精微，《易》教也；恭俭庄敬，《礼》教也；属辞比事，《春秋》教也。故《诗》之失愚，《书》之失诬，《乐》之失奢，《易》之失贼，《礼》之失烦，《春秋》之失乱。其为人也，温柔敦厚而不愚，则深于《诗》者也……”③

《礼记·经解》中的“温柔敦厚”原本是就“《诗》教”的教化效果而言的，后来狭义的“《诗》教”演进为广义的“诗教”，“温柔敦厚”变而为

① 陆贾：《新语》，董治安主编《两汉全书》，山东大学出版社1999年版，第100页。
② 《毛诗序》，见朱熹《诗集传》，中华书局2017年版，第14页。
③ 张少康、卢永璘编选：《先秦两汉文论选》，人民文学出版社1999年版，第638页。

“诗教”之旨，诗学被导入极端功利主义的轨道。

“诗教”理论的完善和系统化，是由《毛诗序》和郑玄笺注毛诗完成的。《毛诗序》高度肯定了诗歌的社会政治作用，认为诗歌是一种强大而有效的政治和伦理教化工具，通过“美刺”能够对政治和伦理纲常，以及社会风俗产生重大影响。《毛诗序》认为，诗歌可以“正得失，动天地，感鬼神”，具有“经夫妇，成孝敬，厚人伦，美教化，移风俗”① 的政治教化效果。

《毛诗序》还通过对“风、雅、颂”的解说来阐释诗歌的政教工具性质：“是以一国之事，系一人之本，谓之风。言天下之事，形四方之风，谓之雅。雅者，正也，言王政之所由废兴也。政有大小，故有小雅焉，有大雅焉。颂者，美盛德之形容，以其成功告于神明者也。是谓‘四始’，《诗》之至也。”② 也就是说，反映诸侯国政治的诗，叫作“风”；反映天下之事，表现天子之政兴衰原因的诗，叫作“雅”；赞美天子和诸侯之大德，并把他们的功德报告给神明的诗，叫作“颂”。总之，《诗经》中所有的诗都事关政治，并且是为政治服务的，只是因其反映政治的范围和内容不同，才有了风、雅、颂的划分。

《毛诗序》还说：“诗者，志之所之也。在心为志，发言为诗。情动于中，而形于言。言之不足，故嗟叹之。嗟叹之不足，故永歌之。永歌之不足，不知手之舞之，足之蹈之也。”③ 意即诗歌是“情动于中，而形于言”的抒情性作品，是“吟咏情性”之作，说明《毛诗序》的作者对诗歌的情感特质是有所认识的。但《毛诗序》却借评“变风”标榜“发乎情，止乎礼义”④，将诗歌情感限定在君臣上下之礼、伦理纲常之义的范围内，以适应“经夫妇，成孝敬，厚人伦，美教化，移风俗”的政治伦理要求，充分表现了作者对诗歌的政治功利导向。

郑玄继承并发扬了《毛诗序》的政治教化理论。他在《诗谱序》中说：

---

① 见朱熹《诗集传》，中华书局 2017 年版，第 14 页。
② 见朱熹《诗集传》，中华书局 2017 年版，第 15 页。
③ 见朱熹《诗集传》，中华书局 2017 年版，第 15 页。
④ 见朱熹《诗集传》，中华书局 2017 年版，第 15 页。

诗之兴也，谅不于上皇之世。大庭、轩辕，逮于高辛，其时有亡，载籍亦蔑云焉。《虞书》曰：“诗言志，歌永言，声依永，律和声。”然则诗之道，放于此乎？有夏承之，篇章泯弃，靡有孑遗。迩及商王，不风不雅。何者？论功颂德，所以将顺其美；刺过讥失，所以匡救其恶。各于其党，则为法者彰显，为戒者著明。①

又郑玄在《六艺论》中说：

诗者，弦歌讽谕之声也。自书契之兴，朴略尚质。面称不为谄，目陈不为谤，君臣之接，如朋友然，在于诚恳而已。斯道稍衰，奸伪以生，上下相犯。及其制礼，尊君卑臣。君道刚严，臣道柔顺。于是箴谏者希，情志不通。故作诗者以诵其美而讥其过。②

综合上述两段引文可以看出，郑玄认为，诗歌原本就是因政治的需要而产生的。换言之就是，诗歌是政治的产物。在郑玄看来，从上皇之世至神农、黄帝、帝喾时期，再到虞、夏、商，均没有诗歌传世，是因为其时朴略尚质的书契即可资以为政治沟通，且“面称不为谄，目陈不为谤”，论功颂德、刺过讥失渠道畅通。至周，“尊君卑臣”，“君道刚严，臣道柔顺”，君臣上下“情志不通”，不得已作诗“以诵其美而讥其过”。一言以蔽之，诗歌天生就是为政治服务的。基于这种认识，郑玄在《周礼注疏》中从政教功利的角度，对“赋”“比”“兴”作出解释：“赋之言铺，直铺陈今之政教善恶。比，见今之失，不敢斥言，取比类以言之。兴，见今之美嫌于媚谀，取善事以喻劝之。”③ 在郑玄看来，“赋”“比”“兴”的产生和运用都与政教美刺相关。

在诗学实践中，汉儒更是走向了功利主义的极致。据《汉书·儒林传》载：“式为昌邑王师。昭帝崩，昌邑王嗣立，以行淫乱废，昌邑群臣下狱诛，唯中尉王吉、郎中龚遂以数谏减死论。式系狱当死，治事使者责问曰：‘师何

① 张少康、卢永璘编选：《先秦两汉文论选》，人民文学出版社1999年版，第637页。
② 张少康、卢永璘编选：《先秦两汉文论选》，人民文学出版社1999年版，第638页。
③ 郑玄：《周礼注疏》，《十三经注疏》，中华书局1982年版，卷23。

以亡谏书?'式对曰：'臣以《诗》三百五篇朝夕授王，至于忠臣孝子篇，未尝不为王反复诵之也；至于危亡失道之君，未尝不流涕为王深陈也。臣以三百五篇谏，是以亡谏书。'使者以闻，亦得减死论。"[①] 王式以《诗经》中的诗歌作品为谏书的行为并非特例，王吉、龚遂、匡衡、刘向等人都曾引《诗》以阐发政见，委婉劝谏君主。更有甚者，翼奉认为《诗》和《易》《春秋》等经书一样，包含着阴阳灾异之说，并将《诗经》当作和《易经》一样的占卜工具，以预测吉凶的方式干预政治。《汉书·翼奉传》云："臣奉窃学《齐诗》，闻五际之要《十月之交》篇，知日蚀地震之效昭然可明，犹巢居知风，穴处知雨，亦不足多，适所习耳。"[②] 翼奉所说的"五际"，是以"阴阳五行"学说为主导来解说政治领域的变化革命的理论。王式将其用于解《诗》，并以《诗经》占卜凶吉，干预政治。从上述两个功利论诗的典型事例可以看出，汉儒不顾诗歌的审美特质和情感因素，狭隘地从功利主义的观念出发，把诗歌当作单纯的政教工具，直接用于干预时政，阐发政见。

从上文可以看出，儒家诗学发展到汉代，形成了成熟的"诗教"理论，汉代诗学以"诗教"理论为旗帜，继承并强化了先秦儒家诗学的政教功利传统，但却摒弃了先秦儒家诗学以审美感化达成诗歌社会功用的诗学精神，置诗歌的情感特征和审美属性于不顾，直奔功利目标，将政治功利诗学推向了极致。

儒家诗教的政教中心论构建，在中国诗学史上产生深远而重大的影响。两千多年的中国古代诗学史，一直笼罩在政治功利诗学的阴影下，审美诗学在与功利诗学的冲突与斗争中，虽然在一定时期内有所发展，但在居于正统地位的儒家诗教的压抑之下，往往步履蹒跚，进而又退。魏晋南北朝时期，在"文学自觉"的时代背景下，以陆机"诗缘情而绮靡"的提出为标志，"缘情"诗学开始风靡一时，并引发了以宫体诗等为表现形式的唯美倾向，虽然对政治功利诗学造成了一定的冲击，但终究未能撼动儒家"诗教"的正统地位。裴子野《雕虫论》、李谔《上隋高祖革文华书》标志着儒家功利诗学

① 班固：《儒林传》，《汉书》，中华书局1962年版，卷88。
② 班固：《翼奉传》，《汉书》，中华书局1962年版，卷75。

开始强力反扑。至唐，魏晋南北朝时期一度衰微的儒学重新振兴，儒家诗论者自初唐开始便不断抨击偏离了政教中心的齐梁诗风，一直持续到晚唐。唐宋时期，由于道家和佛家美学思想的浸润，诗歌美学批评获得了一定程度的发展，但是，正如陈良运在《中国诗学批评史》中所言：“这一时期的诗学发展并不尽是那样高明纯正。以儒家诗教为基础的现实主义诗学也卓有新的成就，陈子昂倡导的‘风骨’说与‘意境’说相互沟通，杜甫将政教与审美结合的优秀诗篇及其理论，都是儒家诗学在新时代里还有强大生命力的表现。但在元结、白居易等人那里，功利主义的诗学观也在强化，到了宋代，程颐、邵雍、朱熹等理学家更将功利批评发挥到了超过汉儒的地步，企图使诗完全沦为政教、道德的工具（程颐干脆取消诗的存在价值）。”①

至明末清初，在文学解放运动的背景下，作为宋代以来崇理抑情功利诗学的反拨，诗学界掀起了波澜壮阔的“尚情”思潮。徐谓的“本色论”、李贽的“童心”说、汤显祖的“情至”说、袁宏道的“性灵”说相继而出，试图将诗歌从“载道”“明理”的功利重负中解放出来，回归诗歌的抒情、审美特质。但是，由于尚情论者矫枉过正，混淆了“情”“欲”，导致诗坛出现了严重的滥情纵欲现象，诗歌的人文品位趋低，社会功能遭到消解。诗坛沉醉于个人情欲的状况与其时如火如荼的民族救亡图存运动格格不入。在这一背景下，人们开始重新审视诗学传统，试图借助传统文化资源端正诗学走向，复位诗歌的社会功能，使其成为救亡图存的文化力量。于是，诗学界又兴起了复兴儒家诗学之风。钱谦益在《施愚山诗集序》中说：“病有浅深，治有缓急，诗人之志在救世，归本于温柔敦厚一也。”② 黄宗羲在《马雪航诗序》中亦说：“诗以道性情，夫人而能言之。然自古以来，诗之美者多矣，而知性情何其少也。盖有一时之性情，有万古之性情。夫吴歈越唱，怨女逐臣，触景感物，言乎其所不得言，此一时之性情也。孔子删之以合乎兴、观、群、怨、思无邪之旨，此万古之性情也。吾人诵法孔子，苟其言诗，亦必当以孔子之性情为性情。如徒逐逐于怨女逐臣，逮其天机之自露，则一偏一曲，其为性

① 陈良运：《中国诗学批评史》，江西人民出版社 2001 年版，第 9 页。
② 钱谦益：《牧斋而学集》，上海古籍出版社 1996 年版，第 760 页。

情亦末矣。"① 又朱彝尊说："凡可受诗人之目者，类皆温柔敦厚而不愚者也。"②"温柔敦厚""兴观群怨""思无邪"等诗教概念频繁出现在人们的诗学论著中，诗教骤然升温。这一情况，正如蒋寅在论清初诗学时所言："诗人的天职，诗人的本质，忽然都与'诗教'联系起来，'诗教'一时竟成了清初诗学的焦点，成为当时最活跃的诗学话语之一。以至于当时有人说'论诗于今日而必以温柔敦厚为言'，'今日之诗孰不曰吾温柔敦厚也？'的确，浏览清初别集，鲜有序跋论诗不及温柔敦厚的作者，这真是很耐人寻味的。"③

"尚情"诗学潮流卸下了诗歌的功利重负，解放了诗歌，张扬了自由性情，但其对民族传统文化普遍原则的冲击，对诗歌社会功用的消解，给明末清初的民族救亡图存运动带来了消极影响。而简单地重蹈以政治教化为中心的儒家诗教之轨，则又会扼杀处于成长中的诗歌美学思想，抑制诗歌的生机与活力，断送诗歌的发展前程，与其时文化救亡的学术旨归背道而驰。因此，如何处理诗教的功利传统与"尚情"的审美思潮之间的关系，对于处于社会巨变关头的汉民族来说，已不仅仅是一个诗学论题，而是事关民族存亡的重大社会问题。在这一背景下，以"经世致用"为学术旨归的王船山，洞察诗史和现实，一方面表现出了对儒家诗教传统的尊重和肯定，和黄宗羲、钱谦益等人一样，在诗学论著中屡屡亮出了诗教的大旗，如"《十九首》该情一切，群、怨俱宜，诗教良然，不以言著。"④"微而婉，则诗教存矣。"⑤"盖诗之为教，相求于性情，固不当容浅人以耳目荐取。"⑥ "故闻温柔之为诗教，未闻其以健也。"⑦ "一时一事一意，约之止一两句：长言永叹，以写缠绵悱恻之情，诗本教也。"⑧ 另一方面，船山又突破了儒家诗教政教中心论的观念樊篱，吸收了审美诗学的理论观念和艺术精神，对儒家诗教概念进行全新的

① 黄宗羲：《黄梨洲文集》，中华书局1959年版，第363页。
② 朱彝尊：《高舍人诗序》，《曝书亭集》，康熙刊本卷37。
③ 蒋寅：《清代诗学史》（第一卷），中国社会科学出版社2012年版，第105页。
④ 王夫之：《古诗评选》，《船山全书》第十四册，岳麓书社1996年版，第644页。
⑤ 王夫之：《诗经稗疏》，《船山全书》第三册，岳麓书社1996年版，第82页。
⑥ 王夫之：《古诗评选》，《船山全书》第十四册，岳麓书社1996年版，第677页。
⑦ 王夫之：《古诗评选》，《船山全书》第十四册，岳麓书社1996年版，第821页。
⑧ 王夫之：《姜斋诗话》，《船山全书》第十五册，岳麓书社1996年版，第829页。

诠释，提出了政治功利与艺术审美两相融合的“诗教”观，创造性地解决了明末清初诗教传统与审美思潮之间的抵牾对峙问题。

第三节　船山“诗教”观与儒家诗学原始精神的回归

船山出生于传统知识分子家庭，自幼受到儒家诗礼文化的熏陶，不仅潜心读书，还十分关注现实社会。在晚明动荡不安、危机四伏的社会背景下，他一方面仍走着读书、科举、入仕的老路，另一方面又十分关心动荡的时局，踊跃参加带有政治色彩的民间学术团体，诸如“行社”“匡社”“须盟”等，以文会友，指点江山。明亡后，清顺治五年（1648），王船山在南岳衡山举兵抗清，阻止清军南下，失败后退于肇庆，任南明永历王朝行人司行人，因反对以王化澄为首的南明腐朽集团，几陷大狱，被迫离开永历王朝，至桂林依瞿式耜。桂林陷没，瞿式耜殉难，王船山乃决心隐遁，辗转于湘西及郴、永、涟、邵间，伏处深山。后回家乡衡阳潜心治学。但船山治学不是为学问而学问，而是从血与火的战场转入思想文化领域去从事另一种形式的斗争。他试图从传统文化中寻求民族复兴的精神资源，给时代精神文化注入活力，革除思想文化领域的时弊，振奋民族精神以救亡图存。船山在诗学领域用力甚勤，完成了《姜斋诗话》《诗广传》《诗经稗疏》《楚辞通释》《古诗评选》《唐诗评选》《明诗评选》等皇皇诗论著作，但其论诗并不是为诗歌而诗歌，而是基于对诗歌社会功用的认识，试图通过自己的诗学活动端正诗学走向，使诗歌成为救亡图存的文化资源。

鉴于上述诗学目的，船山诗学话语表现出了对诗歌政治教化功能的高度重视。船山在《读通鉴论》中说：“君子之有文，以言道也，以言志也。道者，天之道；志者，己之志也。上以奉天而不违，下以尽己而不失，则其视文也莫有重焉。乐之以自见，则轻矣。……君子之有文，以言道也，以言志也，以承天尽己而匡天下之邪淫者也。”① 在船山看来，诗文应“言道”“言

① 王夫之：《读通鉴论》，《船山全书》第十册，岳麓书社1996年版，第439－440页。

志”，承担起“匡天下之邪淫者”的社会责任。“道”为“天之道”，即儒家政治伦理原则，“志”必须不失于“道”。“乐以自见”之诗文，囿于一己之私而疏于社会功用，故“轻”而不足取。又船山在《诗广传》之《论北门》中说：“《诗》言志，非言意也；《诗》达情，非达欲也。心之所期为者，志也；念之所觊得者，意也；发乎其不自已者，情也；动焉而不自持者，欲也。意有公，欲有大，大欲通乎志，公意准乎情。但言意，则私而已；但言欲，则小而已。人即无以自贞，意封于私，欲限于小，厌然不敢自暴，犹有愧怍存焉，则奈之何长言嗟叹，以缘饰而文章之乎？”[①] 意即诗歌必须“言志”，若以“意”而言，就是“准乎情”的“公意”；诗歌必须“达情”，若以“欲”而言，就是“通乎志”的“大欲”。所谓“公意”“大欲”，就是符合儒家政治伦理原则即儒家之“道”的思想和意愿。个人的私意、小欲不足以“缘饰而文章之”。这与上文所引船山《读通鉴论》中的“言道”“言志”的表述，表达的是同样的意思。“奉天而不违”的“道”、“尽己而不失”的“志”、“大欲”、“公意”，本质上都是指儒家伦理原则，即儒家之“道”。也就是说，诗歌不是供人玩赏的，它必须承载政治伦理内容，即儒家所言的“载道”，以实现政治教化目的。

在船山看来，诗歌不仅要宣扬政治和伦理道德观念，还要承担起疏导人情、陶冶性情的职能。船山在《诗广传》之《论采薇二》中说：“往戍，悲也；来归，愉也。往而咏杨柳之依依，来而叹雨雪之霏霏。善用其情者，不敛天物之荣凋，以益己之悲愉而已矣。天物其何定哉！当吾之悲，有迎吾以悲者焉；当吾之愉，有迎吾以愉者焉；浅人以其褊衷而捷于相取也。当吾之悲，有未尝不可愉者焉；当吾之愉，有未尝不可悲者焉；目营于一方者之所不见也。故吾以知不穷于情者之言矣：其悲也，不失物之可愉者焉，虽然，不失悲也；其愉也，不失物之可悲者焉，虽然，不失愉也。导天下以广心，而不奔注于一情之发，是以其思不困，其言不穷，而天下之人心和平矣。”[②] 意思是说，生活中的悲、喜往往相依相存，悲伤之时，未尝没有令人愉悦的

① 王夫之：《诗广传》，《船山全书》第三册，岳麓书社1996年版，第325页。
② 王夫之：《诗广传》，《船山全书》第三册，岳麓书社1996年版，第392页。

事物；快乐之际，未尝没有令人忧伤的事物。所以，人在悲伤之时不要垂头丧气，应看到生活中可乐的一面；快乐之际，不应忘乎所以，要看到生活中令人不快的一面。这样才不会囿于眼前境况而“穷于情”。诗歌应该引导人们树立宽广的胸怀，使其不偏执于“一情之发”而不能自拔，从而达到“天下人心和平”的教化效果。

在诗歌批评实践中，船山从儒家伦理道德规范和“中正平和”的审美原则出发，认为诗歌的情感内容必须是符合儒家“善情”标准的“君子之情”“贞情”“真情”。凡涉及不合儒家伦理道德标准的“小人遽情”“俗情”，或不合“中正平和”之度者，无论其诗史地位多高，船山都毫不留情地予以贬斥。针对晚清以来诗学界出现的以欲充情、情欲混淆之弊，船山认为“诗达情，非达欲也”①，反对诗歌偏离儒家伦理道德规范，“降其情以从欲”②，凡吟咏“货财之不给，居食之不腆，妻妾之奉不谐，游乞之求不厌”③之类的一己之私欲，无益于政治伦理教化者，即便是杜甫这样的大家，船山也同样以尖酸的笔调予以嘲讽。船山贬斥《子夜曲》之类的民歌，也是从其有损政治教化的角度出发的。他认为这类民歌“诬上行私，以成亡国之音”，会导致“国遂亡矣”的严重后果④，故予以贬损。

从上文可以看出，船山继承了儒家诗学的政治功利传统。其对“言道”“言志”的强调，“导天下以广心”的主张，以及对诗歌情感的从“善”要求，与孔子的“事父”“事君”“达政”和“兴观群怨”，荀子的“移风易俗，天下皆宁”，《诗大序》的“经夫妇，成孝敬，厚人伦，美教化，移风俗”等儒家诗学的政治教化观念在本质上并无二致。换而言之，船山是儒家诗学功利原则的坚定支持者和自觉维护者。在功利主张方面，船山诗论与原儒诗学和汉儒“诗教”保持了高度一致。

船山虽然极力维护儒家诗教的政教功利原则，但却不赞成诗歌以直接的方式进行政治训导和道德说教。在如何实现诗歌的政治教化功能这一问题上，

---

① 王夫之：《诗广传》，《船山全书》第三册，岳麓书社 1996 年版，第 325 页。
② 王夫之：《诗广传》，《船山全书》第三册，岳麓书社 1996 年版，第 375 页。
③ 王夫之：《诗广传》，《船山全书》第三册，岳麓书社 1996 年版，第 326 页。
④ 王夫之：《古诗评选》，《船山全书》第十四册，岳麓书社 1996 年版，第 617 页。

船山突破了诗教窠臼。

船山在《古诗评选》卷四中评阮籍《咏怀》诗说：“唯此窅窅摇摇之中，有一切真情在内，可兴，可观，可群，可怨，是以有取于诗。然因此而诗，则又往往缘景，缘事，缘已往，缘未来，终年苦吟而不能自道。以追光蹑景之笔，写通天尽人之怀，是诗家正法眼藏。”① “追光蹑景之笔”说的是艺术的、审美的手法，“通天尽人之怀”指的是政治伦理内容。以艺术审美的手法，写政治伦理的内容，融政治功利于艺术审美之中，这正是船山诗教观的独特之处。

从“以追光蹑景之笔，写通天尽人之怀”这一“诗家正法眼藏”出发，船山反对所有疏离艺术审美的诗歌创作行为，以维护诗歌的审美艺术特质。凡以理为诗、以议论为诗、以学问为诗、以史为诗、以文为诗者，都为船山所不容。以下几段诗论可资为证：

> 如可穷六合，亘万汇，而一之于诗，则言天下不必《易》，言王不必《书》，权衡王道不必《春秋》，旁通不必《尔雅》，断狱不必律，敷陈不必笺奏，传经不必注疏，弹劾不必章案，问罪不必符檄，称述不必记序，但一诗而已足。既已有彼数者，则又何用夫诗?②
>
> 议论入诗，自成背戾。盖诗立风旨，以生议论，故说诗者于兴、观、群、怨而皆可，若先为之论，则言未穷而意已先竭；在我已竭，而欲以生人之心，必不任矣。以鼓击鼓，鼓不鸣；以桴击桴，亦槁木之音而已。唐、宋人诗情浅短，反资标说，其乃有如胡曾《咏史》一派，直堪为塾师放晚学之资。足知议论立而无诗，允矣。③
>
> 指事发议诗一入唐、宋人铺序格中，则但一篇陈便宜文字，强令入韵，更不足以感人深念矣。④
>
> 诗则即事生情，即语绘状，一用史法，则相感不在永言和声中，

① 王夫之：《古诗评选》，《船山全书》第十四册，岳麓书社1996年版，第681页。
② 王夫之：《古诗评选》，《船山全书》第十四册，岳麓书社1996年版，第821页。
③ 王夫之：《古诗评选》，《船山全书》第十四册，岳麓书社1996年版，第702页。
④ 王夫之：《明诗评选》，《船山全书》第十四册，岳麓书社1996年版，第1330页。

诗道废矣。①

脱离了“追光蹑景”的艺术之笔，直奔功用目的，以议论、直陈等方式言理、述史、陈政，由于“相感不在永言和声中”，“不足以感人深念”，欲实现政治和伦理教化目的，就有如“以鼓击鼓”“以桴击桴”，结果是“鼓不鸣”、声如“槁木之音”。所以，船山认为诗歌应该“长言咏叹，以写缠绵悱恻之情”②，“直以声情动今古”③。即便是言理，也应“感物言理”，“唱叹沿回，一往深远”④。

表达过于直露，情绪偏于激越的诗歌，由于缺乏美感，不能感人深念，也为船山所不容。如船山在《古诗评选》中评嵇康《酒会》云：“盖诗自有教，或温或惨，总不可以赤颊热耳争也。”⑤ 又如船山在《古诗评选》中评庾信《咏怀》说：“故闻温柔之为诗教，未闻其以健也。健笔者，酷吏以之成爰书而杀人。艺苑有健讼之言，不足为人心忧乎？况乎纵横云者，小人之技，初非雅士之所问津。古人以如江如海之才，岂不能然？顾知其不可而自闲耳。”⑥

诗歌既是“追光蹑景”的艺术产品，诗歌接受活动自然也就应该是一种艺术审美活动。诗歌政治教化功能的实现，有赖于读者在艺术审美过程中涵泳性情而荡涤志气。所以，船山认为，被儒家诗教定义为诗歌社会功用的“兴观群怨”，实际上是“作者用一致之思，读者各以其情而自得”⑦ 的审美心理活动。对这种审美心理活动，船山在《四书笺解》中如此阐释：“得其扬扢鼓舞之意则‘可以兴’，得其推见至隐之深则‘可以观’，得其温柔正直之致则‘可以群’，得其悱恻缠绵之情则‘可以怨’，得其和柔肫笃之极致则‘可以事父’，得其恺弟诚挚之至意则‘可以事君’。‘可以’者，可以此而又

① 王夫之：《古诗评选》，《船山全书》第十四册，岳麓书社1996年版，第651页。
② 王夫之：《姜斋诗话》，《船山全书》第十五册，岳麓书社1996年版，第829页。
③ 王夫之：《唐诗评选》，《船山全书》第十四册，岳麓书社1996年版，第925页。
④ 王夫之：《古诗评选》，《船山全书》第十四册，岳麓书社1996年版，第705页。
⑤ 王夫之：《古诗评选》，《船山全书》第十四册，岳麓书社1996年版，第584页。
⑥ 王夫之：《古诗评选》，《船山全书》第十四册，岳麓书社1996年版，第821页。
⑦ 王夫之：《姜斋诗话》，《船山全书》第十五册，岳麓书社1996年版，第808页。

可以彼也，不当分贴《诗》篇。”[①] 船山认为，在诗歌接受过程中，读者或得其扬扢鼓舞之意，或得其推见至隐之意，或得其温柔肫笃之极致，或得其恺弟诚挚之至意，“可以此而又可以彼”，就如同他在《姜斋诗话》中所言的“随所‘以’而皆‘可’”，不似阅读政教伦理方面的论说文那样所得所感归一。而这正是艺术欣赏的特点，即现代文艺理论所言的“一千个读者就有一千个哈姆莱特”。船山对诗歌接受过程中这种读者再创造的认识，说明在船山的观念中，诗歌接受实际上是一种由诗情引发的审美再创造活动。没有这种审美活动，就无所谓“兴观群怨”，也就不能有效地实现诗歌的政治和伦理教化功能。因此，船山反对以经解诗和以典册、简牍、训诂之学解诗，主张尊重诗歌的审美特征，“以诗解诗”。船山在《诗译》中说：“近有吴中顾梦麟者，以帖括塾师之识说诗，遇转则割裂，别立一意；不以诗解诗，而以学究之陋解诗，令古人雅度微言，不相比附。陋于学诗，其弊必至于此。”[②] 又船山在《明诗评选》中评蒋山卿《北狩凯旋歌》云：“且道是赏是罚？诗待解人，字外求之，不如上书著论，可直言无讳耳。《风》《雅》谟训，各自有体，不然，圣人不须六经。”[③] 再如船山在《古诗评选》中评鲍照《拟行路难》云：“宋人论诗以意为主，如此类直用意相标榜，则与村黄冠盲女子所弹唱，亦何异哉？”[④]

从上文的分析可以看出，船山虽然高度认同儒家诗教的政治教化原则，认为诗歌等文学作品应该“言道”“言志”“承天尽己而匡天下之邪淫者”，但却反对以诗歌直接进行政治训导和道德说教，而是主张美善相济，借助艺术审美感化人心、调治人情，从而达到政治和伦理教化的目的。船山这一政治教化审美化的主张，与儒家诗教形成了重大差异。始于汉代的儒家诗教，全然不顾诗歌的审美特质，把诗歌当作政治和伦理教化的直接工具，直奔功利目标，将政治功利诗学推向了狭隘功利主义的极致。就功利目的的达成路径而言，船山诗教观于儒家诗教是一种颠覆，然而如果我们上溯到先秦儒家

---

① 王夫之：《四书笺解》，《船山全书》第六册，岳麓书社 1996 年版，第 259 页。
② 王夫之：《姜斋诗话》，《船山全书》第十五册，岳麓书社 1996 年版，第 811 页。
③ 王夫之：《明诗评选》，《船山全书》第十四册，岳麓书社 1996 年版，第 1597 页。
④ 王夫之：《古诗评选》，《船山全书》第十四册，岳麓书社 1996 年版，第 537 页。

诗学，则可以发现，原始儒家虽然注重诗歌的社会功用，将诗歌视为政治和伦理教化工具，但却没有漠视诗歌的情感特质和审美属性，其对诗歌艺术审美于功利目的之实现的价值认识，虽然还处于感性体认阶段，相关理论尚未达到系统、成熟的程度，但其诗学观念中却蕴含着以审美感化达成诗歌社会功用的精神实质。因此，船山的政教审美化主张，虽然逾越了诗教的樊篱，在一定程度上解构了儒家诗教的政教功利达成路径设计，但却是船山从传统文化中寻求革除时弊之精神资源的结果，于儒家诗学的原生精神而言，可以说是回归和重振。

在漫长的中国诗学史流程中，诗学界一直在诗歌的艺术审美与社会功用的关系问题上纠结与纷争。船山诗学虽然不能终结这一纠结与纷争，但船山对诗学传统进行审视和抉择，并融汇时代精神开展创造性的整合与改造，终于把审美与功用辩证统一起来，将儒家诗学美学化，圆融无碍地消解了传统诗学中审美与功用的紧张关系，对儒家诗学理论建构与完善具有十分重要的意义，对当今的诗学理论建设和诗学实践活动仍不失启迪价值和指导意义。中国当代诗坛在“唯美主义”“休闲文学”“娱乐文学”等多种文学思潮和诗学主张的冲击下，诗歌的道德教化、精神修养等传统职能遭到弱化，疏离政治、放弃现实关怀、拒绝崇高等煽动性言论成为可资标榜的话语，诗歌的感官娱乐化、世俗欲望化现象明显。诗学界亟须正确的理论引导和具有说服力的诗学批评的干预，以使诗歌的社会功能归位于引导国民精神向上、向善，而不是鼓动本能欲望的肆意发泄。因此，从船山将诗歌艺术审美与社会功用归于辩证统一的诗学理论和批评实践中寻求经验借鉴，传承船山美善相济的诗学思想，对中国诗学建设来说，具有十分重要的理论和实践意义。

概而言之，中国礼乐文化的一个重要特点就是政治教化审美化，通过“乐”的审美熏陶将“礼”转化为伦常情感，从而达到政治和伦理教化目的。故而产生于礼乐文化环境中的先秦儒家诗学虽然注重诗歌的社会功用，但却没有漠视诗歌的抒情审美属性，其诗学观念中蕴含着以审美感化达成诗歌社会功用的精神实质。始于汉代中叶的儒家诗教，偏离了儒家诗学的原始精神，疏离艺术审美，片面强调诗歌的政治教化功能，将中国诗学推向了政教中心论的功利主义极致。至明末清初，一方面儒家诗教受到“尚情”思潮的猛烈冲击而日渐衰微；另一方面，与重振儒学以救亡图存的潮流相适应，诗学界兴起了复兴儒家诗教的思潮。从船山诗学话语可以看出，产生于这一背景下的船山诗教观，一方面极力维护儒家诗教的功利原则，另一方面又突破了诗教樊篱，融艺术审美精神于儒家诗学理论的阐释和诗歌解读中。船山反对以诗歌直接进行政治训导和道德说教，而是主张美善相济，借助艺术审美感化人心、调治人情，从而达到政治和伦理教化的目的。船山美善相济的诗学主张，就功利目的的实现路径而言，是对汉儒诗教的解构，但就儒家诗学的原始精神而言，则是回归与重振。

第五章　诗学反思潮流与王船山的“门庭”批评话语

明代文学的一大特色是流派纷呈、门庭林立、相互攻讦、争讼不息，“一部明代文学史殆全是文人分门立户标榜攻击的历史”①，以至于诗坛画疆墨守、党同伐异，诗歌千篇一律、了无性情。因此，在明末清初的诗学反思思潮中，人们不约而同地将目光聚焦于诗坛“门庭”，“门庭”批评骤然而起。在众多的“门庭”批评中，王船山的“门庭”批评是最有深度也是最能触及“门庭”本质的。船山将“门庭”批评由静态的现象批评推向了动态的历史审视，并从诗歌本体论层面揭示了“门庭”之风危害明代诗坛的深层原因。“门庭”批评由以社会批评为主的宽泛批评推向了诗学批评的纵深。

第一节　王船山“门庭”批评话语的诗学背景

在明代的众多诗学现象中，王船山最在意的是诗坛“门庭”现象，其《姜斋诗话》中论“门庭”现象者达十余章之多。在《明诗评选》等诗歌评选著作中，船山更是屡屡借题发挥，不厌其烦地论及“门庭”。船山对“门庭”现象的特别关注，与其时的诗学社会背景和船山个人的诗学背景有着直接的关联。

---

① 郭绍虞：《明代的文人集团》，《照隅室古典文学论集》（上编），上海古籍出版社 1983 年版，第 518 页。

明代是我国古代诗学理论发展史上的一个繁荣时期，台阁派、茶陵派、唐宋派、前七子、后七子、公安派、竟陵派等诗学流派相继提出了特色鲜明的诗学理论主张，留下了数量庞大的诗学理论文献。明代诗学不仅场面壮观，还形成了与宋代主理诗学观念迥异，有助于诗歌艺术发展的尚情重艺理论思潮。关于明代的尚情重艺思潮，萧华荣在《中国古典诗学理论史》中的论述堪称精当，其文曰："主情的诗学思潮贯穿了整个有明一代，但不同时期、不同流派所主的'情'内涵不尽一致。大体说来，在七子派正式形成之前的一百年间，以宋濂为代表的传统派、以陈献章为代表的性气诗、以三杨为代表的台阁体（李东阳是由台阁向七子的过渡），所主的基本上是合于礼义、性理的'纯正'之情，即'吟咏情性之正'，虽然三者之间又有很大差异。前后七子及其后学所主的则是既合于审美、又不悖于儒家正统思想，并能与'格调'共存于矛盾统一体中的'真情'，即'吟咏性情之真'。竟陵派大致也是如此。他们极端不满宋人的主理和以理为诗，在艺术的层面上与宋代诗学思想形成'情理冲突'，即以诗抒情抑或以诗明理的诗学观的冲突。公安派及其思想前驱李贽、汤显祖等人不用说都是激进的主情派，但又各有侧重。李贽、汤显祖等作为思想家、戏剧家所鼓吹的情带有异端色彩，以'人欲'对抗'天理'，所谓'情有者理必无，理有者情必无'、'更说什么《六经》，更说什么《语》、《孟》'，在伦理的层面上与宋以来的理学思想形成'情理冲突'。公安派作为诗人，他们受自于李贽等人的激烈的主情思想，用之于诗歌创作，冲破了七子派的情法统一体，在'条理'、法则的层面形成了'情理冲突'。明人的主情虽有这种种不同，但其为主情则一。""宋人主理，而明人极重情；由于重情，又极重艺术而罕言政教义理（就其主流言）。"①

有明一代发达的诗学理论，尤其是尚性情重艺术的理论导向，理应导致对传统政教功利诗学的突破，给诗坛带来生机与活力，促使诗歌创作达到一个新的高度。然而，实际情况却是，明代诗歌的作家作品浩如烟海，数量庞大，仅朱彝尊辑录的《明诗综》就收录诗人三千四百多家，明代目录学家黄虞稷编撰的《千顷堂书目》收录的明人别集更是达四千九百多种，但却罕见

---

① 萧华荣：《中国古典诗学理论史》，华东师范大学出版社 2005 年版，第 210－212 页。

彪炳诗史的杰出作家、作品。虽然其间偶有佳作，但总体创作成就不高。所以，当明末清初的士子们痛定思痛，进行文化反思，总结明亡的历史教训时，诗学领域掀起了以清算明代诗坛之弊为主的诗学反思潮流。人们从追溯明代诗歌无所建树的原因开始，反思明代诗坛的流弊，探寻重振民族诗学之路。当士人们追寻明代诗歌无所建树的原因时，往往不约而同地将目光聚焦于泛滥于明代诗坛的门庭之风。黄宗羲在《李杲堂文钞序》中指斥文坛门庭之风说：“缘饰于应酬者，则又高自标致，分门立户，才学把笔，不曰吾由何、李以溯秦、汉者也，则曰吾由二川以入欧、曾者也。党朱、陆，争薛、王，世眼易欺，骂詈相高。有巨子以为之宗主，则巨子为吾受弹射矣。此如奴仆挂名于高门巨室之尺籍，其钱刀阡陌之数，府藏筐篋所在，一切不曾经目，但虚张其喜怒，以呵喝夫田驺纤子。高门巨室，顾未尝知有此奴仆也。”① 黄宗羲指出，一些“才学把笔”的才疏学浅之士，动辄以门户“高自标致”，欺世罔人，打压异己以抬高自我。就如同奴仆挂名于高门巨室，未尝登堂入室，则借势恫吓世人，而在高门巨室之内，实则卑微无名。黄宗羲这一形象的比喻，切合诗坛以门户为标榜，自视堪高者众，而确有成就者寥寥无几的客观实际。

再如明末文人范景文在《葛震甫诗序》中云：“余尝笑文人多事，坛坫相高，其意莫不欲尽易昔人所为，独雄千古。不知矫枉有过，指摘适滋。往者代生数人，相继以起，其议如波。如吴下之正用修，近代之翻王李，后必非先，沿为故事。今则各立门庭，同时并角，其议如讼。拟古造新，入途非一；尊吴右楚，我法坚持。彼此纷嚣，莫辨谁是。”② 又王士禛在《黄湄诗选序》中云：“近人言诗，好立门户，某者为唐，某者为宋，李杜苏黄，强分畛域，如蛮触氏斗于蜗角而不自知其陋也。”③

明末清初的文人们追寻明代诗歌衰微的原因及于门庭之风不无道理，但却大多停留在了现象批评的层面，没有深入到诗歌本体论的层面，深刻剖析诗坛门庭是如何作用于诗歌本体，以致诗歌衰微不振的。文人结社立户现象

① 黄宗羲：《黄梨洲文集》，中华书局2009年版，第340页。
② 范景文：《范文忠集》，文渊阁四库全书本，卷五。
③ 王士禛：《渔洋山人文略》，康熙刊本，卷二。

由来已久，从理论上说，文人结社立户并非必然导致诗歌创作的衰微。如在唐代，先有以在长安举行大规模诗歌唱和活动而为世人瞩目的“大历十才子”；再有以白居易为宗主，常聚于香山寺诗酒唱和的“香山九老会”；又有以韩愈为宗主，聚集了孟郊、张籍、李贺、贾岛等众多著名诗人的“韩孟诗派”等。尤其是“香山九老会”和“韩孟诗派”，结社成员不仅诗酒唱和，切磋诗艺，相互奖掖，而且还有共同推崇的盟主，形成了相同的审美趋向和艺术追求，已经具备了诗坛门庭的特征。而唐代诗坛诸如此类的门庭，并没有成为诗歌发展的障碍。相反，诗人们在结社活动中的诗艺切磋和理论探讨，在一定程度上促成了唐诗的繁荣。那么，明代的诗坛门庭何以会成为诗歌发展的障碍呢？关于这个问题，明末清初的文士大都认为，明代诗人依傍门庭，谨遵诗歌宗尚门户观念，拘守所崇诗法，仿效宗主诗歌作品，酿成诗歌模拟剿袭之习，致使明代诗歌衰微不振。如清初诗论家叶燮在《原诗》中指出：“惟有明末造，诸称诗者专以依傍临摹为事，不能得古人之兴会神理，句剽字窃，依样葫芦。如小儿学语，徒有喔咿，声音虽似，都无成说，令人哕而却走耳。”① 又薛所蕴在《曹峨雪诗序》中说：“明李、何、王、李倡为雄丽高华之什，后学转相摹效，如衣冠饰土偶而貌具存，意味索然，于风雅一道何居？此袭之为痼疾也。”② 再如清初学者徐乾学在《七颂堂集序》中说：“近代之士，逐伪而衒真，肖貌而遗情。是故摹仿蹈袭，格之卑；应酬牵率，体之靡；傅会缘饰，境之离；错杂纷糅，辞之枝。其所以为诗者先亡，则其诗之存也几何矣。”③

袁宏道更是明确地将明代诗文缺少传世之作的原因归于诗文宗尚门户之见引发的抄袭模拟之风。袁宏道在《叙小修诗》中说：“盖诗文至近代卑极矣，文则必欲准于秦汉，诗则必欲准于盛唐，抄袭模拟，影响步趋，见人有一语而不相肖者，则共指以为野狐外道。曾不知文准秦、汉矣，秦、汉人曷尝字字学《六经》欤？诗准盛唐矣，盛唐人曷尝字字学汉、魏欤？秦、汉而学《六经》，岂复有秦、汉之文？盛唐而学汉、魏，岂复有盛唐之诗？唯夫代

① 叶燮：《原诗》，丁福保辑《清诗话》（下），上海古籍出版社1978年版，第571页。
② 薛所蕴：《澹友轩集》卷三，《四库全书存目丛书》，集部，第197册。
③ 刘体仁：《七颂堂集》卷首，康熙刻本，黄山书社2014年版。

有升降而法不相沿，各极其变，各穷其趣，所以可贵，原不可以优劣论也。且夫天下之物，孤行则必不可无，必不可无，虽欲废焉而不能；雷同则可以不有，可以不有，则虽欲存焉而不能。故吾谓今之诗文不传矣。”① 袁宏道认为，明代文人囿于门户之见，不敢逾越雷池，诗文作品“抄袭模拟，影响步趋”，不能“各极其变，各穷其趣”。故作品雷同一律，“虽欲存焉而不能”，必然导致明代诗文缺乏传世之作的后果。

但是，纵观中国诗史，不难发现，拟仿之诗中亦不乏艺术精品。以拟古诗为例，鲍照的《拟古》、李白的《拟古诗》、陶渊明的《拟古诗》等都堪称诗史中的上乘之作。为什么前人拟仿能创作出传世佳作，而明人拟仿却成为诗坛痼疾？明末清初的文士们对这一问题似乎没有做深入思考。所以明末清初的文士们虽然认识到了门庭之风助长模拟之习，致使诗歌了无生机这一客观事实，但尚停留在现象层面，没有深入到诗学历史和诗歌本体层面刨根究底、揭其症结。因此，要充分实现革除“门庭”陋习以振兴民族诗学的目的，明末清初的“门庭”批评还有待进一步推向纵深。在这一诗学背景下，以复兴民族诗学为文化使命的王船山，出于对明代诗坛“门庭”之弊的矫枉之迫，自然会产生推进“门庭”批评的强烈冲动，故在其诗论中“门庭”批评话语频现，且言辞激切，情绪激越。

船山在“门庭”批评上用力甚勤，除了上述诗学社会背景原因处，还与其曾出入诗学门庭的个人背景有关。船山在《述病枕忆得》中叙述了自己年轻时学诗、作诗的经历，其文曰：“崇祯甲戌，余年十六，始从里中知四声者问韵，遂学人口动，今尽忘之，其有以异于鷇音否邪？已而受教于叔父牧石先生，知比耦结构，因拟问津北地信阳，未就，而中改从竟陵时响。至乙酉乃念去古今而传己意。丁亥与亡友夏叔直避购索于上湘，借书遣日，益知异制同心，摇荡声情而檠括于兴观群怨，然尚未即捐故习。寻遭鞠凶，又展转戎马间，耿耿不忘此事，以放于穷年。”② 据船山的回顾可知，船山十六岁从乡间识声韵者学诗，其后随叔父牧石先生学习写诗吟对的方法。

① 袁宏道：《叙小修诗》，《袁宏道集笺》，上海古籍出版社 2008 年版，第 187 页。
② 王夫之：《忆得》，《船山全书》第十五册，岳麓书社 1996 年版，第 681 页。

其间应该是受到了前七子诗风的影响，故“拟问津北地信阳”，其后未入前七子之门而“改从竟陵时响”。至二十七岁（乙酉年）时始觉竟陵之误，但其后未能“即捐故习”，立改过去的诗风，以至于船山“耿耿不忘此事，以放于穷年”。船山入竟陵之门日久，深知诗坛门庭底里，自觉深受门庭之害，对门庭之习有切肤之痛，故其对“门庭”现象耿耿于怀，关注程度与批评力度超乎常人。

概而言之，明末清初诗坛掀起了诗学反思思潮，以期重振民族诗学。人们在反思明代诗学，追溯明代诗歌无所建树的原因时，往往剑指泛滥于明代诗坛的“门庭”之习和与之相关的模拟之风，但却大多停留于现象层面，未能深入到诗学历史和诗歌本体论层面，寻根问底，揭示“门庭”痼疾之病根所在。所以，要实现革除“门庭”流弊以重振民族诗学的目标，有待于“门庭”批评的进一步推进。诗坛整肃的客观需要，加上自身误入竟陵的切肤之痛，致使船山对“门庭”现象耿耿于怀，频频发力于“门庭”批评。

第二节　船山诗学对“门庭”批评的推进

从上文的分析可以看出，在明末清初的诗学反思思潮中，对明代诗坛“门庭”之风的清算和批判，是一种文人参与程度很高的普遍性的诗学活动，而非孤立的个体性诗学活动。但其时的“门庭”批评大多停留在现象层面，社会批评成分大于诗学批评成分。王船山不是“门庭”批评的发起者，也不是“门庭”批评的终结者，他只是众多“门庭”批评者中的一员，但船山却以其批评的深度，将“门庭”批评推进了一个新的境地。船山“门庭”批评的独特性，在于由表及里，将“门庭”批评由以社会批评为主的宽泛批评推向了诗学批评的纵深，具体表现在以下几个方面：

第一，船山从诗歌本体论层面揭示了“门庭”之风危害明代诗坛的深层原因。在诗歌本体问题上，船山继承并发展了“缘情”论者的诗歌本体观，是旗帜鲜明的“主情”论者。船山认为，“诗以道情，道之为言路也。情之所至，诗无不至；诗之所至，情以之至。”① “情为至，文次之，法为下。”② “长言永叹，以写缠绵悱恻之情，诗本教也。”③ 诗歌是基于情感的艺术，离开了“情”，剥夺了“情”在诗歌中的本体地位，诗就不成其为诗了。船山这种诗歌本体论上的“主情”观念，深刻地影响了其对明代诗歌的反思，使其能透过现象，抓住“情”这一诗歌的核心要素，直抵明代诗坛“门庭”痼疾的症结所在。船山“门庭”批评的要旨，从以下几段批评话语中大抵可见：

所以门庭一立，举世称为“才子”、为“名家”者，有故。如欲作李、何、王、李门下厮养，但买得《韵府群玉》、《诗学大成》、《万姓统宗》、《广舆记》四书置案头，遇题查凑，即无不足。若欲吮竟陵之唾液，则更不须尔；但就措大家所诵时文“之”、“于”、“其”、“以”、“静”、“澹”、“归”、“怀”熟活字句凑泊将去，即已居然词客。如源休一收图籍，即自谓酂侯，何得不向白华殿拥戴朱泚邪？为朱泚者，遂褎然自以为天子矣。举世悠悠，才不敏，学不充，思不精，情不属者，十姓百家而皆是。有此开方便门大功德主，谁能舍之而去？又其下，更有皎然《诗式》一派下游，印纸门神待填朱绿者，亦号为诗。庄子曰：“人莫悲于心死。”心死矣，何不可图度予雄邪？④

一人解弈者，以诲人弈为游资，后遇一高手，与对弈至十数子，辄揶揄之曰：“此教师棋耳！”诗文立门庭使人学己，人一学即似者，自诩为“大家”，为“才子”，亦艺苑教师而已。……才立一门庭，则但有其格局，更无性情，更无兴会，更无思致；自缚缚人，谁为之解者？……李文饶有云：“好驴马不逐队行。”立门庭与依傍门庭者，皆逐队者也。⑤

① 王夫之：《古诗评选》，《船山全书》第十四册，岳麓书社 1996 年版，第 654 页。
② 王夫之：《古诗评选》，《船山全书》第十四册，岳麓书社 1996 年版，第 307 页。
③ 王夫之：《姜斋诗话》，《船山全书》第十五册，岳麓书社 1996 年版，第 829 页。
④ 王夫之：《姜斋诗话》，《船山全书》第十五册，岳麓书社 1996 年版，第 833 页。
⑤ 王夫之：《姜斋诗话》，《船山全书》第十五册，岳麓书社 1996 年版，第 831 页。

在船山看来，明代诗坛“门庭”之所以成为明代诗坛的痼疾，主要是因为“门庭”之下的诗歌创作背离了“诗道性情”的诗学原则。人们买几部某一门庭所推崇的诗法、诗格著作置于案头，“遇题查凑”，有似在纸印的门神上描红填绿，“思不精，情不属”，“更无性情，无更兴会，无更思致”，“但有其格局”，缺乏真情实感，即所谓“心死”。“心死”而离情，所谓诗，无非是一堆没有灵魂的饾饤文字，不足以动人心弦，不足以“兴观群怨”，名存而实亡。关于这一点，王船山在《夕堂永日绪论内编》中有更直白的表述：

> 立门庭者必饾饤。非饾饤不可以立门庭。盖心灵人所自有，而不相贷，无从开方便法门，任陋人支借也。人讥西昆体为獭祭鱼，苏子瞻、黄鲁直亦獭耳。彼所祭者肥油江豚，此所祭者吹沙跳浪之鲿鲨也；除却书本子，则更无诗。如刘彦昺诗：“山围晓气蟠龙虎，台枕东风忆凤皇”见延琚诗：“我别语儿溪上宅，月当二十四回新。如此万国尚戎马，只恐四邻无故人。”用事不用事，总以曲写心灵，动人兴观群怨，却使陋人无从支借。唯其不可支借，故无有推建门庭者，而独起四百年之衰。①

船山认为，建立门庭固然可以为诗人在诗法、形式上支使借用提供便利，开诗歌创作的“方便法门”，但诗歌本应是心灵的流露，心灵为各人自有，不能彼此支借，所以门庭之下的诗歌创作，“除却书本子，则更无诗”。诗歌委婉曲折的心灵表达，“动人兴观群怨”的艺术效果，不是支借可以实现的，所以建立门庭宗派，不能振兴四百年来处于衰微境地的诗歌创作。

概而言之，船山认为，明代的门庭宗派之所以成为诗坛之害，关键在于其将诗歌导向了“了无性情”的创作道路，诗歌作品多为“心死”之作，违背了诗歌“主情”的诗歌本体论原则。

诗坛分门立户现象并非明代所独有，但明代而外，未曾出现过在“门庭”之风的挟持下，诗坛整体陷于模仿剿袭的泥坑，以至于汩灭性情成为诗歌创作的共性特征的现象。明代诗坛“门庭”何以会导致诗歌创作严重偏离抒情

---

① 王夫之：《姜斋诗话》，《船山全书》第十五册，岳麓书社1996年版，第834页。

言志的轨道呢？个中原因，王船山亦有所揭示。王船山在《夕堂永日绪论内编》中说：“建立门庭，已绝望风雅。然其中有本无才情，以此为安身立命之本者，如高廷礼、何大复、王元美、钟伯敬是也。有才情固自足用，而以立门庭故自桎梏者，李献吉是也。其次则谭友夏亦有牙后慧，使不与钟为徒，几可分文徵仲一席，当于其五、七言绝句验之。”① 前朝人结社立户，多为切磋诗艺和探讨诗学理论，诗坛门户往往是有共同诗学观念和艺术追求的诗人相互交流切磋的平台，如前文所述唐代的“大历十才子”“香山九老会”“韩孟诗派”莫不如此。明代的情况就复杂得多，诗坛门庭往往与政治势力相勾连，一大门庭就是一派政治势力，相互援引，党同伐异。于是，门庭就不再只是单纯的诗学现象，它事关诗人的政治地位和现实利益。因此，“本无才情”者，欲立门庭获取“安身立命之本”；“才情固自足用”者，欲立门庭抬高身价、壮大势力，即便诗才被桎梏亦在所不惜。门庭不再是为“诗”而立，而是为谋求政治地位和现实利益而立。许多人依傍门庭，其意亦不在诗，意在借门庭之势获取地位和利益，船山称这类人为“诗佣”。船山在《夕堂永日绪论内编》中说：“前所列诸恶诗，极矣；更有猥贱于此者，则诗佣是也；诗佣者，衰腐广文，应上官之征索；望门幕客，受主人之佣托也。彼皆不得已而为之。而宗子相一流，得已不得已，闲则翻书以求之，迫则倾腹以出之，攒眉叉手，自苦何为？其法：姓氏、官爵、邑里、山川、寒暄、庆吊，各以类从；移易故实，就其腔壳；千篇一律，代人悲欢；迎头便喝，结煞无余；一起一伏；一虚一实，自托全体无瑕，不知透心全死。风雅下游，至此而浊秽无加矣。宋以上未尝有也。高廷礼作俑在先，宗子相承其衣钵。凡为佣者，得此以擿植而行，而天下之言诗者车载斗量矣。此可为风雅痛哭者也。”② 依傍门庭者作诗，或为“应上官之征索”，或“受主人之佣托”，既非主动的艺术追求，也不是为了抒情言志，皆为应付差遣，“不得已而为之”。故“天下之言诗者车载斗量”，诗坛沸沸扬扬，颇为壮观，但诗歌作品却是“移易故实，就其腔壳；千篇一律，代人悲欢”，“了无性情”，皆为“心死”之作，

① 王夫之：《姜斋诗话》，《船山全书》第十五册，岳麓书社 1996 年版，第 838 页。
② 王夫之：《姜斋诗话》，《船山全书》第十五册，岳麓书社 1996 年版，第 841 页。

诗歌于是衰微不振。

总之，船山“门庭”批评话语揭示出，明代诗坛“门庭”不是一种单纯的诗学门户，它是一种功利场域。在现实功利的牵引和羁绊下，“门庭”之风挟持下的诗歌创作，不再是作家性情的自然流露。“情”的疏离，导致明代诗歌走向衰微。简而言之，明代诗坛“门庭”之所以成为诗歌之害，关键在于为现实功利而立的诗坛“门庭”，导致诗歌创作成为追名逐利的手段，缺乏真情实感，“心死”而离情，背离了主于抒情的诗歌本体论原则。

第二，船山在诗学史流程中考察“门庭”现象，将“门庭”批评由静态的现象批评推向动态的历史审视。明末清初的“门庭”批评，起于对明代诗学的反思，旨在清算明代诗坛之弊，追寻明代诗歌无所建树的原因，为重振民族诗学提供历史借鉴。因此，在相当长一段时期内，“门庭”批评大都仅以明代诗坛为考察范围，“门庭”批评的对象仅为明代的“门庭”现象，且多基于静态的对点考察，缺乏上下求索的历史意识。船山是具有史学家之通明眼力的诗学家，善于将诗学现象置于诗学史流程中进行动态考察，其诗论往往贯穿着强烈的诗史意识。这种诗史意识体现在其“门庭”批评中，就是在诗学史的大场景中考察“门庭”现象，变静态的对点考察为动态的历史审视。船山“门庭”批评的这一特点，首先表现为通观古今，在诗学史流程考溯“门庭”之源起流变。船山在《夕堂永日绪论内编》中说：

> 建立门庭，自建安始。曹子建铺排整饬，立阶级以赚人升堂，用此至诸趋赴之客，容易成名，伸纸挥毫，雷同一律。……降而萧梁宫体，降而王、杨、卢、骆，降而大历十才子，降而温、李、杨、刘，降而江西宗派，降而北地、信阳、琅邪、历下，降而竟陵，所翕然从之者，皆一时和哄汉耳。①

在这段诗论中，船山追溯诗坛建立“门庭”的源起至于建安，简明扼要地勾勒出了诗坛建立“门庭”现象自建安至萧梁宫体、降而至唐代的初唐四杰、大历十才子，再到宋代的西昆诗人、江西诗派，然后到明代前七子、后

① 王夫之：《姜斋诗话》，《船山全书》第十五册，岳麓书社1996年版，第832页。

七子、景泰十才子，再至竟陵派的整个历史行程。在诗学史上第一次比较完整地梳理出了“建立门庭”这一诗学现象的诗学史流程。更重要的是，在这段诗话中，船山揭示出了建立“门庭”的原始动机和“门庭”鼎盛的原因。船山指出，建安之时曹子建始立“门庭”，其动机在于“立阶级以赚人升堂”，意即通过结党立户以号令众人，攫取盟主地位。而人们对“门庭”趋之若鹜，则是因为趋赴门庭“容易成名”，现实利益使然。也就是说，“门庭”之始，就带有功利性。“门庭”为利而立而不是为诗而立。建安以降，“门庭”绵延不绝，至明代终成诗坛痼疾，根源在于“门庭”的功利属性。至此，船山在诗学史流程中考溯“门庭”现象的诗学意义也就十分明了了，即通过梳理诗坛“门庭”的源起流变，揭示诗坛“门庭”与生俱来的逐利本质，指出了“门庭”痼疾的病根所在。

船山“门庭”批评的诗学史意识，还体现在其对明代“门庭”的个案批评中。如船山评袁宏道《和萃芳馆主人鲁印山韵》中说：

> 中郎舍王、李而归白、苏，亦其兴会之偶然，不与开帐登坛、争名闻利养者志同趣合。弇州以诗求名，友夏以诗求利，受天虽丰，且或夺之，而况其本啬乎！王、李笼罩天下，无一好手敢于立异。中郎以天姿迥出，不受其弹压，一时俗目骇所未见，遂推为廓清之主。实则中郎初非创获，往往得佳句，正与袁海客、李怀麓、王伯穀相出入耳。钟、谭全不知中郎落处，亦谓中郎为创，遂曰彼可创我亦可创。创而为腐为尖为钝为贱，亦皆创也，而竟陵成矣。……诗莫贱于用字，自汉、魏至宋、元以及成、弘，虽恶劣之尤，亦不屑此。王、李出后而用字之事兴。用字不可谓魔，只是亡赖，偏方下邑劣措大赖岁考捷径耳。王、李则有“万里千山”“雄风浩气”“中原白雪”“黄金紫气”等字，钟、谭则有“归怀遇觉”“肃钦澹静”“之乎其以”“孤光太古”等字，舍此则王、李、钟、谭更无可言诗矣。钟、谭以其数十字之学，而诮王、李数十字之非，此婢妾争针线盐米之智，中郎不屑也。中郎深诋王、李，诋其用字，非诋其所用之字。竟陵不知但用字之即可诋，而避中郎之所斥，窃师王、

李用字之法而别用之。中郎不夭，视此等劣措大作何面孔耶？王、李用字，是王、李劣处，王、李犹不全恃用字以立宗；全恃用字，王、李门下童僮也。钟、谭全恃用字，即自标以为宗，则钟、谭亦王、李之童僮，而不足为中郎之长鬣，审矣。无目者尤以公安、竟陵相承而言，公安即以轻俊获不令之报，亦不宜如此之酷也。①

又船山评李梦阳《赠青石子》说：

公安乍起，即为竟陵所夺，其党未盛，故其败未极。以俗淫而坏公安之风矩者，雷何思、江进之数子而已。若竟陵，则普天率土干死时文之经生、拾沈行乞之游客，乐其酸俗淫佻而易从之，乃至鬻色老妪，且为分坛坫之半席。②

以上两段引文本为诗评，但船山并没有满足于就事论事地评论诗歌，而是借题发挥，通过诗学史考察，对公安、竟陵两大“门庭”的源流进行了追溯。船山认为，在“王、李笼罩天下”，拟古之风泛滥于文坛的背景下，袁宏道“不与开帐登坛、争名闻利养者志同趣合”，不惧“七子”弹压，敢于独树一帜，标榜“独抒性灵”，打破“无一好手敢于立异”的局面，激发了人们反对拟古的情绪，于是应者云集，“遂推为廓清之主”，“公安”一派顺势而起。故公安之起，是顺势而为的结果，不同于王世贞等七子派诗人之“以诗求名”，谭友夏等竟陵派诗人之“以诗求利”。公安之衰，一是由于公安派“其党未盛”之际，其地位即被竟陵所夺。二是由于公安末流雷何思、江进之之流以俗淫败坏公安之风矩，诗歌流于轻佻、俚俗。

竟陵派同公安派一样，反对前后七子的拟古主张，提倡抒写“性灵”，同公安派的不同只在于其标榜“幽深孤峭”以纠公安派“不拘格套”所带来的鄙俚之弊，因此世人多认为竟陵承公安而起。船山通过诗学史考察，提出了不同的见解。船山认为，钟惺、谭元春以为袁宏道是因为自创“公安体”而获得声名，“遂曰彼可创我亦可创”，于是仿其所为而创体，竟陵派因之而成。

① 王夫之：《明诗评选》，《船山全书》第十四册，岳麓书社 1996 年版，第 1529 页。

② 王夫之：《明诗评选》，《船山全书》第十四册，岳麓书社 1996 年版，第 1312 页。

但竟陵与公安的关系仅限于此，竟陵与公安在诗法上并无传承关系。袁宏道“深诋王、李，诋其用字”，坚决反对王世贞、李攀龙等七子诗人“琢字成辞”的用字之法，而钟惺、谭元春则表面上讥诮王、李之用字，实际上却“窃师王、李用字之法而别用之”，并“全恃用字”而“自标以为宗”。所以船山认为，钟惺、谭元春犹如谨尊王、李之家法的家童、奴仆，“公安、竟陵相承”之言为无稽之谈。

第三，船山在作家作品批评中贯穿反“门庭”意识，通过诗学批评实践扩大“门庭”批评的诗学影响。明末清初的“门庭”批评，大多只是针对明代诗坛“门庭”所进行的现象批评，虽然不可避免地要涉及作家作品，但作家作品只是作为“门庭”现象的展现材料出现，服从于现象批评的需要，少见以“门庭”批评的意识和观念干预作家作品品评的，尤其是明朝而外作家作品的品评。而船山却在诗学史全程范围内，将“门庭”考察的结果作为作家作品品评的重要依据，在作家作品品评中体现“反门庭”观念，以此传播反“门庭”观念，扩大“门庭”批评的诗学影响。船山在《夕堂永日绪论内编》中说：

> 曹子建铺排整饬，立阶级以赚人升堂，用此至诸趋赴之客，容易成名，伸纸挥毫，雷同一律。子桓精思逸韵，以绝人攀跻，故人不乐从，反为所掩。子建以是压倒阿兄，夺其名誉。实则子桓天才骏发，岂子建所能压倒邪？故嗣是而兴者，如郭景纯、阮嗣宗、谢客、陶公乃至左太冲、张景阳，皆不屑染指建安之羹鼎，视子建蔑如矣。……宫体盛时，即有庾子山之歌行，健笔纵横，不屑烟花簇凑。唐初比偶，即有陈子昂，张子寿扢扬大雅。继以李、杜代兴，杯酒论文，雅称同调，而李不袭杜，杜不谋李，不尝党同伐异，画疆墨守。沿及宋人，始争疆垒。欧阳永叔亟反杨亿、刘筠之靡丽，而矫枉已迫，还入于枉，遂使一代无诗，掇拾夸新，殆同觞令。胡元浮艳，又以矫宋为工，蛮触之争，要于兴观群怨丝毫未有当也。伯温、秀迪以和缓受之，不与元人竞胜，而自问风雅之津。故洪武间诗教中兴，洗四百年三变之陋。是知立“才子”之目，标一成之

法，扇动庸才，旦仿而夕肖者，原不足以羁络骐骥。[1]

早在萧齐时期，刘勰就在《文心雕龙》中对世人关于曹丕、曹植的评价提出了质疑。刘勰认为，“魏文之才，洋洋清绮，旧谈抑之，谓去植千里”，这种“俗情抑扬，雷同一响”的评价“未为笃论”[2]。刘勰将世人对曹氏兄弟抑扬不公的原因归结于“文帝以位尊减才，思王以势窘益价”[3]，即曹丕因地位高而被世人削减了才名，曹植由于处境窘困而被世人抬高了身价。船山和刘勰一样，认为世人对曹氏兄弟诗史地位的评价是不公平的，并从“门庭”批评的视角，就造成曹丕、曹植评价不公的原因提出了自己的独到见解。船山认为，曹丕“精思逸韵”“天才骏发”，其诗史地位不是曹植所能压倒的，但其在诗界的声誉却不如“铺排整饬”的曹植，原因在于曹植立阶级以赚人升堂，借“门庭”之势压倒阿兄，“夺其名誉”。正因为如此，曹植虽声名赫赫，建安之后的郭璞、阮籍、谢灵运、陶渊明、左思、张协等诗人均“视子建蔑如矣”，“不染指建安之羹鼎”。也正因为如此，这些诗人能脱颖而出，“嗣是而兴”。根据船山的这段评论，再联系船山评曹植《七哀诗》：“情乍近而终远，词在苦而如甘，‘入室’之誉，以此当之，庶几无愧。乃以植驵才，奈何一旦顿造斯品？意其谲冒家传，豪华固有，门多赋客，或代其庖，如曹洪托笔孔璋以欺子桓，则未卜斯篇之定为植作也。”[4] 船山高度赞扬了曹植《七哀诗》，但却凭曹植门庭鼎盛，“门多赋客”而推断《七哀诗》为代庖之作，明显可见船山的反“门庭”意识对其作家作品评价的干预。在这段诗论中，船山还从“门庭”批评的角度，褒扬了不逐“宫体”之流的庾信；不追比偶之风的陈子昂、张九龄；互不因袭，不党同伐异、画疆墨守的李白、杜甫；“自问风雅之津”的刘基、高启等一批不为“才子之目”和“一成之法”所羁络，不涉足诗坛门户的诗人。

---

① 王夫之：《姜斋诗话》，《船山全书》第十五册，岳麓书社 1996 年版，第 832 页。

② 刘勰：《文心雕龙·才略》，郭晋稀《文心雕龙注释》，甘肃人民出版社 1982 年版，第 544 页。

③ 刘勰：《文心雕龙·才略》，郭晋稀《文心雕龙注释》，甘肃人民出版社 1982 年版，第 544 页。

④ 王夫之：《古诗评选》，《船山全书》第十四册，岳麓书社 1996 年版，第 665 页。

船山在对明代诗人的评价中，更是表现出了强烈的“门庭”批评意识。船山在《夕堂永日绪论》中说：

> 高廷礼、李献吉、何大复、李于鳞、王元美、钟伯敬、谭友夏，所尚异科，其归一也。才立一门庭，则但有其局格，更无性情，更无兴会，更无思致；自缚缚人，谁为之解者？昭代风雅，自不属此数公。若刘伯温之思理，高季迪之韵度，刘彦昺之高华，贝廷琚之俊逸，汤义仍之灵警，绝壁孤骞，无可攀蹑，人因望洋而返；而后以其亭亭岳岳之风神，与古人相辉映。次则孙仲衍之畅适，周履道之萧清，徐昌穀之密赡，高子业之戍削，李宾之之流丽，徐文长之豪迈，各擅胜场，沉酣自得。正以不悬牌开肆，充风雅牙行，要使光焰熊熊，莫能掩抑，岂与碌碌余子争市易之场哉？李文饶有云：“好驴马不逐队行。”立门庭与傍门庭者，皆逐队者也。①

在这段诗论中，船山将对诗人诗作的评价与其是否关涉门庭直接勾连起来。船山对高廷礼、李献吉、何大复、李于鳞、王元美、钟伯敬、谭友夏等门庭中人的诗歌成就和诗学地位持否定态度，认为“昭代风雅，自不属此数公”。而对不“悬牌开肆”，不似拙驴劣马般逐队而行者，即不立门庭亦不傍门庭的诗人，如刘伯温、高秀迪、刘彦昺、贝廷琚、汤义仍，以及孙仲衍、周履道、徐昌公、高子业、李宾之、徐文长等，则或褒之曰“亭亭岳岳之风神，与古人相辉映”，或赞之以“光焰熊熊，莫能掩抑”，不吝溢美之词。

船山论明代诗歌，最推重的是明初诗歌。船山褒赞明初诗歌说：“国初人诗，一片晴光亮眉，真景龙以前嫡系。如此许五言，起五百年庞杂之衰，讵有惭德？”②“有直而不激，有曲而不烦，有亮而不浮，有质而不亢。国初人留意古裁，起宋、元之衰者如此。”③“旷五百余年，除宋人烟雨而披青天、临白日，洪武诸公廓清之功大矣！嗣者无人，乃令高棅、何景明败乃公事，

---

① 王夫之：《姜斋诗话》，《船山全书》第十五册，岳麓书社 1996 年版，第 831 页。
② 王夫之：《明诗评选》，《船山全书》第十四册，岳麓书社 1996 年版，第 1355 页。
③ 王夫之：《明诗评选》，《船山全书》第十四册，岳麓书社 1996 年版，第 1259 页。

能无扼腕?”[1] 对明初诗人刘基、高启，船山更是赞赏有加，认为高启的乐府诗“高唐、宋人一等”[2]，“起八百余年之衰”[3]；五言诗则“声情俱备，遂欲左挹玄晖，右拍太白”[4]。刘基的乐府诗“起千年后，夺得《三百篇》、汉人精髓”[5]，五言诗“几与十九首争席”[6]。涂波在《王夫之诗学研究》一书中论王船山推重明初诗歌时说：“这样过分的赞赏很难理解为对明初诗学真实水平的推举，其中很可能饱含了故国之思的感情因素和因诗坛派别争斗使风雅沦丧的痛惜。”[7] 所言甚是。但从船山的话语表述看，船山过分赞赏明初诗歌的心理动因，应主要是后者，即“因诗坛派别争斗使风雅沦丧的痛惜”。从船山诗评可以看出，船山如此推重明初诗歌，主要是因为“国初人不受唐宋缧棘，独出心手，直承风雅”[8]，对前代诗学遗产“和缓受之”，既不附和门户之见，也不画疆墨守、党同伐异，而是“自问风雅之津”。[9] 也就是说，明初诗人是因为不涉“门庭”而得到船山的好评的。

对不沾染“门庭”之习的诗人，即便是严嵩、夏言这样公认的奸臣，船山亦不吝对其诗作予以肯定和褒扬。船山在《明诗评选》卷八中评夏言《苑中寓真记事》说：“一目一心所得，不安排，不扯拽，于贵溪、分宜犹见国初人风味，未经专门开铺面人坏尽。历下如青州白丸子治病，竟陵如吉祥寺香油梳发，要皆专门套子货，但解作教师也。”[10] 很明显，船山赞许严嵩（分宜）、夏言（贵溪），赞点不在其诗歌艺术水平，而在于他们不被“专门开铺面人坏尽”，即不被立门庭者引入歧途，诗作尚存明初诗人“自问风雅”的风味。这一点，从船山借题发挥，拉出历下（后七子）、竟陵两个门庭大户进行对比亦可看出。

---

① 王夫之：《明诗评选》，《船山全书》第十四册，岳麓书社1996年版，第1199页。
② 王夫之：《明诗评选》，《船山全书》第十四册，岳麓书社1996年版，第1160页。
③ 王夫之：《明诗评选》，《船山全书》第十四册，岳麓书社1996年版，第1161页。
④ 王夫之：《明诗评选》，《船山全书》第十四册，岳麓书社1996年版，第1268页。
⑤ 王夫之：《明诗评选》，《船山全书》第十四册，岳麓书社1996年版，第1154页。
⑥ 王夫之：《明诗评选》，《船山全书》第十四册，岳麓书社1996年版，第1246页。
⑦ 涂波：《王夫之诗学研究》，湖北人民出版社2006年版，第53页。
⑧ 王夫之：《明诗评选》，《船山全书》第十四册，岳麓书社1996年版，第1279页。
⑨ 王夫之：《姜斋诗话》，《船山全书》第十五册，岳麓书社1996年版，第832页。
⑩ 王夫之：《明诗评选》，《船山全书》第十四册，岳麓书社1996年版，第1615页。

在《明诗评选》中，王船山选录汤显祖诗37首、徐渭诗31首、杨慎诗40首，而李梦阳、李攀龙、袁宏道、谭元春入选的诗歌分别仅为8首、6首、15首、1首，何景、钟惺竟没有入选诗歌。所以涂波在《王夫之诗学研究》一书中说：“王夫之选明诗有两个特点：其一是首重明初，其次明中业，最次晚明；其二是对明代诗坛首领（李梦阳等）均不看重，而边缘性诗人（汤显祖等）大受青睐。”[①] 李梦阳、李攀龙、袁宏道、谭元春等诗坛首领，均为门庭魁首，王船山不看重他们，是其反“门庭”观念在诗学批评实践中的反映。船山青睐汤显祖等边缘性诗人，同样也是其反“门庭”观念的体现。船山评汤显祖《答丁右武稍迁南仆丞怀仙作》曰：“一直起，疑伤于促。乃尔回翔动淡，如风在空，不有孤悍之力，而力莫大焉。云行天运，了无步武，即所行运者以为次舍。此直驾康乐而上，古今殆无俦匹。三百年来，李、何、王、李、二袁、钟、谭，人立一宗，皆教师枪法，有花样可仿，故走死天下如骛。至于先生，无问津者，亦初无津之可问也。”[②] 从这段诗评可以看出，汤显祖受到船山青睐，大抵因为其特立独行，不入门庭，不附和门户之见，其诗“无问津者，亦初无津之可问”，不仿“教师枪法”，即所谓“古今间别立一宗”[③]；徐渭不逐“七子”之波，“目中无大历以下，正不规步开、天”[④]，流俗斥之为“外道”，而船山却因此对其赞赏有加；杨慎不迎合“七子”派“文必秦汉，诗必盛唐”的门庭之见，广泛吸引六朝、初唐诗歌的长处，独立于当时风气之外，形成了自己独特的诗歌风格，因而获得了船山的高度赞赏，船山称其为“千古第一诗人”。[⑤] 总之，船山评明代诗歌，在一定程度上高评了不关涉门庭的诗人，而对“悬牌开肆”的门庭中人，则多有贬抑。

概而言之，船山诗学话语从三个方面将明末清初的“门庭”批评推向了纵深，进一步扩大了“门庭”批评的诗学影响。其一是从诗歌本体论层面揭示了“门庭”痼病的病根所在：“心死”离情，背离了主于抒情的诗歌本体

① 涂波：《王夫之诗学研究》，湖北人民出版社2006年版，第51页。

② 王夫之：《明诗评选》，《船山全书》第十四册，岳麓书社1996年版，第1331页。

③ 王夫之：《明诗评选》，《船山全书》第十四册，岳麓书社1996年版，第1527页。

④ 王夫之：《明诗评选》，《船山全书》第十四册，岳麓书社1996年版，第1525页。

⑤ 王夫之：《明诗评选》，《船山全书》第十四册，岳麓书社1996年版，第1402页。

论原则；其二是在诗学史流程中考察门庭现象，将“门庭”批评由静态的现象评论推向了动态的历史审视；其三是在作家作品品评中贯穿反“门庭”意识，通过诗学批评实践扩大“门庭”批评的诗学影响。

第三节 船山“门庭”批评话语的缺失

王船山“门庭”批评话语，揭示了“门庭”之风致使诗歌因“离情”而“心死”这一“门庭”痼疾的病根，疏理了“门庭”现象的源起流变，并通过诗学批评实践传播和张扬反“门庭”的观念和主张，其论多有真知灼见，诗学理论价值不言而喻，对以整肃诗坛流弊、革除“门庭”陋习为旨的诗学实践活动亦具有引领意义。但是，由于船山对“门庭”之害有精醒而深刻的认识，对“门庭”之习的痛恨剧于常人，情绪使然，船山的“门庭”批评话语亦不免落入了“矫枉已迫，还入于枉”[①] 窠臼，存在矫枉过正的缺失。船山“门庭”批评话语的矫枉过正之失，主要表现在以下两个方面：

第一，船山对诗坛门庭采取一概否定的态度，失之偏颇。明代的诗坛门庭虽然由于“立‘才子’之目，标一成之法”[②]，致使诗坛模拟剿袭成风，党同伐异成习，严重影响了明代诗歌的发展，但明代的诗坛门庭并非一无是处。例如，如以李梦阳、何景明、李攀龙、王世贞为代表的前后七子，针对明代受“尚理”风气及台阁体雍容典雅诗风影响而形成的卑冗萎弱的诗坛局面，试图借助复古实行文学变革，在“文必秦汉，诗必盛唐”的复古旗号下，重扬文学的主情理论，提倡缘情而发的“真诗”。尽管其存在因过分强调法度格调而陷入拟古窠臼等种种缺陷，但七子派重视和强调诗文自身价值与审美特性，主张诗歌表现诗人真情实感、刻画真实人生，无论是从文学自身的理论建设，还是从革除台阁时弊的现实意义看，都是富有价值的诗学成就。公安派从“独抒性灵”出发，反对人为约束和拟古蹈袭，主张文学作品表现作者

---

① 王夫之：《姜斋诗话》，《船山全书》第十五册，岳麓书社 1996 年版，第 832 页。
② 王夫之：《姜斋诗话》，《船山全书》第十五册，岳麓书社 1996 年版，第 832 页。

的自由情性，虽然在文学实践中表现出了浅率轻直之弊，但公安派的文学主张及其清新流畅的作品，的确起到了冲击粉饰蹈袭之弊的作用，给诗坛带来了生机与活力。故而钱谦益在《列朝诗集小传》中说：“中郎之论出，王、李之云雾一扫，天下之文人才士始知疏瀹心灵，搜剔慧性，以荡涤摹拟涂泽之病，其功伟矣。”① 就连船山最痛恨的竟陵派，也并非一无可取之处，竟陵派在反对粉饰蹈袭，主张抒写自由性情方面，与公安派是互为相通的。但竟陵派为矫公安俚俗肤浅之枉，主张“引古人之精神，以接后人之心目”②，这一学习古人精神以启发后人，从而回归“真诗”境界的主张，对于纠正复古派单纯在形式上蹈袭古风的流弊，以及公安派俚俗肤浅之病，都起到了一定的积极作用，矫枉之功不可小觑。故袁行霈主编的《中国文学史》在评论明代诗坛门户时说：“他们不论高喊‘复古’的口号，还是打着‘反复古’的旗帜，主观上都有比较强烈的革新意识，希望能革除前弊，使文学创作符合各自心目中的规范。他们有的从作品本体着眼，或重其格律文采，或重其真情实感；有的从创作主体出发，或重其直抒胸臆，或重其法古就范；有的从接受角度考虑，或重其格律声调，或重其意象风韵，都发表过一些有益的见解，丰富了中国古代文学理论的宝库。……明代的文学论争，在分门立户、交相否定的过程中，实际上也暗暗地相互渗透、救弊补失，从而促进了文学的变通和发展。”③

如上所述，在船山诗论中，我们几乎只能看到诗坛门庭“党同伐异，画疆墨守”和“伸纸挥毫，雷同一律”的消极面，绝少见到诗坛门庭的可取之处和积极影响。船山这样做，与他的政治观点和前文所述诗学背景有关。晚明时期，朝廷内外派系林立，相互攻讦倾轧、构陷杀戮，党争之硝烟弥漫于朝野。船山认为，“国家之大患，人臣之巨慝，莫甚于自相朋比”④；“朋党立，国不能一日靖矣”⑤“尽举其（窦宪）宗族宾客名之以党，收捕考治之，

① 钱谦益：《列朝诗集小传》丁集，中华书局1961年版。
② 钟惺：《诗归序》，《诗归》，明万历刻本，卷首。
③ 袁行霈：《中国文学史》，高等教育出版社2014年版，第17页。
④ 王夫之：《读通鉴论》，中华书局1975年版，第788页。
⑤ 王夫之：《读通鉴论》，中华书局1975年版，第635页。

党之名立，而党祸遂延于后世。君子以之穷治小人，小人即以之反噬君子，一废一兴，刑赏听人情之报复，而人主莫能尸焉，汉、唐以还，危亡不救，皆此之由也，可不悲乎！”① 意即朋党之争乃国家之大患，国运衰颓之由。因此，船山痛恨一切朋党宗派，包括文学上的门庭宗派。再者，在前文所述“门庭”批评亟待推向深入、船山自身有误入竟陵门庭之痛的诗学背景下，船山矫枉之心甚切。因此，船山论“门庭”，旨在揭其短以期矫枉，往往攻其一点而不计其余，以充分聚焦于“门庭”之弊及其症结所在，故火药味甚浓。船山这一行为，可视之为一种批评策略，但客观上有所偏颇，给后人留下了诟病的口实，在一定程度上影响了人们对其诗论的认识和评判。

第二，在反“门庭”意识的干预下，船山对部分作家作品的褒贬扬抑有失公允。船山评论作家作品，多掺入“门庭”考量因素，关涉门庭者往往遭其贬抑，特立独行者则多被推高。例如，船山评价曹植，就多受“门庭”考量的干预。曹植的诗歌，“骨气奇高，辞采华茂”，实现了风骨和文采的完美结合。尤其是曹植的五言诗，既继承了汉乐府诗“感于哀乐，缘事而发”的现实主义传统，又具有《古诗十九首》温丽悲远的情调，完成了乐府民歌向文人诗的转变。故曹植享有“建安之杰”的美誉，被后人视为建安诗人的杰出代表。然而，船山却视曹植为“驵才”②，认为“子建横得大名，酌其定品，当在陈琳、阮瑀之下”③，显然有失公允。船山如此贬抑曹植，是因为船山认定曹植“立阶级以赚人升堂”④，是诗坛“门庭”的始作俑者。

再如船山对杜甫的评价。杜甫本非门庭中人，对此船山也是认同的，他在《夕堂永日绪论内编》中说，“继以李、杜代兴，杯酒论文，雅称同调，而李不袭杜，杜不谋李，未尝党同伐异，画疆墨守。”⑤ 但自宋以来拟杜、学杜蔚然成风，“自唐以降，诗家之途辙，总萃于杜氏。大历后以诗名家者，靡不由杜而出。……以佛乘比之，杜则果位也，诸家则分身也。”⑥ 虽然杜甫本人

① 王夫之：《读通鉴论》，中华书局1975年版，第176页。
② 王夫之：《古诗评选》，《船山全书》第十四册，岳麓书社1996年版，第665页。
③ 王夫之：《古诗评选》，《船山全书》第十四册，岳麓书社1996年版，第664页。
④ 王夫之：《姜斋诗话》，《船山全书》第十五册，岳麓书社1996年版，第832页。
⑤ 王夫之：《姜斋诗话》，《船山全书》第十五册，岳麓书社1996年版，第832页。
⑥ 钱谦益：《曾房仲诗序》，《牧斋初学集》卷三十二，上海古籍出版社1985年版。

未立门庭，但后世诗坛客观上形成了杜诗门派，这种门派即为船山所厌恶的“门庭”，所以船山对学杜、拟杜十分反感。如其评王逢《奉寄赵伯器参政尹时中员外五十韵》说：“纯净无折叠纹。固不可与学杜人同传。”① 评蔡羽《钱孔周席上话文衡山王履吉金元宾》说：“但能不学杜，即可问道林屋，虽不得仙，足以豪矣。诗有生气，如性之有仁也。杜家只用一钝斧子死斫见血，便令仁戕生夭。先生解云杜不足法，故知满腹皆春。”② 评汤显祖《南旺分泉》说：“指事发议诗一入唐、宋铺序格中，则但一篇陈便宜文字，强令入韵，更不足以感人深念矣。此法至杜而裂，至学杜而荡尽。”③ 受杜诗门派的牵累，船山常将一些不良诗学现象归罪于学杜，进而迁怒于杜甫。如船山评杜甫《后出塞》说：“杜陵败笔有‘李瑱死岐阳，来瑱赐自尽’、‘朱门酒肉臭，路有冻死骨’一种诗，为宋人谩骂之祖，定是风雅一厄。”④ “谩骂”之诗历朝皆有，若论其祖，《诗经》中的《硕鼠》《伐檀》之类的怨刺诗更为当之无愧，轮不到杜诗。宋人之“谩骂”，恐与杜诗没有必然联系，没有“朱门酒肉臭，路有冻死骨”一种诗，宋代同样会有“谩骂”之诗，但船山却认为这是学杜、拟杜的结果，于是推杜甫“朱门酒肉臭，路有冻死骨”一类诗句为“谩骂之祖”，斥之为“风雅一厄”。

船山评价明代诗人，更是明显地存在推高不涉“门庭”者，低评“门庭”诗人的现象。明初诗人刘基、高启等人，诗作古朴雄浑、格调高扬，一扫元代诗歌的靡丽纤弱之风，其诗歌成就和诗史地位的确值得肯定。但是，谓其“起八百年之衰”“千古唯公独步”“左挹玄晖，右拍太白”，则有点言过其实了。刘基、高启等明初诗人，因不标榜门户，“独出心手，直承风雅”而被船山推之以为高，对他们诗歌的缺陷与不足，船山讳莫如深。如刘基在元末和明初两个时期的诗歌存在重大差异，作于元末的诗“魁垒顿挫，使读者偾张兴起，如欲奋臂出其间”，作于明初的诗歌则“悲穷叹老，咨嗟幽忧，

① 王夫之：《明诗评选》，《船山全书》第十四册，岳麓书社 1996 年版，第 1349 页。
② 王夫之：《明诗评选》，《船山全书》第十四册，岳麓书社 1996 年版，第 1310 页。
③ 王夫之：《明诗评选》，《船山全书》第十四册，岳麓书社 1996 年版，第 1330 页。
④ 王夫之：《唐诗评选》，《船山全书》第十四册，岳麓书社 1996 年版，第 958 页。

昔年飞扬硉矹之气，澌然无存在”[①]，船山以前者为据褒扬刘基，对后者则选择性忽略了。

对竟陵派掌门人钟惺、谭元春的作品，船山几乎是全盘否定的。船山在《明诗评选》卷五中评何景明《大祀》说：“钟、谭以帖括为诗，求媚经生，而谭颇以风味上溯古人。……以品言之，于鳞为上，献吉次，元美次，友夏次，仲默次，伯敬最下。然三百年间，六子之外自有作者，不必向卖花担上选花也。”[②] 船山指斥钟惺、谭元春“以帖括为诗，求媚经生”，同时认为，有明三百年间，七子派诗人李梦阳、何景明、李攀龙、王世贞和竟陵派诗人钟惺、谭元春均不足称道，“六子之外，自有作者”。就其诗品比较而论，则李攀龙最上，李梦阳第二，王世贞第三，其次谭元春，再次何景明，钟惺为最下。船山还认为，钟惺、谭元春的诗作，“全恃用字”[③]，“靠古人成语，人间较量，东支西补而已”[④]，“外矜孤孑，中实俗溷，鄙夫之患，往往不能自禁”[⑤]。总之，在船山笔下，钟惺、谭元春的诗歌几乎无可取之处，而事实上，钟惺、谭元春的诗歌虽然有由于追求“深幽孤峭”、讲究“用字”而形成的艰涩隐晦之缺陷，但钟惺、谭元春的诗歌并非全然如此。谭元春的诗歌中就不乏清新隽永、情真意切之作。如其《舟闻》：“杨柳不遮明月愁，尽将江色与轻舟。远钟渡水如将湿，来到身边天已秋。”诗歌融杨柳、明月、江色、钟声多重意象于一体，运用拟人、夸张、移情、通感等多种手法，营造了一种有声有色、凄迷苍凉的意境，寄寓了作者淡淡的愁思。语言凝练而明快，情感真挚而又含而不露。这类诗歌，不要说在明代，就是放在整个诗学史上来评价，也称得上是优秀之作。船山最蔑视的钟惺，毕竟也经历了一个“斧凿久而渐近自然，波澜阔而乍归平易”[⑥] 的过程，诗作中不乏语言清新、诗情雅正之作，如《桃花涧古藤歌》《江行俳体》等。可见，钟惺、谭元春在诗歌创作上虽然有孤僻艰涩的败笔之作，但并非一无所成。船山以偏概全，单论

---

① 钱谦益：《列朝诗集小传》甲前集，中华书局1961年版。

② 王夫之：《明诗评选》，《船山全书》第十四册，岳麓书社1996年版，第1392页。

③ 王夫之：《明诗评选》，《船山全书》第十四册，岳麓书社1996年版，第1530页。

④ 王夫之：《明诗评选》，《船山全书》第十四册，岳麓书社1996年版，第1454页。

⑤ 王夫之：《明诗评选》，《船山全书》第十四册，岳麓书社1996年版，第1454页。

⑥ 徐波：《钟惺著作序》，道光元年本《天门县志》卷三十五。

其弊，确乎有失公允。

综上所述，在明末清初的诗学反思思潮中，“门庭”批评喧然而起，但却大多停留在现象批评的局面，未能深入到诗学历史和诗歌本体论层面刨根究底，揭示“门庭”痼疾的症结所在，故而批评效果有限。革除“门庭”流弊以重振民族诗学的诗学反思意图的实现，有待“门庭”批评的进一步推进。这一诗学背景，与船山自恨误入竟陵门庭的个人背景相叠合，致使船山在“门庭”批评上用力甚勤，致力于将“门庭”批评推向纵深。船山对“门庭”批评的推进，首先，表现为从诗歌本体论层面，揭示了“门庭”致使诗歌疏离情感这一“门庭”为害诗坛的深层原因。其次，船山将“门庭”现象置于诗学史流程中进行动态考察，追溯“门庭”现象的源起流变，在历史反思中寻求革故鼎新之路。最后，船山将反“门庭”意识贯穿于作家作品品评中，通过诗学实践扩大了“门庭”批评的诗学影响。船山的“门庭”批评，无论是在理论上还是在实践上，都有超出时人的成就，但由于船山对“门庭”的痛恨剧于常人，矫枉之心甚切，故其“门庭”批评亦存在不够客观理性甚至偏于一隅的一面。如其对诗坛“门庭”采取一概否定的态度，显然失之偏颇。其作家作品品评，亦存在推高不涉“门庭”者，低评甚至贬抑关涉“门庭”者的不公允现象。

第六章　船山诗学话语在清代的冷寂及其诗学原因

王船山诗学著作在清代的传播和影响十分有限，即便是在船山的哲学、历史等著作广为传播，船山学术地位日渐隆盛之时，船山诗学著作仍未引起广泛关注。清末民初，诗学风尚有所转变，船山诗学著作才引起诗学界的重视，船山诗论的影响才日渐显露。学界多以船山著作整体上曾一度湮没不显的共性原因解释这一现象。即将船山诗学著作冷寂于清代这一现象归因于船山与学界不相闻问、后人推挽乏力及清代文网的钳制。船山诗学著作在清代遭受冷遇，自然有上述因素的影响，但从船山诗学著作与其哲学、历史等著作的不同境遇看，尤其是从船山闻达于学界之时其诗学著作仍然冷寂不显的现象看，船山诗学著作不显于清代，主因当不为上述造成船山著作湮没不显的共性因素，应有其学术层面的内在原因。故本书从船山诗学著作的话语方式、诗学观念、诗论观点等内在因素入手，通过与其时的诗学主流对比，探寻船山诗学著作不容于清代学界的学术原因。

第一节　船山诗学话语在清代的冷寂状况

船山一生著述宏富，其著虽有所散佚，传至今日者仍达 95 种之多，约 800 万字。然而，船山殚精竭虑著就的皇皇巨著，在其生前和身后的相当长一段时期内却湮灭不彰，“蒸湘人士莫传其学”①，以致道光年间邓显鹤在编撰《船山遗书目录》时喟然而叹：

先生刻苦似二曲，贞晦过夏峰，多闻博学，志节皎然，不愧顾、黄两先生。顾诸君子肥遁自甘，声名益炳，羔币充庭，干旌于野，虽隐逸之荐、鸿博之征，皆以死拒，而公卿交口，天子动容，其志易白，其书易行。先生窜身瑶峒，绝迹人间，席棘饴荼，声影不出林莽，门人故旧，又无一有气力者为之推挽，殁后四十年，遗书散佚。其子敔始为之收辑推阐，上之督学宜兴潘先生，因缘得上史馆，立传儒林，而其书仍湮灭不传，后生小子至不能举其名姓，可哀也。②

但是，自邓显鹤主持刊行的守遗经书屋本《船山遗书》面世起，船山著述湮灭不传的状况开始改变，船山学术渐开局面。至同治初年，在曾国藩、曾国荃兄弟的主持下，金陵书局本《船山遗书》得以刊行，船山著作迅速传播于世，船山学术思想大倡于天下，船山取得了与顾炎武、黄宗羲鼎足而立的学术地位。然而，其时人们关注的主要是船山的哲学、史学等著作，支撑船山学术地位的是其哲学、史学成就。船山的诗学著作却被束之高阁，少有人问津，其境遇与船山哲学、史学著作形成重大反差，且这种冷寂境遇一直持续到民国初年。

康熙四十三年（1704），提督湖广学政潘宗洛向船山之子王敔询船山事迹，求读船山著作，次年作《船山先生传》。潘传比较详细地记述了船山著述情况：

先生遂浪游于浯溪、郴州、耒阳、晋宁、涟邵之间。凡所至期月，人士慕从者众，辄辞去，最后归游石船山，以其地瘠而僻，遂自岳阴迁焉。筑土室，名曰观生居，晨夕著书，萧然自得。作《读四书大全说》、《周易内传》、《外传》、《大象解》、《诗广传》、《尚

① 王敔：《大行府君行述》，《船山全书》第十六册，岳麓书社1996年版，第70页。

② 邓显鹤：《船山著述目录序》，《船山全书》第十六册，岳麓书社1996年版，第411页。

书引义》、《春秋世论》、《家说》、《左氏传续博议》、《礼记章句》，并诸经稗疏名若干，又作《读通鉴论》三十卷，《宋论》十五卷，以上下古今得失之故，制作轻重倚伏之原。又谓张子之学切实高明，作《正蒙释义》一卷，与前《思问录》内、外编，互相发明，阐天人性命之旨，别理学真伪之微。又以文章莫妙于《南华》，词赋莫高于屈、宋，故于《庄》、《骚》尤流连往复，作《庄子解》、《庄子通》、《楚辞通释》，又著《搔首问》、《俟解》、《噩梦》各种，及自定诗集，评选古今诗，《夕堂永日绪论》，注释《老子》、《吕览》、《淮南》各若干卷。自明统绝祀，先生著书凡四十年而终。①

传中具名的船山著作，关涉诗歌的有《诗广传》《楚辞通释》《夕永堂日绪论》三种，其中《诗广传》属于经学类著作，《楚辞通释》在传记作者的认定中属于辞赋注疏类著作。这样，传中具名的诗学著作仅有《夕堂永日绪论》一种，而船山《古诗评选》《唐诗评选》《明诗评选》等篇幅宏大的诗歌评选著作却不具其名，仅以“评选古今诗”一笔带过。且传记对船山的哲学、史学著作都进行了简评，不吝褒扬之词，而对船山诗学著作则不予置评，可谓惜墨如金。可见，船山诗学著作并未引起潘宗洛的关注和重视，船山的诗学成就在潘传中没有获得认同。潘传具有一定的代表性，从中大体可以窥见其时船山诗学著作的冷寂境遇。

潘传之后，船山之子王敔整理刊行船山著作，对船山作品的认知格局与潘传大体一致。从现存的康熙刻本《楚辞通释》《王船山先生书集》《船山先生诗稿》等刻本书籍和历史文献记载看，在康熙四十八年（1709）至六十年（1721）间，王敔陆续刊刻了船山著作二十余种，却未收《古诗评选》《唐诗评选》《明诗评选》等船山诗歌评选著作，认定为诗学著作的仅收《夕堂永日绪论》一种。另有与诗学相关的著作《诗经稗疏》《诗经考异》《楚辞通释》。但从王敔《大行府君行述》可知，《诗经稗疏》《诗经考异》归属于经籍训诂著作，《楚辞通释》其时归于辞赋注疏类著作，不视为诗学著作。② 可

① 潘宗洛：《船山先生传》，《船山全书》第十六册，岳麓书社1996年版，第88页。

② 刘志盛：《王船山著作版本源流考（一）》，《求索》1981年第3期。

见，王敌同潘宗洛一样，不太看重船山诗学著作。

乾隆三十九年（1774），朝廷开四库馆搜罗天下图书，船山的部分著作得以进呈，列入四库。据《四库全书总目》及文渊阁《四库全书》等文献可知，《四库全书》收录船山著作4种16卷，分别为《周易稗疏》4卷（附《考异》1卷）、《书经稗疏》4卷、《诗经稗疏》4卷、《春秋稗疏》2卷；存目2种，计9卷，分别为《尚书引义》6卷，《春秋家说》3卷。船山诗学著作无一被收录、存目。被查禁的九种船山著作中，亦只有《夕堂永日绪论》一种诗学著作。可见，在四库馆网罗天下图书之时，船山大部分诗学著作尚未传播开来，学术影响甚微，未能进入图书采进官员的视野之中。

道光二十年（1840），邓显鹤受船山后裔王世全之托主持刊刻守遗经书屋本《船山遗书》，收书18种，不仅未收《古诗评选》《唐诗评选》《明诗评选》《诗广传》等诗学著作，已见于王敔刊刻的湘西草堂本《船山遗书》的《夕堂永日绪论》《楚辞通释》亦未在刊行之列，18种著作均归于经部，从条目上看，与诗学全然无关。

同治初年，曾国藩、曾国荃兄弟主持刻印金陵书局本《船山遗书》，收书58种，其中包括《夕堂永日绪论内篇》《夕堂永日绪论外篇》《诗译》《楚辞通释》等诗学著作，但仍不收《古诗评选》《唐诗评选》《明诗评选》等诗歌评选著作。值得注意的是，金陵书局本《船山遗书目录》中，有“夕堂永日八代诗评选六卷”“夕堂永日四唐诗评选七卷”“夕堂永日明诗评选七卷”条目，且均注明“未刻”，而未搜集到的著作在目录中均注明“未见”，可知其时《古诗评选》《唐诗评选》《明诗评选》等著作已归于编校者之手。金陵书局本《船山遗书》刊行之时，文网已相对宽疏，在乾隆年间被列于禁毁书目的《夕堂永日绪论》和有明显违禁内容的《永历实录》均得以刊刻，船山的诗歌评选著作并无明显违禁内容，其未能刊行，应该不是政治原因所致，只能说明在刊行主事者的认识中，这些著作价值不大，没有刊刻必要。

船山《古诗评选》《唐诗评选》《明诗评选》三部诗歌评选著作，至民国六年（1917），才在刘人熙主持下，冠以《船山古近体诗评选》总名，由船山学社刊刻发行。萧度在《船山古近体诗评选总序》中简明扼要地陈述了其刊行经历：“先生胸有千秋，目营四表，考其所评选诗钞，与尼山自卫返鲁、正乐删诗之意，息息相通，迥非唐、宋以来各选家所能企及。若任其秘之名山，风雨剥蚀，将何以发扬后人思古之幽情哉？昔我先祖云稼公昌明绝学，寄怀吟咏，当时湘南学子及王氏诸生多景仰之。洎乎晚年，得诵先生《古近体诗评选》，曰：呜呼！此而农痛胡马南渡，祖国沦亡，寓情月旦，以抒其悲愤者也。惜乎《宋诗评选》，兵燹之余悬金购求，卒无应者。功未竟而公亦已老矣。丙辰秋，度长本局，兼长续修《湖南通志》处处务。任事之初，即欲搜辑先生遗书，以饫海内嗜古家之雅怀，而补前贤所未逮。适前湘督刘公蔚庐总理船山学社，以此诗钞见示，曰：曷总校而印行之？……爰别为《船山古诗评选》、《船山唐诗评选》、《船山明诗评选》三种，而总名之曰《船山古近体诗评选》，寿诸梨枣，使后之读是诗者，于此亦可见先生隐居求志之实功也。"[①] 从萧度的陈述可以看出，至民国五年（1916）即萧度总序中所言的"丙辰"年，船山的诗歌评选著作仍处于"秘之名山，风雨剥蚀"的状态中。不仅如此，纵观船山学术研究史和清代至民国时期的诗学史，可以发现，即便是此前已经陆续刊行的《夕堂永日绪论》《楚辞通释》《诗译》等诗学著作，亦少有人评论，关注度很低，与清代中叶以来船山哲学、史学著作的研究热度形成重大反差。可以说，清代至民国初年，船山诗学著作呈现出传播不畅、影响甚微的整体局面，船山诗学话语几成"远离诗坛的理论独白"[②]。

第二节　船山诗学话语湮灭不彰的诗学原因

船山著作曾一度湮灭无闻，"船山学术二百多年没有传人"[③]。邓显鹤《船山著述目录序》将造成这一状况的原因归结为"先生窜身瑶峒，绝迹人间，席棘饴荼，声影不出林莽，门人故旧，又无一有气力者为之推挽"[④]。梁

① 萧度：《船山古近诗评选总序》，《船山全书》第十四册，岳麓书社1996年版，第879页。

② 蒋寅：《清代诗学史》，中国社会科学出版社2012年版，第411页。

③ 梁启超：《中国近代三百年学术史》，东方出版社1996年版，第93页。

④ 邓显鹤：《船山著述目录序》，《船山全书》第十六册，岳麓书社1996年版，第411页。

启超亦持大体相同的观点："湖南自衡阳王船山（夫之）以孤介拔俗之姿，沉博多闻之学，注经论史，评骘百家，著作等身，巍然为一代大师。虽然，壤地窎远，与东南文物之区，不相闻问；门下复无能负荷而广大之者，是以其学不传。自兹以往，百余年间，湖湘学者无述焉。"[①] "衡阳王夫之，生于南荒，学无所师承，且国变后遁迹深山，与一时士夫不相接，故当时无称之者，然亦因是戛戛独有所造。"[②] 简而言之，就是船山身处偏远之地，与学界少有往来，又无能推挽光大其学的后学门生，故其书不传，其学不显。此外，学界还注意到了致使船山学术湮灭不彰的政治原因，如1959年中华书局版《楚辞通释》之《前言》中说："当王夫之死后，司文衡的湖广提学使向他的儿子王敔征求遗书时，王敔审情度势，把触犯清朝忌讳的遗书深闭固藏，只把这《楚辞通释》和《庄子解》、《张子正蒙注》、《思问录》等几部无甚违疑的书拿出来。""由于清朝文网严密，王夫之的著作中又富于民族思想，在这以后的一百多年，很少有人刊刻他的遗书，直到公元1840年（清道光二十年），才有他的裔孙王世全（号半溪）出资汇刻遗书十八种，……"[③] 概而言之，学界普遍认为，导致船山著作在清代长期湮灭不显的原因，一是船山身处僻壤，与学界不相闻问，其学不为学界所闻；二是缺乏有推挽光大其学之力的后学门生；三是被清朝森严的文网所束。

上述关于船山著作湮灭不显现象的原因判断，是就船山著作在清代的总体境遇而言的，船山诗学著作不显于清代，自然与这些因素相关，但船山诗学著作的传播具有其特殊性，上述船山著作湮灭不显的共性原因并不足以圆满地解释船山诗学著作冷寂境况的生成。为什么潘宗洛、王敔、邓显鹤、曾国藩等船山学术的景仰者致力于推挽船山哲学、史学著作，却对船山诗学著作缺乏热情，疏于推介？清朝同治之后，随着金陵书局本《船山遗书》的刊行和政治文化环境的改观，不闻于学界、推挽乏力和文网约束等制约船山著作流传的诸因素已不复存在，船山学术大行于天下，船山"巍然为一代大师"已成现实，为何船山诗学著作仍然冷寂不显，与船山哲学、史学著作的际遇

---

① 梁启超：《近代学风之地理的分布》，《清华大学学报》1924年第1卷，第32页。

② 梁启超：《清代学术概论》，中国书籍出版社2006年版，第32页。

③ 王夫之：《楚辞通释》，中华书局1959年版，第4页、第9页。

形成重大反差？这些疑问，非上文所述船山著作湮灭不显的共同原因所能解释。可见，船山诗学著作长期遭受冷遇，除了船山与学界不相闻问、缺乏强有力的学术推挽者和文网约束等造成船山著作湮灭不显的共性原因之外，当另有其个性原因。王敔的门生曾载阳、曾载述在湘西草堂初刻本《夕堂永日绪论》文后的“附识”中隐约道出了船山诗学著作隐而不显的个性原因：“子船山先生初徙茱萸塘，同里刘庶仙前辈藏书甚多，先生因手选唐诗一帙，颜曰《夕堂永日》，夕堂，子先生之别号也。继又选古诗一帙，宋元诗、明诗各一帙，而暮年重加评论，其说尤详。……卷帙繁重，难于问世，且问世亦非先生意也。先生尝言‘世之言诗文者，各立门户以争名场，吾名心消尽，所评论者以永日而已’。”① 可见，船山认识到，自己的诗歌评论著作不趋附其时左右诗坛的门户之见，不合时宜，故不求“问世”。王敔在《大行府君行述》中也点明了船山诗学著作具有“驳时尚”的特点，其文曰：“所评选有汉魏六朝诗一帙，四唐诗一帙，古文一帙，绪论一帙，皆驳时尚而辨伪体，名曰《夕堂永日》。”② 也就是说，船山诗学著作长期遭受冷遇，除上文所述船山著作传播的总体环境因素的制约之外，还与其学术上的特立独行有关。通过文本研究和学术背景考察可以推知，制约船山诗学著作传播的学术因素，一是船山诗学著作的话语方式与清代推崇考证的学术风尚不合；二是船山诗学话语中多有背离诗学主流的诗学观点、诗学主张。以下分而论之。

第一，船山诗学的话语方式与清代推崇考证的学术风尚相左，难以获得学界认可。

明朝中叶以后，由于阳明后学的影响，许多学者习于“袖手谈心性”，学界逐渐形成了“束书不观，游谈无根”的空疏学风。明亡之后，高谈性理所造成的空疏学风被提升到了“空疏误国”的高度遭到学者们的猛烈批判。从反对晚明理学家学无根底、束书不观的空疏学风出发，清初的顾炎武、黄宗羲等学者，以“博学”“求实”“经世”为宗旨，以宋学为根柢，兼采汉学博证、务实学风，开启了“经世致用”的实学之风。他们以汉儒经学为宗，从

① 曾载阳、曾载述：《附识》，《船山全书》第十六册，岳麓书社1996年版，第401页。

② 王敔：《大行府君行述》，《船山全书》第十六册，岳麓书社1996年版，第70页。

语言文字训诂入手，开展文献审订、真伪辨别、校勘注疏，以阐释古代典籍为手段，发挥自己的学术政治见解，把治学与当世之务结合起来，以求经世之用。但在清朝统治者的文化高压政策和利诱笼络手段的双重作用下，清初这种“经世致用”的实学之风，自康熙末年开始转变，至乾嘉时期发生了根本性变化。清初由于统治秩序尚未稳定，统治者对坚持民族气节的汉族知识分子在政策上尚有怀柔的一面。自康熙末年开始，统治者不断强化对意识形态领域的控制，实施了包括禁止结社讲学和大规模禁书、毁书等系列措施在内的文化高压政策，文字狱的严酷程度空前绝后。清初那种稽古问今、“经世致用”的学风被强行扭曲了。在实行文化高压政策的同时，清朝统治者还采取笼络手段，引诱知识分子钻进故纸堆、埋头做学问。如康熙十七年（1678）设博学鸿词科，笼络一批知名学者闭门编纂丛书、类书，从事古书的考证、校雠、注释和辑佚等。乾隆竭力鼓吹“稽古右文”，以引诱知识分子不问政治、专事稽古，除继续举行博学鸿词科考试处，还于乾隆十八年（1753）开“四库”馆，诏命搜罗天下图书进呈朝廷，征召大批学者入馆从事古籍整理，编校《四库全书》。

在上述背景下，学者们虽然继承了清初大师们的治学方法和研究内容，但却摒弃“经世致用”的学术精神，把毕生精力投入古籍的考据、校勘、注释、辑佚等工作中，稽古而不问今。研究方法陷入孤立、静止，注重对古代典籍的梳爬考证，忽视宏观研究和义理阐释。学术界逐渐形成了专注于文字、音韵、训诂，以考证为时尚的风气。考证学一统学界，其洪波自然及于诗学，最直接的体现就是诗学家把考证学的方法用于诗歌评注。李剑波《清代诗坛对宋诗范式的重建与创新》一书，举清代最具代表性的杜诗评注为例，以证其时诗学领域的考据征实风气，所言甚是。其书中有言：“清代学术浓厚的征实风气，在诗歌领域产生了广泛的影响。首先，它影响到了诗歌评注与研究。诗学家们把学术研究的方法运用到诗歌的注释、评点上来。这在杜甫诗歌的评注上表现得尤为明显。清初诗坛形成了一股尊杜思潮，辑注杜诗成为一时风气，受到了学术界证经考史学风的影响，它也表现出了明显的征实倾向。其时的杜诗学著作如钱谦益的《杜工部集笺注》、朱鹤龄的《杜工部诗集辑注》、张远的《杜诗会稡》、张溍的《读书堂杜工部诗注解》、仇兆鳌的《杜诗详注》、黄生的《杜诗说》、卢元昌的《杜诗阐》等，都是清初注释、评点、研究杜诗的重要成果。这些著作往往在不同程度上受到了征实学风的影响。仇兆鳌《杜诗详注凡例》说钱谦益注杜‘于《唐书》年月，释典道藏，参考精详’；朱鹤龄注杜‘于经史典故及地理职官、考据分明’；卢元昌《杜诗阐》‘征引时事，间有前人所未言’，张远《杜诗会稡》‘搜寻故实，能补旧注所未见’。仅从仇兆鳌的这些评价，我们对当时杜诗评注的特点已可见一斑。”[①] 仇兆鳌所言“参考精详”“考据分明”“征引时事”“搜寻故实”“能补旧注”等，虽然是就具体的杜诗评注著作而言的，却颇能代表清代诗歌评注著作的普遍状况。

王士禛标举“神韵”，注重从艺术审美的角度论诗，被认为是继承了自南朝至唐宋再到明朝的超功利诗歌美学思想的诗学家[②]，但其诗论著作仍然没有跳出考证学的樊篱。如考证学家阎若璩以考据论诗，列举他所编的《唐贤三昧集》中的舛讹和校勘之误，本与他“诗家惟论兴会，道里远近，不必尽合”的“神韵”说见解旨趣相异，“但王士禛知道后，不仅没有辩驳，而且确曾有‘深不欲流布《三昧集》，且毁《池北偶谈》之刻’之举”[③]。说明王士禛对阎若璩以考据学方法论诗的行为还是有所认同的。王士禛本人论诗，亦多用考证学方法，“王士禛不是经学大师，但他注意到同一事物记载相互歧异，经过排比分析和考证辨伪，弄清具体事物的真相，并将研究成果随时记录下来，逐渐积累编次成书，这种诗学研究方法，几乎与经学家的经典考证并无二致。他的《池北偶谈》、《居易录》等笔记中存有大量的辨析名物、考订典实的条目就是证明，所以清代乾隆时张宗橚在编纂《带经堂诗话》时曾将其分列为典制、遗迹、氏籍、品谊、袭故、近似、句意、字义、音训、名物、注家、用事、称谓、异同、辨析、校勘等十七类，达四百一十六条之多，统归于‘考证门’下，它占王士禛全部诗歌理论的五分之一。……它从一个侧面反映

① 李剑波：《清代诗坛对宋诗范式的重建与创新》，中国社会科学出版社2015年版，第42－43页。

② 陈良远：《中国诗学批评史》，江西人民出版社2001年版，第542页。

③ 陈居渊：《清代朴学与中国文学》，百花洲文艺出版社2010年版，第105页。

了清初经史考证学风对诗学的渗透。”①

王船山也是一位注重考证的学者。其子王敔在《大行府君行述》中说：“于《四书》及《易》、《诗》、《书》、《春秋》，各有《稗疏》，悉考订草木鱼虫山川器服，以及制度同异、字句参差，为前贤所疏略者。盖亡考自少喜从人间问四方事，至于江山险要，士马食货，典制沿革，皆极意研究。读史读注疏，于书志年表，考驳同异，人之所忽，必详慎搜阅之，而更以闻见证之，以是参驳古今，共成若干卷。”② 从王敔的介绍中可以看出，船山于经籍考证费力甚勤，颇显考证学功力。这一点，亦可从四库馆臣对船山著作的评述中得到佐证。如四库馆臣评船山《周易稗疏》说“言必征实，义必切理，于近时说易之家，为最有根据”③，“引据训诂，考求古义，所谓征实之学也”④；四库馆臣评船山《诗经稗疏》说“是书皆辨正名物训诂，以补传笺诸说之遗”⑤，“皆考证名物训诂，以补先儒之所遗。率参验旧文，抒所独得。”⑥

王船山能以经籍考证折服四库馆臣，但其论诗却不以考证为事。“他没有训诂家、道学家的习气，只用文学的眼光，所以说来精警透澈。”⑦ 由于船山将诗与学术文章区别对待，“以文学眼光去读诗”⑧，而不是从学术的视角去审视诗歌，近似于梁启超所言的“向文艺方面讨生活”⑨，故其诗学著作不循考证学之轨，话语方式与其时的考证学风尚抵牾不合。船山与诗学相关的著作，除归于诸经稗疏类著作的《诗经稗疏》外，大都延续了宋学的义理探寻之风，着重阐述了诗歌创作的理论主张和鉴赏原则，从情感、义理、艺术等方面分析作品的优劣，评述作家在诗史上的功过是非，很少作训诂、考释，也不考证诗人的寄托用意，批评话语散漫无稽而个性张扬，与“凡立一义，

---

① 陈居渊：《清代朴学与中国文学》，百花洲文艺出版社2010年版，第108页。
② 王敔：《大行府君行述》，《船山全书》第十六册，岳麓书社1996年版，第73页。
③ 永瑢、纪昀：《四库全书总目》上册，中华书局1965年版，第35页。
④ 永瑢、纪昀：《四库全书简明目录》，文渊阁《四库全书》，卷一第24页。
⑤ 永瑢、纪昀：《四库全书总目》上册，中华书局1965年版，第131页。
⑥ 永瑢、纪昀：《四库全书简明目录》，文渊阁《四库全书》，卷二第22页。
⑦ 郭绍虞：《中国文学批评史》(下卷)，商务印书馆2010年版，第550页。
⑧ 郭绍虞：《中国文学批评史》(下卷)，商务印书馆2010年版，第550页。
⑨ 梁启超：《清代学术概论》，中国书籍出版社2006年版，第168页。

必凭证据”[1] 的考证学风格格不入。《楚辞通释》虽为注疏类著作，也采用了传统的笺注体例，在一定程度上继承了传统训诂学的原则和方法，但文字训诂只是揭示义理的手段，是为义理阐释服务的，故文字训诂虽不乏精辟之见，但往往十分简略，并非著作的重心所在。同时《楚辞通释》采用释、评结合的方法阐述文意，批评话语中倾注了太多的个人思想观念和情感体验，主观色彩浓郁，这一特点亦与强调言必有据的考证学风尚相左。

梁启超在论述清代正统考证学派的学风特色时指出：“凡立一义，必凭证据。无证据而以臆度者，在所必摈。”[2] 船山诗学著作虽“精警透澈”，但“没有训诂家、道学家的习气”[3]，终属“无证据而以臆度者”，自然在“必摈”之列。

船山诗学著作因话语方式与清代考证学风尚相左而遭受冷遇这一判断，从四库馆臣对船山入馆著作的评论，亦即收录理由中可以找到佐证，四库馆臣评船山《周易稗疏》云：“皆随笔札记，以剖析疑义，大旨不信焦京，亦不信陈邵，亦不取王弼之清言，惟引据训诂，考求古义，所谓征实之学也。”[4] 评《书经稗疏》云：“其诠释名物，多出新意，虽醇驳相半，而纰缪者极纰缪，精核者亦极精核，不以瑕掩瑜也。[5]”评《诗经稗疏》云：“皆考证名物训诂，以补先儒之所遗，率参验旧文，抒所独得，虽间伤偏驳，而可据者多。”[6] 评《春秋稗疏》曰：“是编论《春秋》书法及仪象典制之类仅十之一，而考证地理者十之九。……在近代说经之家尚颇有根柢。”[7]

从以上评论可以看出，四库馆臣的学术视角和评价标准均基于考证学。换而言之，王船山的《周易稗疏》《书经稗疏》《诗经稗疏》《春秋稗疏》四部著作之所以能收入《四库全书》，很大程度上在于其在训诂、考据等方面有所成就，契合当时的考证学风尚。四库馆臣的学术眼光颇具代表性，因而

① 梁启超：《清代学术概论》，中国书籍出版社2006年版，第76页。
② 梁启超：《清代学术概论》，中国书籍出版社2006年版，第76页。
③ 郭绍虞：《中国文学批评史》（下卷），商务印书馆2010年版，第550页。
④ 永瑢、纪昀：《四库全书简明目录》，文渊阁《四库全书》，卷一第24页。
⑤ 永瑢、纪昀：《四库全书简明目录》，文渊阁《四库全书》，卷二第10页。
⑥ 永瑢、纪昀：《四库全书简明目录》，文渊阁《四库全书》，卷二第22页。
⑦ 永瑢、纪昀：《四库全书总目》上册，中华书局1965年版，第235－236页。

船山著述“最初得到赏识的只是和当代那种考据学风相适应的几种‘稗疏’”，船山诗论等不趋考证风尚的著作，则被人们所冷落，“在清朝埋没了许多年”。[①]

尤其值得注意的是《四库全书总目》评《诗经稗疏》的这段话：“四卷之末，附以《考异》一篇，虽未赅备，亦足以考证；又《叶韵辨》一篇，持论明通，足解诸家之轇轕。惟赘以《诗译》数条，体近诗话，殆犹竟陵钟惺批评《国风》之余习，未免自秽其书，今特删削不录，以正其失焉。”[②] 四库馆臣认为，《诗经稗疏》卷末附文《诗译》，有“自秽其书”之负面影响，故删削不录，理由在于《诗译》沾染了钟惺评点“诗经”的余习。钟惺评点《诗经》有何特点？为什么会让四库馆臣如此反感？黄道周《诗经琅玕》例言中评钟惺《诗经》评点云：“竟陵钟伯敬先生以《诗》活物，不事训诂，耑慎批点，如老泉评《孟》，叠山品《檀弓》，差为诗人点睛开面。[③]”张寿林在《续修四库全书总目提要》中评钟惺《诗经》评点亦曰：“今考其书，大旨欲以意逆志，以破汉儒之拘牵。盖惺本文士，又为竟陵一派之宗，故其说《诗》，意在品题。与经生说《诗》之株守门户、斤斤于名物训诂者，固自不同。其于经文之旁，加以圈点，且各附眉批旁注，以摘发字句，标示语脉。虽不能脱时文之习，然其间品题玩味，多出新意，不肯剽袭前人。揆之性情，参之义理，颇能平心静气，以玩索诗人之旨。于篇内微言，词外寄托，未尝无所阐发。”[④] 也就是说，所谓“竟陵钟惺批评《国风》之余习”，就是不事考证而“揆之性情，参之义理”，专注于诗歌的情感、义理、艺术分析的批评风格。可见《诗译》为四库馆臣所不容，是因为其不事考证，于其时崇尚考证的学风有所忤逆。考证学洪波之下，一篇附文尚且会因不事考证而被四库馆臣郑重其事地拣出，“删削不录，以正其失”，船山诗学专著因背离考证学风而遭受冷遇自是必然。

清代治考证的正统派，“发源于顺、康之交，直至光、宣，而流风余韵，

---

① 嵇文甫：《王船山学术论从序言》，《船山全书》第十六册，岳麓书社1996年版，第1004页。
② 永瑢、纪昀：《四库全书总目》上册，中华书局1965年版，第131页。
③ 转引自刘毓庆《从经学到文学——明代〈诗经〉学史论》，商务印书馆2001年版，第346页。
④ 张寿林：《续修四库全书总目提要》经部上册，中华书局1993年版，第321页。

虽替未沫，直可谓与前清朝运相终始。而中间乾、嘉、道百余年间，其气象更掩袭一世，实更无他派足以抗颜行。”① 在考证学一统学界的学术背景之下，王敔、潘宗洛、邓显鹤、曾国藩等船山著作推介者，受时代风尚的浸润，一方面他们自身可能就认同以考证为尚的学术评价标准，对船山诗学著作的价值认识不足；另一方面，即便他们自身赞赏船山诗学著作，亦可能虑及船山疏离时代风尚的诗学著作流传于世的负面效应，担心这些得不到学术界认同的诗学著作“自秽”船山声誉，因而懈于船山诗学著作的刊行、推介。原本就难以容身于学界的船山诗学著作，加上推介乏力，自然就落寞于世了。

概而言之，船山以文学的眼光审视诗歌，其诗学著述不以考证为事，注重理论发挥和作品的情感、义理、艺术分析，话语方式与有清一代强调广征博考、言必有据的考证学风抵牾不合，故而难为学界所认同，在清代长期遭受冷遇。

第二，船山诗学话语中的观念、观点与清代的宗宋风尚相冲突，难为学界所容。

自晚明时期起，诗学界就尊崇唐诗还是宗尚宋诗这一问题展开了激烈的论争。在这场诗学宗尚论争中，尊崇唐诗的主张在清初一度占据上风，形成了尊唐黜宋的局面，但维持的时间不长。康熙年间，以吴之振《宋诗钞》为标志，诗学宗尚开始由尊唐向宗宋转变。四库馆臣对此有明确记述：“平心而论，当我朝开国之初，人皆厌明王、李之肤廓，钟、谭之纤仄，于是谈诗者竟尚宋元。”②《宋诗钞》之后，尊唐与宗宋两种主张虽然长期相持、互有进退，但宗宋的总体格局一直没变。所以乔亿在《剑溪说诗》中说：“明代诗人尊唐攘宋，无道韩、苏、白、陆体者。国朝则祖宋祧唐，虽文章宿老宋气不除。”③ 至道光、咸丰年间，诗坛出现了宋诗运动，宋诗宗尚渐成压倒之势。故李剑波在《清代诗坛对宋诗范式的重建与创新》一书中说：“纵观有清一代诗坛，其诗学宗尚多种多样，但是，它并非众语喧哗而没有中心，杂乱无章，而是形成了一个宗宋为主流的诗学宗尚。以此之故，清代成为了近古诗坛艺

① 梁启超：《清代学术概论》，中国书籍出版社 2006 年版，第 108 页。

② 永瑢、纪昀：《四库全书总目》下册，中华书局 1965 年版，第 234 页。

③ 郭绍虞：《清诗话续编》，上海古籍出版社 1983 年版，第 1106 页。

术宗尚的一个重要的转型时期。元明数百年来以压倒优势占据诗坛的尊唐之风，至此逐步转变成为以宗宋为特色的诗坛主流宗尚。”①

宋诗以意为主，注重表现诗人的思想、观念和认知等理性色彩较强的内容，不重抒情和写景状物。“主意观念下的宋诗以筋骨思理见胜。”② 其特点有如严羽在《沧浪诗话》中所言：“诗者，吟咏情性也，盛唐诸人，惟在兴趣；羚羊挂角，无迹可求。故其妙处，透彻玲珑，不可凑泊。如空中之音，相中之色，水中之月，镜中之像，言有尽而意无穷。近代诸公乃作奇特解会，遂以文字为诗，以才学为诗，以议论为诗；夫岂不工，终非古人之诗也，盖于一唱三叹之音，有所歉焉。”③ 严羽通过唐、宋诗歌的比较，将宋诗的特点概括为“以文字为诗，以才学为诗，以议论为诗”，诚为至言。杨慎则在《升庵诗话》中指出宋诗的另一特点——“以史为诗”，其言曰：“宋人以杜子美能以韵语纪时事，谓之诗史。鄙哉！宋人之见，不足以论诗也。夫六经各有体，《易》以道阴阳，《书》以道政事，《诗》以道性情，《春秋》以道名分。后世之所谓史者，左记言，右记事，古之《尚书》、《春秋》也。若《诗》者，其体其旨，与《易》、《书》、《春秋》判然矣。三百篇皆约情合性而归之于道德也……宋人不能学之。至于直陈其事，类于讪讦，乃其下乘末脚，而宋人拾以为己宝，又撰出‘诗史’二字，以误后人。”④

综合文献资料和宋诗传世文本可知，以文为诗、以议论为诗、以学问为诗、以史为诗虽不能囊括宋诗的全部特点，但却是宋诗对后世影响深远的标志性特征。于是，在宗宋风气之下，以文为诗、以议论为诗、以学问为诗、以史为诗在清代诗坛获得广泛的认同和崇尚，渐成风气。

船山的诗学观念与宗宋的一派有重大差别。船山认为，诗歌是基于情感的艺术，“诗以道情，道之为言路也。诗之所至，情无不至；情之所至，诗以之至。”⑤ 故船山主张以情统摄诗歌，“情为至，文次之，法为下”⑥；“长言永

① 李剑波：《清代诗坛对宋诗范式的重建与创新》，中国社会科学出版社 2015 年版，第 39 页。
② 钱钟书：《谈艺录》，中华书局 1984 年版，第 2 页。
③ 何文焕：《历代诗话》，中华书局 1981 年版，第 688 页。
④ 转引自陈居渊《清代朴学与中国文学》上册，百花洲文艺出版社 2010 年版，第 88 页。
⑤ 王夫之：《古诗评选》，《船山全书》第十四册，岳麓书社 1996 年版，第 654 页。
⑥ 王夫之：《诗广传》，《船山全书》第三册，岳麓书社 1996 年版，第 307 页。

叹，以写缠绵悱恻之情，诗本教也。”[①] 船山还称“兴、观、群、怨”为“四情”，认为诗歌是摄“四情”于一体的艺术整体：“于所兴而可观，其兴也深；于所观而可兴，其观也审；以其群者怨，怨愈不忘；以其怨者而群，群乃益挚。出于四情之外，以生起四情；游于四情之中，情无所窒；作者用一致之思，读者各以其情而自得。……人情之游也无涯，而各以其情遇，斯所贵于有诗。”[②] 从诗歌“主情”的观念出发，船山强调“诗之为教，相求于性情”[③]，“善劝民者不以道，不以功，而劝以即物之景，即事之情”[④]。即善于教化百姓者，以情感为媒介，借助诗歌艺术审美感化人心，调治人情。

宋诗“主意”，“以筋骨思理见胜”[⑤]，而王船山是诗歌“主情”论者，强调“诗道性情”，以情统摄诗歌，故船山并不趋同其时的宗宋风尚，而是以“大端言情”[⑥] 的古诗为宗尚。为世人所宗的宋诗，在船山诗论中黯然失色。如船山有言：“靠古人成语，人间较量，东支西补而已。宋人诗最为诗囊在此。”[⑦]“沿及宋人，始争疆垒。欧阳永叔亟反杨亿、刘筠之靡丽，而矫枉已迫，还入于枉，遂使一代无诗，掇拾夸新，殆同觞令。胡元浮艳，又以矫宋为工，蛮触之争，要于兴观群怨丝毫未有当也。”[⑧] 这种“掇拾夸新，殆同觞令”的否定性批评话语，尤其是宋“一代无诗”的总体结论，绝对为宗宋风尚下的清人所不容。因为在宗宋的清人眼里，宋诗是最能资以为范的诗歌形态。钱谦益就曾说过；“古今之诗总萃于唐而畅遂于宋。”[⑨] 叶燮更是将宋诗喻为诗歌发展史的繁花：“夫自《三百篇》而下，三千余年之作者，其间节节相生，如环之不断，如四时之序，衰旺相循而生物、而成物，息息不停，无可或间也。……譬诸地之生木然：《三百篇》，则其根；苏李诗，则其萌芽由蘖；建安诗，则生长至于拱把；六朝诗，则有枝叶；唐诗，则枝叶垂荫；宋

① 王夫之：《姜斋诗话》，《船山全书》第十五册，岳麓书社1996年版，第829页。
② 王夫之：《姜斋诗话》，《船山全书》第十五册，岳麓书社1996年版，第808页
③ 王夫之：《古诗评选》，《船山全书》第十四册，岳麓书社1996年版，第677页。
④ 王夫之：《诗广传》，《船山全书》第三册，岳麓书社1996年版，第441页。
⑤ 钱钟书：《谈艺录》，中华书局1984年版，第2页。
⑥ 王夫之：《古诗评选》，《船山全书》第十四册，岳麓书社1996年版，第650页。
⑦ 王夫之：《明诗评选》，《船山全书》第十四册，岳麓书社1996年版，第1454页。
⑧ 王夫之：《姜斋诗话》，《船山全书》第十五册，岳麓书社1996年版，第832页。
⑨ 钱谦益：《牧斋有学集》，上海古籍出版社1996年版，第467页。

诗则能开花，而木之能事方毕。自宋以后之诗，不过花开而谢，花谢而复开。”① 叶燮以树木的生长作比，谓诗歌至唐则枝叶繁茂，至宋则进入灼灼其华的鼎盛时期，宋诗为诗歌史上绚灿的花朵，后世已无法超越。钱谦益、叶燮之言具有一定代表性，船山与清人在宋诗评价上的巨大差异由此可见概貌。

从“主情”论的观念出发，以文为诗、以议论为诗、以学问为诗、以史为诗，因不能“函情”，不能给读者以审美感受，都为船山所反对。船山认为：“诗待解人，字外求之，不如上书著论，可直言无讳耳。风雅谟训，各自有体，不然，圣人不须六经。”② 所以不能模糊诗歌与散文的文体界线，无视诗歌的抒情、审美特质而以笺疏、尺牍、章疏等言事散文的笔法为诗，即以文为诗。如其在《唐诗评选》卷三中评杜牧《句溪夏日送卢霈秀才归王屋山将欲赴举》时说：“以笺疏尺牍为诗，六义之流风凋丧尽矣。”③ 又其在《古诗评选》卷六中评周弘正《名都一何绮》时说：“以章疏入讽咏，殊无诗理。”④

船山反对以议论为诗，认为“议论立而无诗”，他在《古诗评选》卷四中评张载《招隐》一诗时说：“议论入诗，自成背戾。盖诗立风旨，以生议论，故说诗者于兴、观、群、怨而皆可，若先为之论，则言未穷而意已先竭；在我已竭，而欲以生人之心，必不任矣。以鼓击鼓，鼓不鸣；以桴击桴，亦槁木之音而已。唐、宋人诗情浅短，反资标说，其乃有如胡曾《咏史》一派，直堪为塾师放晚学之资。足知议论立而无诗，允矣。”⑤

船山认为，“诗有诗笔，犹史有史笔”⑥，以史为诗，则“诗道废矣”。如其在《古诗评选》卷四中评《上山采蘼芜》说：“诗有叙事叙语者，较史尤不易。史才固以隐括生色，而从实著笔自易；诗则即事生情，即语绘状，一

① 叶燮：《原诗·内篇》，人民文学出版社 1979 年版，第 34 页。
② 王夫之：《明诗评选》，《船山全书》第十四册，岳麓书社 1996 年版，第 1597 页。
③ 王夫之：《唐诗评选》，《船山全书》第十四册，岳麓书社 1996 年版，第 1039 页。
④ 王夫之：《古诗评选》，《船山全书》第十四册，岳麓书社 1996 年版，第 854 页。
⑤ 王夫之：《古诗评选》，《船山全书》第十四册，岳麓书社 1996 年版，第 702 页。
⑥ 王夫之：《明诗评选》，《船山全书》第十四册，岳麓书社 1996 年版，第 1410 页。

用史法，则相感不在永言和声之中，诗道废矣。”[1] 又其在《诗译》中说：“夫诗之不可以史为，若口与目之不相为代也，久矣。”[2]

船山还极力反对将诗歌与学术混同起来，以学为诗的诗学行为。船山在《诗译》中说：“艺苑之士，不原本于《三百篇》之律度，则为刻木之桃李；释经之儒，不证合汉、魏、唐、宋之正变，抑为株守之兔罝。陶冶性情，别有风旨，不可以典册、简牍、训诂之学与焉也。”[3] 西昆体诗人多以典籍为诗材的渊薮，苏轼、黄庭坚亦用典，他们的诗歌都有偏好表现才学工力的特点，船山讥之曰：“人讥西昆体为獭祭鱼，苏子瞻、黄鲁直亦獭耳。彼所祭者肥油江豚，此所祭者吹沙跳浪之鲿鲨也：除却书本子，则更无诗。”[4] 西昆体诗人及苏轼、黄庭坚喜好在诗中罗列故实，船山讥之为“獭祭鱼”，即如同獭将所捕之鱼陈列祭品般排放于水边一样。

船山诗论与清代宗宋风尚的冲突，不唯表现在以文为诗、以议论为诗、以学问为诗、以史为诗等诗学理论主张的纠葛上。在诗学批评实践中，船山针对具体作家作品的诸多观点，尤其孤介拔俗，“不落‘习气’”[5]。船山之杜甫与杜诗批评即为典型案例。

钱钟书在《诗分唐宋》一文中说：“曰唐曰宋，特举大概而言，为称谓之便。非曰唐诗必出唐人，宋诗必出宋人也。故唐之少陵、昌黎、香山、东野，实唐人之开宋调者；宋人柯山、白石、四灵，则宋之有唐音者。”[6] 陈居渊在《清代朴学与中国文学》一书中亦说：“在清初诗坛，有所谓的尊唐与崇宋的两种风格，前者是以初、盛唐为主体的典型唐诗，而后者实是指以唐代诗人杜甫、韩愈和宋代诗人苏轼为代表的宋诗。”[7] 也就是说，清人宗宋，所宗为盛于宋代的一种诗歌范式，并非专指宋代人所创作的诗歌。这种诗歌范式肇起于唐代，杜甫即为开调者之一。故杜甫在宗宋的清代学者中拥有崇高的声

---

① 王夫之：《古诗评选》，《船山全书》第十四册，岳麓书社1996年版，第651页。
② 王夫之：《姜斋诗话》，《船山全书》第十五册，岳麓书社1996年版，第812页。
③ 王夫之：《姜斋诗话》，《船山全书》第十五册，岳麓书社1996年版，第807页。
④ 王夫之：《姜斋诗话》，《船山全书》第十五册，岳麓书社1996年版，第834页。
⑤ 梁启超：《清代学术概论》，中国书籍出版社2006年版，第33页。
⑥ 钱钟书：《谈艺录》，中华书局1984年版，第2页。
⑦ 陈居渊：《清代朴学与中国文学》上册，百花洲文艺出版社2010年版，第110页。

誉，始于宋代的“诗圣”地位进一步稳固。

清代学者刘凤诰在《杜诗话》中概述了宋代以来杜甫在诗坛的至尊地位：“自元微之作序铭，盛称诗人以来，未有如子美者。王介甫选四家，以杜甫为首，秦少游则推为孔子大成，郑尚明则推为周公制作，黄鲁直则推为诗中之史，罗景纶则推为诗中之经，崇奉至矣。”[①] 在宗宋的风气之下，清代的尊杜风潮较之宋元有过之而无不及。钱谦益曾说：“自唐以降，诗家之途辙，总萃于杜氏。大历后以诗名家者，靡不由杜而出。”[②] 朱彝尊亦说：“惟杜子美之诗，其出之也有本，无一不关乎纲常伦纪之目，而写时状景之妙，自有不期工而工者。然则善学诗者，舍子美其谁师也欤?”[③] 叶燮更是对杜诗作了全面肯定：“杜甫之诗，包源流，综正变。自甫以前，如汉魏之浑朴古雅，六朝之藻丽秾纤、澹远韶秀，甫诗无一不备。然出于甫，皆甫之诗，无一字句为前人之诗也。自甫之后，在唐如韩愈、李贺之奇奡，刘禹锡、杜牧之雄杰，刘长卿之流利，温庭筠、李商隐之轻艳，以至宋、金、元、明之诗家，称巨擘者无虑数十百人，各自炫奇翻异，而甫无一不为之开先。此其巧无不到，力无不举，长盛于千古，不能衰、不可衰者也。今之人固群然宗杜矣，亦知杜之为杜，乃合汉魏六朝并后代千百年之诗人而陶铸之者乎?”[④] 清人承接宋代以来的尊杜传统，尊杜甫为“诗圣”，奉杜诗为诗歌典范，而船山却逆风潮而动，对杜甫和杜诗多予贬抑。船山称杜甫为“风雅罪魁”[⑤]，指斥杜甫的“诗史”类作品为“宋人谩骂之祖”“风雅一厄”[⑥]。更有甚者，船山认为杜诗“往往取惊俗目”“装名理为腔壳”“摆忠孝为局面”，并认定杜诗的这些表现为杜甫“人品心术学问器量大败阙处”，由此断定人们对杜甫的赞誉为“不虞之誉”，尤“紫之夺朱”[⑦]。与杜诗评价观点相适应，船山对学杜拟杜表现出

① 刘凤诰：《存悔斋集》，卷28。引自陈居渊《清代朴学与中国文学》上册，百花洲文艺出版社2010年版，第83页。

② 钱谦益：《牧斋初学集》，上海古籍出版社1985年版，卷三十二。

③ 朱彝尊：《曝书亭集》，《四库全书》本卷三十一。

④ 叶燮：《原诗·内篇》，人民文学出版社1979年版，第8页。

⑤ 王夫之：《明诗评选》，《船山全书》第十四册，岳麓书社1996年版，第1440页。

⑥ 王夫之：《唐诗评选》，《船山全书》第十四册，岳麓书社1996年版，第958页。

⑦ 王夫之：《唐诗评选》，《船山全书》第十四册，岳麓书社1996年版，第1021页。

十分反感的态度。他认为，学杜拟杜的后果是“学子者拙，似之者死”①；“但能不学杜，即可问道林屋，虽不得仙，足以豪矣。诗有生气，如性之有仁也。杜家只用一钝斧子死斫见血，便令仁戕生夭。先生解云杜不足法，故知满腹皆春。”②“指事发议诗一入唐、宋铺序格中，则但一篇陈便宜文字，强令入韵，更不足以感人深念矣。此法至杜而裂，至学杜者而荡尽。”③

蒋寅在《清代诗学史》中说：“王夫之确确实实以他严厉的批判表暴了明代诗歌学杜的虚妄，同时也解构了杜甫的艺术价值和典范性，杜诗无上崇高的评价在他的诗学中被改写，由此降落到历史的最低点。”④ 而这种情况是清代诗坛乃至整个学界所不能接受也不能容忍的。故蒋寅说：“幸而他的著作不传于世，否则二百年间诗坛不知要掀起多大的波澜。”⑤ 船山诗评中像杜诗批评这样与清代诗坛的通行之说相悖的惊世骇俗之论比比皆是，如白居易、韩愈均为“唐人之开宋调者”⑥，是宗宋的清人所极力推崇的诗人，而船山却指责白居易说：“长庆人徒用谩骂，不但诗教无存，且使生当大中后直不敢作一字。元、白辈岂敢以笔锋试颈血者?”⑦ 又讥毁韩愈说：“狷急险躁之音作，乃欲夺元声以矜霸气，如王世充作天子，指天画地，白沫喷人，世乃谓之‘起八代之衰’。”⑧ 无怪乎船山诗学著作在清代被打入冷宫。

王船山是一位隐身乡野的孤独学者，“他生在比较偏僻的湖南，除武昌、南昌、肇庆三个地方曾作短期流寓外，未曾到过别的都会，当时名士，除刘继庄（献廷）外，没有一个相识，又不开门讲学，所以连门生也没有。”⑨ 故“门下复无能负荷而广大者”。⑩ 在这一背景之下，推介船山著作、光大船山学术的难度可想而知。而船山诗学著作的话语方式又与流行于清代的考证风

---

① 王夫之：《唐诗评选》，《船山全书》第十四册，岳麓书社 1996 年版，第 1021 页。
② 王夫之：《唐诗评选》，《船山全书》第十四册，岳麓书社 1996 年版，第 1310 页。
③ 王夫之：《明诗评选》，《船山全书》第十四册，岳麓书社 1996 年版，第 1330 页。
④ 蒋寅：《清代诗学史》第一卷，中国社会科学出版社 2012 年版，第 474 页。
⑤ 蒋寅：《清代诗学史》第一卷，中国社会科学出版社 2012 年版，第 474 页。
⑥ 钱钟书：《谈艺录》，中华书局 1984 年版，第 2 页。
⑦ 王夫之：《唐诗评选》，《船山全书》第十四册，岳麓书社 1996 年版，第 976 页。
⑧ 王夫之：《唐诗评选》，《船山全书》第十四册，岳麓书社 1996 年版，第 976 页。
⑨ 梁启超：《中国近三百年学术史》，东方出版社 2004 年版，第 91 页。
⑩ 梁启超：《近代学风之地理分布》，《清华大学学报》1924 年第一卷第 1 期，第 32 页。

尚抵牾不合，诗学观念和诗论观点也多与清代宗宋风气下的主流诗论剧烈冲突。因此，一方面，船山著作的推挽者，不得不顾及接受效果而对船山诗学著作进行冷处理，以免引起人们对船山学术的抵触，影响船山著述的整体传播。另一方面，在时代风潮的浸润之下，船山著作的推挽者未必就认同船山诗学著作的话语方式和观念、观点，可能自身就存在对船山诗学著作的抵触情绪，有意将其束之高阁。如船山著作的推挽者曾国藩就是宋诗运动的代表人物，其诗派诗学杜甫、韩愈、苏轼、黄庭坚，主张以考据为诗、以议论为诗、以才学为诗，与船山的诗学观念和诗论观点大相径庭。金陵书局本《船山遗书》不收船山诗评著作，或为曾国藩等《船山遗书》刊行主事者与船山在诗学观念、诗论观点上的冲突所致。

概而言之，船山诗学著作不显于清代，固然有船山不闻达于学界、缺乏有学术推挽能力的后学门人，及清代文网的约束等制约船山著作传播的共性因素的影响，但从船山诗学著作不同于其哲学、史学著作的特殊境遇看，主因还在学术方面。从学术上看，船山诗学著作在清代遭受冷遇，主要是因为船山诗学著作的话语方式与流行于清代的考证风尚相左，其诗学话语中表现出的观念和观点又多与清代宗宋风气下的诗界主流剧烈冲突，故而难以被清代学界所容。

第七章　明末清初诗学背景与《楚辞通释》的个性化表现

《楚辞通释》是一部个性鲜明的楚辞学著作。如其对楚辞篇目的选取，就表现出了与传统楚辞注疏著作迥然不同的个性特征。《楚辞通释》全收王逸《楚辞章句》和朱熹《楚辞集注》所收屈原、宋玉、景差等楚人的作品，汉及汉以下的楚辞作品，只收贾谊的《惜誓》、淮南小山的《招隐士》、江淹的《山中楚辞》和《爱远山》几篇“得屈、宋之遗风”的作品，传统楚辞学著作所收其他汉及汉以下的作品一概弃而不录，最后收录自己所作的《九昭》。如此选篇，在楚辞学史上是独一无二的。又如船山论屈原之“忠”，力诋朱熹“过于忠”论，而置楚辞学史上众多非议屈原之“忠”的言论于不顾，亦表现出了鲜明的话语个性。再者，《楚辞通释》以丹法释《远游》和《离骚》末章，也是一种让人难以理解的个性化现象，以至于被人们指为“妄诞”。在清代以考证为尚的学风之下，《楚辞通释》不以考据为事而注重义理阐释，亦是其一大个性化现象。《楚辞通释》这些个性化现象的呈现，与其时的诗学背景及船山基于诗学背景的诗学意图有着直接的关联。

《楚辞通释》成书于康熙二十四年（1685）。其时抗清的武装力量已被清军剿灭，清朝政权大局已定，大明王朝已复国无望。坚守民族气节的汉族士人，不再寄希望于以武力恢复江山社稷，而是转入文化领域开展救亡图存活动，文化救亡成为有民族气节的汉族士人的共同意识和行动。与文化救亡运动相适应，其时的诗学活动带有强烈的反思意识和经世倾向。士人们深刻反思传统诗学，直击明代诗坛流弊，积极探寻端正诗学走向、重振民族诗学之路，试图使诗歌成为救亡图存运动的文化资源。于是，明末以来在“尚情”

思潮冲击下遭到消解的诗歌社会功能开始回归，诗歌的社会批评、政治教化功用重新获得了认可和重视。

与上述诗学背景相适应，船山的诗学活动带有强烈的“经世致用”目的。船山继承了儒家诗学的政治功利传统，试图通过张扬蕴含在优秀诗歌作品中的文化精神，为救亡图存运动提供文化支撑和精神力量。因此，很少为古书作注的船山从浩如烟海的古人作品选择了楚辞，精心撰述《楚辞通释》，其意图是为了弘扬蕴含在楚辞作品中的刚烈雄健、奋发有为、百折不挠的文化精神，冲击明清之际疲软无力的社会精神文化，为救亡图存运动注入精神活力。上文所言《楚辞通释》呈现出的个性化现象，都衍生于船山的这一诗学意图。如《楚辞通释》选篇的个性化，船山明言是为了“绍楚辞之余韵”“广三楚之遗风”，即为了赓续楚风，张扬楚文化精神；船山力诋朱熹“过于忠”论，意在冲击“过于忠”论所宣扬的温驯、中庸的文化精神，给时代精神文化注入血性与活力，用屈原的“忠义激烈”精神去唤起人们恢复江山社稷的意识；与力诋“过于忠”论的意图相似，船山以丹法释骚，目的在于申明屈原捐生赴死缘于忠爱之性而非不习尊生之道，以凸显屈原的“千古独绝之忠”，激发人们复兴民族的斗志；《楚辞通释》注重义理阐释而不以训诂为事的诠释特点，也是由船山发掘和传承楚文化精神以助救亡图存的意图决定的。总之，《楚辞通释》的个性化表现，并非船山刻意求异所致，而是由其时的诗学背景及船山基于诗学背景的诗学意图所规定的。以下具体而论之。

第一节　《楚辞通释》的创作意图

一、《楚辞通释》的创作背景

明万历四十七年（1619），王船山出生于衡州城南回雁峰王衙坪一个封建知识分子家庭，其父亲、叔父、兄长都学养丰厚，船山自幼受到儒家诗礼熏陶和教育。他七岁就读完十三经，十四岁便考中秀才，十六岁从叔父学诗研史，致力于四声音韵之学，不到两年的时间里，就阅读了前人诗词不下 10 万首，对历代诗集及二十一史都十分熟悉。同时，他十分关心现实生活，注重考察现实社会，对江山地利之学、食货经济之学、典章制度之学，都很感兴趣，着意研究，以求经世致用，施展抱负。当时正值晚明社会动荡、危机四伏的年代，船山一方面致力于读书和科考，参加过四次乡试，并最终以“春秋”第一，“中式”第五的成绩高中举人；另一方面则十分关心动荡的时局，踊跃参加带一定政治色彩的民间学术团体，诸如“行社”“匡社”“须盟”等，慨然有匡时救国之志。然而，晚明社会矛盾迅速地激化，农民战争、明清易代的特殊变局完全堵塞了这条循序渐进的科举参政之路。统治者昏庸无能、奸臣当道所带来的不仅仅是国家政权的更替，更导致了汉民族“大运颠覆”“地裂天倾”的民族危机。明亡后，清顺治五年（1648），船山怀着一腔忠愤，毅然举起“抗清复明”的战旗，与好友管嗣裘、夏汝弼等人在南岳举兵抗清，阻击清军南下。举兵失败后退至肇庆，任南明永历王朝行人司行人，因反对以王化澄为首的腐朽集团，几陷大狱，险遭残害，经农民军领袖高一功仗义营救，始得脱险。船山被迫离开永历王朝后，至桂林依瞿式耜。桂林陷没，瞿式耜殉难，船山乃决心隐遁，辗转湘西以及郴、永、涟、邵间，伏处深山。后回到家乡衡阳潜心治学，在石船山下筑草堂而居，人称“湘西草堂”。

船山被迫退出血与火的战场后，带着壮志未酬的遗憾遁迹山野，转入文化思想领域去从事另一种形式的斗争。他力图在思想文化领域革除时弊，实现反清复明的政治抱负，但其时在中国文化中处于主导地位的儒家文化，在经过宋明理学的改造后，走的是“内圣”的经世路线，专注于心性修养，淡化了探索和治理外部世界的意识，强化了中国人求稳的心理和好静的品性。安分守己、知足忍让成了大多数中国人的思维和性格特征，形成了内敛型的文化品格，在民族危机面前显得疲软无力。程朱理学是一种讲究“治心”的哲学思想，它只从正面劝谕人们修心养性、崇德向善，却不谈防恶制暴之法，只是告诉人们如何“内圣”，却不谈“外王”之道。王阳明心学甚至连“理”都不讲，只一味强调修心养性。王门后学则把心学进一步禅学化，“修心养性”逐渐转向禅宗式注重证悟的“明心见性”，养成了一种崇尚空谈心性、不务实事的浮夸学风。由于王学门人执政，政界和学界一样崇尚清谈。顾炎武在《日知录》中以激愤的言辞指出了这种不着当世之务的清谈风气的后果："刘石乱华，本于清谈之流祸，人人知之，孰知今日之清谈有甚于前代。昔之清谈谈老庄，今之清谈谈孔孟。……以明心见性之空言，代修己治人之实学。股肱惰而万事荒，爪牙亡而四国乱，神州荡覆，宗社丘墟。"[①] 面对不切时务的空疏学风所导致的"股肱惰而万事荒，爪牙亡而四国乱，神州荡覆，宗社丘墟"的严重后果，"清学之出发点，在对于宋明理学一大反动"[②]。事实上，这一"反动"思潮并非以清学为起点，明朝末年即已萌发，显性标志为提倡"经世致用"的学风。

梁启超在《清代学术概论》中说：

> 衡阳王夫之，生于南荒，学无所师承，且国变后遁迹深山，与一时士夫不相接，故当时无称之者，然亦因是戛戛独有所造。其攻王学甚力，尝曰："'侮圣人之言'，小人之大恶也。……姚江之学，横拈圣言之近似者，摘一句一字以为要妙，窜入其禅宗，尤为无忌惮之至。"（《俟解》）又曰："数传之后，愈徇迹而忘其真，或以钩考文句，分支配拟为穷经之能，仅资场屋射覆之用，其偏者以臆测度，趋入荒杳。"（《中庸补传衍》）遗书中此类之论甚多，皆感于明学之极蔽而生反动，……。[③]

也就是说，王船山虽然一度遁迹山野，但并没有孤身于时代思潮之处，其治学"皆感于明学之极蔽而生反动"[④]，并非为学问而学问，而是为了纠明学之弊以匡时救亡。船山在《尚书引义》中批评王阳明的知行论说："彼非谓知之可后也，其所谓知者非知，而行者非行也。知者非知，然而犹有其知也，亦惝然若有所见也。行者非行，则确乎其非行，而以其所知为行也。以知为行，则以不行为行，而人之伦、物之理，若或见之，不以身心尝试焉。"[⑤] 阳

① 黄汝城等：《日知录集释》卷七，清道光十四年（1834）刊本。
② 梁启超：《清代学术概论》，中国书籍出版社 2006 年版，第 14 页。
③ 梁启超：《清代学术概论》，中国书籍出版社 2006 年版，第 32 页。
④ 梁启超：《清代学术概论》，中国书籍出版社 2006 年版，第 33 页。
⑤ 王夫之：《尚书引义》，《船山全书》第二册，岳麓书社 1996 年版，第 312 页。

明知行合一观念的主要特征是以知为行，既然可以以知为行，那么一念发动就已经是行了，行就可以理解为一种内在意识了。所以船山指出，“不以身心尝试”而“以知为行”，这种脱离感性实践的所谓“行”，实际上是“以不行为行”，“行”的意义也就不存在了。船山认为正是儒者的这些不切时务、空谈蹈虚的浮游之说，导天下于淫邪，误江山于沦丧。为寻找复兴民族的政治动力，船山继承和发扬古代朴素唯物主义的优良传统，以“六经责我开生面，七尺从天乞活埋”的创新和求实精神，从哲学上和政治危害上全面清算宋明理学唯心主义，以科学方法剖析了宋明理学的理论根源，并以其在批判中建立的别开生面的朴素唯物辩证法体系，为统治中国思想界数百年的宋明理学乃至整个古典哲学做了总结和终结。同时，船山致力于文化典籍的整理与阐释，试图从传统文化中寻求民族复兴的精神资源，给时代精神文化注入刚性与活力，振奋民族精神。

概而言之，明末清初，学界对明代不切时务的空疏学风展开了全面批判和清算，倡导“经世致用”，试图从改变学风入手以匡时救亡。在这一历史背景下，船山致力于典籍的整理与阐释，试图从传统文化中寻求民族复兴的精神资源，在思想文化领域革除时弊，实现救亡图存的目的。在这种特定的社会历史背景和船山个人的学术背景下，《楚辞通释》应运而生。

二、楚辞的文化负荷

楚人源于上古的祝融部落。祝融并非人名或氏族、部落名称，它是古代掌管用火的首领的称号。由于高阳氏颛顼之孙老童的两个儿子黎和吴回都先后担任过祝融之职，因而有祝融氏黎和祝融氏吴回两个祝融。祝融氏黎于颛顼之时有罪被诛，子孙流散，除一支留居中原的程国外，其余则与九黎结合南迁于江汉之间，和三苗重新组合，成为苗民的一支黑苗的先民。这批早迁南土的祝融氏黎的后裔，虽仍保留着祝融的称号，即《山海经·海外西经》所说的“南方祝融”，但却并非楚之先人。被楚人奉为始祖的祝融应为祝融氏吴回，其后裔由于族系庞大，分为八姓，以位于今河南新郑的祝融之墟为中心，广泛分布于中原华夏地区，是华夏族的主要分子。楚人南迁，据《史记·楚世家》和《左传·昭公十二年》等文献所言，在熊绎之时。据何光岳考证："鬻熊与周文王、周武王同时，熊丽与周成王同时，熊狂与周康王同时，那么熊绎就不应是周成王同时，而应与周昭王同时了。"① 也就是说，楚人南迁当在周昭王之时，其时祝融氏吴回之孙季连一支，为寻求安全、富庶的生存环境，南迁至江汉流域，并在此扎根、繁衍，发展成为楚国。南迁之初，楚作为周王朝的一个属国，仍与中原华夏诸族保持着密切的来往，楚文化也没有独立于华夏文化之外。从考古遗迹上看，滥觞期的楚文化与华夏文化面貌近似甚至酷肖，并没有明显而重大的差别。滥觞期之后的楚文化，虽然受到蛮夷文化的重大影响，但正如张正明《楚文化史》所言："楚文化的干流是华夏文化，楚文化的支流是蛮夷文化。"②

楚人虽然是华夏族的后裔，但自周昭王时祝融部落南迁开始，周王朝就视之为另类。周王朝不允许楚人享有与中原诸夏平等的地位，更忌惮楚族发展壮大。周王朝多次像对待夷族一样举兵伐楚。如古本《竹书纪年》载，"昭王十六年伐荆楚，涉汉，遇大兕。""十九年，祭公、辛伯从王伐楚。"《通鉴外纪》载，周穆王三十七年（前940），"王起六师，至于九江，伐楚。"今本《竹书纪年》载，周厉王十四年（前864），周王命"召穆公追荆蛮至于洛"；周宣王五年（前823），"秋八月，方叔帅师伐荊蛮。"③ 史官在评论楚与诸夏的战争时，也表现出了视楚为异族的观念，"大抵扬晋抑楚或扬齐抑楚"，"以为晋齐是在攘夷，而楚是在猾夏"。④ 甚至到了战国时代，孟子还称楚人许行为"南蛮鴂舌之人"（《孟子·滕文公上》），表现出了对楚族和楚人的轻蔑。《左传·昭公十二年》记载了楚灵王时右尹子革回顾楚人创业历程的一段话，客观地反映了楚人艰苦卓绝的创业精神："昔我先王熊绎，辟在荆山，筚路蓝缕，以处草莽。跋涉山林，以事天子。唯是桃弧、棘矢，以共御王事。"⑤ 周王将一块其鞭长莫及、方圆五十里的蛮荒之地封给熊绎，楚部落从此就在这片穷乡僻壤上耕垦、繁衍、奋斗、创业。立国之初，楚王熊绎屡受到周王朝

① 何光岳：《楚源流史》，湖南人民出版社1988年版，第192页。

② 张正明：《楚文化史》，上海人民出版社1987年版，第26页。

③ 转引自何光岳《楚源流史》，湖南人民出版社1988年版，第191－194页。

④ 张正明：《楚文化史》，上海人民出版社1987年版，第132页。

⑤ 《春秋三传》，中国书店1985年版，第441页。

和中原诸夏的冷遇，开始反思自身的处境并试图改变它，他动员国人“筚路蓝缕，以启山林”，开启了艰难的创业历程。特殊的历史文化背景、地理位置，非夷非夏、亦夷亦夏的尴尬地位，致使楚人在文化心理上“帝高阳之苗裔兮”的自豪感与被视为蛮夷的屈辱感并存，独立不惧的意识特别强烈，并由此激发出奋发图强的民族精神和卓然不屈的文化品格。楚人在与中原华夏诸族和南方土著民族的交往、冲突中，始终坚持吸收北方的先进文化，同时也以兼采夷夏之所长的开阔胸襟，不断吸收和消融南方土著文化的某些成分。中原华夏文化的文雅与南土三苗文化的蛮野相结合，孕育出了楚文化倔强、刚烈、峻激的独特风格。

环境的艰苦，锻炼了楚人自强不息的品格；环境的闭塞，培育了楚人不随人俯仰的独立不羁精神。通过几代人的艰苦创业，楚国从困境中奋起，疆域不断扩展，国力不断增强。西周后期，周王朝日益腐败衰弱，楚于是力图脱离周的属国地位而独立，楚、夏文化也出现了明显的分流趋势。到春秋之初，熊通以“敝甲”北犯中原，“欲以观中国之政”（《史记·楚世家》），并僭号称王，楚与周彻底决裂，从此与中原诸夏的文化联系渐少，南方土著文化的影响加大，楚文化的独特个性日渐明显。至楚庄王时，楚并国二十六，开地三千里，并称霸中原，“问鼎之大小轻重焉”（《左传·宣公三年》。到了春秋晚期，楚国的军事、政治势力越过长江、洞庭，征服了洞庭湖以南乃至两广北部的土著民族，成为称霸诸侯、雄视齐秦的泱泱大国，并兼取华夏文化和南方土著文化之所长，形成了以刚烈雄健、奋发有为、百折不挠为核心精神的荆楚文化。

楚辞是楚文化土壤上开出的奇葩，是楚文化的重要载体，也是楚文化精神的艺术展现形式。楚辞以奔放不羁的个性精神，激烈动荡的情感，奇幻而华丽的表现形式，充分展示了楚文化刚烈雄健、奋发有为、百折不挠的文化精神。

楚辞的主要作者屈原是第一代楚王熊渠的苗裔，为熊渠所封的楚三王的后裔。屈原在年轻时担任三闾大夫一职，并很快迁至左徒，获得了进行政治改革、实现“美政”理想的平台。屈原“博闻强志，明于治乱，娴于辞令”，

“入则与王图谋国事，以出号令；出则接遇宾客，应对诸侯。王甚任之”。[①]屈原在任期内，在内政上主张“举贤授能”“修明法度”，在外交上主张联齐抗秦。由于“举贤授能”和“修明法度”触犯了保守的贵族势力的利益，因此屈原遭到了以上官大夫为代表的贵族势力的谗毁，在楚怀王、顷襄王时两次被流放。屈原的第一次流放发生在楚怀王时，被放于汉北。其间发生了丹阳之役、蓝田之役，及怀王客死于秦等一系列大事。顷襄王即位后，屈原再次被流放到江南。他在江南渡过了十年流放生活。公元前 278 年，楚郢都被秦军攻破，屈原完全绝望了，目睹楚国由盛而衰，而自己却报国无门，为表达对祖国命运的深深忧虑和对楚国腐朽的统治集团的抗议，屈原于这一年五月初五，在汨罗江投江自尽，以死明志。特定的社会背景和屈原不同寻常的政治经历，决定楚辞作品大多具有政治和文化意图，楚文化的精神内核在楚辞作品中得到了充分展现。

楚辞的代表作《离骚》，一方面表达出要为楚王“导夫先路”的理想抱负，坚守节操“九死未悔”的不屈信念，独立不迁、好修为常的追求，为了实现理想“上下求索”的坚韧不拔的进取精神；另一方面也表达了诗人在修明法度、举贤授能、改革图强的举措得不到理解与支持的情况下的悲愤心情，以及“虽体解吾犹未变”的百折不挠的斗争精神。

《九章》是一组政治抒情诗，思想内容与《离骚》大体相同，主要抒发诗人忧国忧时的苦闷，表现其不同流俗、坚贞不屈的性格。尤其是《橘颂》，借咏橘述志，表现出了对“独立不迁”“深固难徙”“苏世独立”的精神的崇尚。这些表现都是楚文化精神的展现。

《九歌》《招魂》，都是作于沅湘一带的诗篇。诗歌感情悲愤沉痛、缠绵悱恻，想象丰富奇特、宏伟壮美，糅合了民间的神话传说、历史人物、自然景象，编织出一个个扑朔迷离的幻想境界，淋漓尽致地抒发了诗人晚年放逐南楚沅湘之间忠君爱国、忧世伤时的心情。诗篇激情奔放、神思驰骋，折射出雄健、奋发的文化精神。《天问》是古今罕见的奇特诗篇，它一连向苍天提

---

① 司马迁：《史记·屈原列传》，《楚辞通释·附录》，《船山全书》第十四册，岳麓书社 1996 年版，第 452 页。

出了一百七十二个问题，涉及天文、地理、文学、哲学等许多领域，表现了诗人对传统观念的大胆怀疑和追求真理的执着精神，凸显出了楚文化刚烈雄健、奋发有为、百折不挠的文化品格。

综合上述分析可以看出，楚辞作为楚文化的重要载体，负荷着刚烈雄健、奋发有为、百折不挠的楚文化精神。在明末清初民族危机深重的背景下，弘扬这种刚健有为的文化精神，以冲击明清之际疲软无力的社会精神文化，为救亡图存运动注入精神活力，现实作用和文化意义不言而喻。

三、《楚辞通释》的创作意图

船山一生著述颇丰，但却很少为古人作品作注，终其一生仅有《礼记章句》《楚辞通释》两部古书注释作品。为什么船山要在浩如烟海的古人作品中选择楚辞，精心撰述《楚辞通释》？对此，古今学者多有所论。清代张仕可在《楚辞通释·序》中说："楚三闾大夫扃志沉湘，遗文贲楚。《骚经》写百折之孤忠，《天问》诘千秋之疑理。神以思通，作歌而侑；仙如可接，托赋斯游。鬼不能谋，詹尹之陈蓍漫托；人无同志，渔父之鼓枻忘言。是其回风之悲，于谁荡愤；而往日之惜，究于《怀沙》者也。从游若宋、景二子，瑰词仅托《招魂》；隔代有王、刘诸贤，呻吟要为无病。船山先生旷世同情，深山嗣响。赓著《九昭》，以旌幽志。更为《通释》，用达微言。攻坚透曲，剖璞通珠。啸谷凌虚，抟风揭日。盖才与性俱全于天，故古视今籍论其世。"① 作为《楚辞通释》的弁言，《序》中多溢美之词，并试图阐明《楚辞通释》的创作意图。鉴于康熙时期的政治文化环境，关于《楚辞通释》的创作意图，张仕可只能闪烁其词，仅以"以旌幽志""用达微言"等高度概括的语言隐约表达，至于"幽志""微言"的含义则语焉不详，不明言具体之所指。同时，张仕可也指出了《楚辞通释》"故古视今，籍论其世"的宏观目的。

洪湛侯《楚辞要籍解题》认为："《楚辞通释》一书在整个《楚辞》研究著作中，特点十分鲜明。如果说，屈原在《楚辞》中用香草美人来寄托他忠君之思的话，王夫之则以注释《楚辞》来泄发他对社稷的沦亡之痛……王夫

① 张仕可：《楚辞通释·序》，《船山全书》第十四册，岳麓书社1996年版，第456页。

之仰慕屈原的气节和品德，因此，从屈原《离骚》等作品中寻找共鸣，既阐发屈原的爱国思想，又寄托自己的身世之慨，所谓‘更为通释，用达微言’。”① 傅熊湘《离骚章义自序》亦云：“王船山抱亡国之痛，发愤著书，作《楚辞通释》。”② 也就是说，在洪湛侯、傅熊湘等学者看来，船山创作《楚辞通释》的意图是借阐发《楚辞》的微言大义来寄托自己的身世之哀、亡国之痛。

中华书局上海编辑所1959年版《楚辞通释》之《前言》也认为船山注释楚辞意在发泄社稷沦亡之痛和身世之哀。《前言》中说：“如果说屈原是用美人香草来寄托他的君国之思的话，则王夫之是以注释楚辞来发泄他的社稷沦亡之痛的。因为其旨隐，其辞晦，所以能够瞒过清朝统治者的耳目。当王夫之死后，司文衡的湖广提学使向他的儿子王敔征求遗书时，王敔审情度势，把触犯清朝忌讳的遗书深闭固藏，只把《楚辞通释》和《庄子解》、《张子正蒙注》、《思问录》等几部无甚违碍的书拿出来。其实就是这部无甚违碍的书，也是王夫之借楚国的颠危来比喻明社的倾覆，借屈子的被谗来比喻自身的遭毁，借注释楚辞来表达他的悲痛的家国之感的。”③

的确，正如李中华、朱炳祥在《楚辞学史》中所言：“由于王夫之生长于楚地，身世经历、思想情感与屈原有相通之处。旷世同情，易于感会，故理解独到之处甚多。”④ 所以船山自觉不自觉地借《楚辞通释》发愤抒情，宣泄自己的忧愤与哀怨。但是，如果我们以此断言船山创作《楚辞通释》的目的只是为了寄寓自己的身世之慨、亡国之痛，则未免低看了船山先生的胸襟与眼界。《姜斋诗话》卷一云：“‘诗可以兴，可以观，可以群，可以怨。’尽矣。辨汉、魏、唐、宋之雅俗得失以此，读《三百篇》者必此也。‘可以’云者，随所‘以’而皆‘可’也。于所兴而可观，其兴也深；于所观而可兴，其观也审。以其群者而怨，怨愈不忘；以其怨者而群，群乃益挚。出于四情之外，以生起四情；游于四情之中，情无所窒。作者用一致之思，读者

① 洪湛侯：《楚辞要籍解题》，湖北人民出版社1984年版，第85页。
② 傅熊湘：《离骚章义·自序》，民国十三年（1924）印本，卷首。
③ 中华书局上海编辑所：《楚辞通释》，中华书局1959年版，第4页。
④ 李中华、朱炳祥：《楚辞学史》，武汉出版社1996年版，第193页。

各以其情而自得。故《关雎》，兴也，康王晏朝，而即为冰鉴。‘讦谟定命，远猷辰告。’观也。谢安欣赏，而增其遐心。人情之游也无涯，而各以其情遇，斯所贵于有诗。是故延年不如康乐，而宋、唐之所由升降也。谢叠山、虞道园之说诗，井画而根掘之，恶足知此！”[1] 谢叠山为南宋遗民，是中国古代文学史上具有一定地位和影响的爱国主义诗人，文品和人品都让人敬仰，给后人留下了极其珍贵的文化遗产。谢叠山《诗传注疏》《唐诗解》等著作，在对《诗经》和唐诗的解说中寄寓其亡国之痛、表现其身世之哀，爱国情感值得称道。但其论诗多借他人之酒杯浇自己胸中之垒块，以抒发自己身世遭遇的不幸和存君兴国之情。如他在解释韦应物《滁州西涧》时认为，生在涧边的幽草是指隐居在野的君子贤人，鸣于深树的黄鹂则指巧言如流的得宠小人；春潮带雨，喻指国家患难多；晚来急，指危国之朝走向穷途末路；野渡无人舟自横，是说在宽闲之野、寂寞之滨，必有济世之才如孤舟之横野渡者，只是不能被统治者任用罢了。由于其仅以寄寓自己的民族情感、抒发个人哀怨作为解诗的目的，因而船山认为谢叠山解诗违背“兴、观、群、怨”的原则，眼界不宽、境界不高，斥其“井画而根掘之”。可见，船山虽然不反对寄托，但却不赞成把寄托个人情感、抒发身世之哀作为解诗的目的。因此，船山创作《楚辞通释》，一定有其更高远的目的。

其实，船山注《楚辞》时，虽然抗清的武装力量已经被清军扫平，清朝已经一统天下，关于《楚辞通释》的创作意图，船山碍于时局不便明言，但却在作品中有充分表露。

船山的《楚辞通释》与此前的楚辞注释著作在选篇上有重大差别。王逸的《楚辞章句》，是在刘向所编《楚辞》的基础上，加上他本人的《九思》并作注释的。刘、王的选篇原则是全录屈原的作品，对屈原以下的辞赋家则取其悼屈、拟屈之作。朱熹的《楚辞集注》在选篇上有自己的特点。他认为《七谏》《九怀》《九叹》《九思》虽为骚体，然其词气平缓，意不深切，如无所疾痛而强为呻吟者，故将其删去不录。对王逸所收的汉人之作，只存《惜誓》《哀时命》《招隐士》；另收贾谊的《吊屈原》《服赋》（《鹏鸟赋》），并

① 王夫之：《姜斋诗话》，《船山全书》第十五册，岳麓书社1996年版，第808页。

附录扬雄的《反离骚》。

船山的《楚辞通释》收屈原名下的《离骚》《九歌》《天问》《九章》《远游》《卜居》《渔父》共计二十五篇作品，另收宋玉名下的《九辩》《招魂》，景差名下的《大招》，贾谊的《惜誓》、淮南小山的《招隐士》、江淹的《山中楚辞》《爱远山》，及船山自作《九昭》，总计四十四篇作品。也就是说，《楚辞通释》全收王逸《楚辞章句》和朱熹《楚辞集注》所收屈原、宋玉、景差等楚人的作品，汉及汉以下的楚辞作品，只收贾谊的《惜誓》、淮南小山的《招隐士》、江淹的《山中楚辞》和《爱远山》几篇"得屈、宋之遗风"的作品，最后收录船山自己所作的《九昭》。如此选篇，船山明言是为了"绍楚辞之余韵""广三楚之遗风"。即为了赓续楚风，张扬楚文化精神。

他选取宋玉的《九辩》，是因为"其词激宕淋漓，异于风雅，盖楚声也"①。对于贾谊的《惜誓》，船山虽然认为"原以同姓宗臣，且始受怀王非常之宠任，则国势垂亡，而欲引身以避患，诚有所不能忍。其悱恻自喻之至性，有非贾生所知者"，因而《惜誓》之言不足以曲达幽忠，但"顾其文词瑰玮激昂，得屈、宋之遗风，异于东方朔、严夫子、王褒、刘向、王逸之茸阘无情"，故"珍重贤者而扳留之"②。

选取淮南小山的《招隐士》，是因为"其可以类附《离骚》之后者，以音节局度，浏漓昂激，绍楚辞之余韵，非他词赋之比。虽志事各殊，自可嗣音屈、宋。……故附之《惜誓》之后，以广三楚之遗风焉"③。

选取江淹的《山中楚辞》，是由于"小山《招隐》而后，骚体中绝，有如《七谏》《哀时命》《九叹》《九怀》《九思》诸篇，俱不足附屈、宋之清尘"。江淹"作《山中楚辞》，其用意幼眇，言有绪而不靡，特足绍嗣余风，余故删汉人无病呻吟之剿说，而登江作"④。

综上所述，船山选取楚辞作品，注重的是"得屈、宋之遗风""绍楚辞之余韵""广三楚之遗风"。而所谓"屈、宋之遗风""楚辞之余韵""三楚之遗

① 王夫之:《楚辞通释》,《船山全书》第十四册，岳麓书社 1996 年版，第 374 页。
② 王夫之:《楚辞通释》,《船山全书》第十四册，岳麓书社 1996 年版，第 429 页。
③ 王夫之:《楚辞通释》,《船山全书》第十四册，岳麓书社 1996 年版，第 437 页。
④ 王夫之:《楚辞通释》,《船山全书》第十四册，岳麓书社 1996 年版，第 442 页。

风”，实质上就是留存于楚辞作品中的楚文化精神。

楚文化精神在楚辞中的艺术表现是“激宕淋漓”“瑰玮激昂”“浏漓激昂”，其内在实质就是以倔强、刚烈、峻激为特征的激烈奔放、刚健有为的奋发进取精神。关于这一点，在船山隐约其词而又有迹可寻的述说话语中可以得到印证。船山在《楚辞通释·序例》中说：“楚，泽国也。其南沅湘之交，抑山国也。叠波旷宇，以荡遥情，而迫之以崟嵚戌削之幽菀，故推宕无涯，而天采矗发，江山光怪之气莫能掩抑。出生入死，上震天枢，□□□秦，□江□□，皆此为之也。夫岂东方朔、王褒之所得与乎？”[①] 文章看似在写楚地山川风物之灵秀，但笔锋一转，由江山风物而至精神气度：“出生入死，上震天枢，□□□秦，□江□□，皆此为之也。夫岂东方朔、王褒之所得与乎？”文章虽有脱文（以“口”代之），但对楚地雄健有为的文化精神的赞叹之情仍清晰可见。“莫能掩抑”的似不止于“江山光怪之气”，更在于楚人“出生入死，上震天枢”的精神气度。

船山对刚健有为的楚文化精神的张扬，还大量体现在《楚辞通释》的释文中。如船山释《离骚》中“乘骐骥以驰骋兮，来吾道夫先路。……忽奔走以先后兮，及前王之踵武”一段说：“虽党人险昧，必将忮害，而不敢畏祸，惟一意忧君之倾覆，故秉忠以谏，道君以坦行于夷庚，践前王之迹，则殃且及而不辞。此上自述其违众忧国以强谏之情，宜为君之所鉴谅，以信己不疑，而前王可继也。”[②] 又船山释《离骚》中又“荃不察余之中情兮，反信谗而齌怒。……余既不难夫离别兮，伤灵修之数化”一段说：“君虽齌怒，犹必固争，指天自明，不避祸谪。非己强于求伸，亦为君之故耳。乃君亟信谗邪，取与己所定之成谋而弃之。疑其人，并废其道，非己之辱，而实国之灾也。”[③] 释文中所强调的不畏祸、不避害，一往直前、秉忠固争的行为，正是刚健有为的楚文化精神的反映。

再如船山在《通释》中对蕴含在楚辞作品中的方圆不周的抗争精神的揭示和张扬。如船山在注《离骚》中“怨灵修之浩荡兮，终不察夫民心。……

① 王夫之：《楚辞通释》，《船山全书》第十四册，岳麓书社1996年版，第208页。
② 王夫之：《楚辞通释》，《船山全书》第十四册，岳麓书社1996年版，第216页。
③ 王夫之：《楚辞通释》，《船山全书》第十四册，岳麓书社1996年版，第216页。

何方圆之能周兮，夫孰异道而相安?”一段时说：“忠佞殊途，忠之不能容佞，犹佞之不能容忠，如鸷鸟不能与燕雀为群，非特臭味之殊，抑家国安危之所自决，判于毫厘，必不能毁方为圆，委曲因时以求两可。”① 再如船山注《天问》中“日月安属？列星安陈？……厥利维何，而顾菟在腹”一段时对周容求全的“包容”品性的批判，其文曰：“菟，古兔字；顾菟，月中暗影似兔者，能亏月圆明之体。月何所利而有此？人之利欲为蔽，包容小人而自损其明，亦何利哉？凡篇内即事以寓规谏者仿此。”②

船山在《九昭》之《申理》章自释中说：“达屈子未言之情而表著之，想其忠爱愤激之心，追沉湘之日，申念往事，必有如是者。清君侧之恶，虽非人臣所敢专，而宗臣之义，与国存亡，知无不为，言无不尽，故管蔡可诛，昌邑可废，况张仪、靳尚之区区者乎？辄为追惜，无嫌悁烈也。”③ 显然，这里表面上是代屈原追悔昔日未能及时诛灭权奸张仪、靳尚，实际上是在警醒人们应拿出诛管蔡、废昌邑的激情与勇气，诛奸拯良，抗敌图存。

在《九昭·荡愤》自释中，船山甚至设想了一段兴师讨秦的经过：“以下言兴师讨秦之次第也。诛凤皇于西母，诘怀王不返之故，使自服罪。意秦人多诈，必伪请和以诱我，叱风伯使勿迟回，不听其甘言，而决于致死，乃可以逞志”，继之“以誓死之气，与秦争存亡，兵甫交而秦可破。夺武关，临渭水，秦且西溃。逮怀王之未死，迎之以归”，又云“秦人积怨于天下，如秋霖之害良稼。诛其君，吊其民，息天下之祸，如涤阴翳而睹青天，迄于西极而后已。”在《荡愤》题下注中船山总结道：“楚之势不两立者，秦也。百相欺百相夺者，秦也。怀王客死不共戴天者，秦也。屈子初合齐以图秦，为张仪靳尚所阻，愤不得申。放窜之余，念大仇之未复，夙志之不舒，西望秦关，与争一旦之命，岂须臾忘哉！事虽没世不成，而静夜思之，炯然不昧，若蹀血咸阳，饮马泾渭，无难旦夕必为者。”④ 船山在这里明写屈原不屈不挠的抗秦经历和顽强意志，实则是借古抒怀，表达自己抗清决心，抒发自己反清复

① 王夫之：《楚辞通释》，《船山全书》第十四册，岳麓书社1996年版，第221页。
② 王夫之：《楚辞通释》，《船山全书》第十四册，岳麓书社1996年版，第276页。
③ 王夫之：《姜斋文集》，《船山全书》第十五册，岳麓书社1996年版，第151页。
④ 王夫之：《姜斋文集》，《船山全书》第十五册，岳麓书社1996年版，第156－158页。

明的理想，借“旌三闾之志”[1] 鼓舞反清复明的斗志，即张仕可所说的“以旌幽志”“用达微言”。

船山《楚辞通释》的创作意图，其子王敔是心领神会的，只是碍于时局不便明言。王敔在《大行府君行述》中说：“又以文章之变化莫妙于《南华》，词赋之源流莫高于屈宋，《南华》去其外篇杂篇诃斥圣门之讹妄，其见道尚在狂简之列；屈子以哀怨沉湘，抱今古忠贞之恸，其隐情莫有传者，因俱为之注，名曰《庄子衍》、《楚辞通释》。更别作《庄子通》，以引漆园之旨于正。自作《九昭》，以旌三闾之志。”[2] 王敔认为，船山作《楚辞通释》，是因为“屈子以哀怨沉湘，抱今古忠贞之恸，其隐情莫有传者”。屈子之哀怨沉湘和抱忠贞之恸，本来就是楚文化精神的反映，所谓“隐情莫有传者”，应该是指屈子之行为所蕴含的文化精神没有得到充分阐发。船山因之为注，用意也就十分明显了，就是要阐发隐而莫传的楚文化精神。

概而言之，船山生活于明清之际，这是一个民族矛盾激化，汉民族“大运颠覆”“地裂天倾”的时代。而其时在中国文化中处于主导地位的儒家文化，在经过宋明理学的改造后，注重自省式的修心养性，形成了内敛型的文化品格，在民族危机面前显得疲软无力。楚辞作为楚文化的重要载体，负荷着刚烈雄健、奋发有为、百折不挠的文化精神。这种文化精神正是救亡图存运动所需要的，也是自楚而下传承不辍的湘楚文化之精神内核。为了用刚健有为的文化精神来号召救亡图存运动，平生很少为古书作注的船山，在浩如烟海的古人作品中选择了楚辞，为之精心撰写释文，是试图以刚烈雄健、奋发有为、不屈不挠的楚文化精神，冲击明清之际疲软无力的社会精神文化，为救亡图存运动注入精神活力。

第二节　王船山力诋朱熹“过于忠”论之由

屈原之忠义，历来为人们所推崇。司马迁充分肯定了屈原“竭忠尽智以

① 王夫之：《姜斋文集》，《船山全书》第十五册，岳麓书社 1996 年版，第 147 页。

② 王敔：《大行府君行述》，《船山全书》第十六册，岳麓书社 1996 年版，第 74 页。

事其君”的品行，赞曰：“推此志也，虽与日月争光可也。”[①] 洪兴祖有感于屈原“虽流放废斥，犹知爱其君，眷眷而不忘，臣子之义尽矣”，称“屈子之事，盖圣贤之变者，使遇孔子，当与三仁同称”。[②] 黄文焕在《楚辞听直》中说：“千古忠臣，当推屈子为第一。盖凡死直谏者，君死之；死封疆者，敌死之：均非自死。至国破君亡，而一瞑以殉社稷，属之自死矣。然皆出于一时烈气，势必不容偷生。未有如屈子之于故君既逝、新主复立，旷然十年，竟终投水者。忠不首屈，又将谁首哉？”[③] 王船山在《楚辞通释》中更是说“蔽屈子以一言曰‘忠’”[④]，称屈原之“忠”为“千古独绝之忠”[⑤]。

然而，屈原的千古独绝之忠，赢来的不只是赞誉，自汉代开始，关于屈原之“忠”的非议之词也不绝如缕。扬雄、班固、颜之推、刘献之等都对屈原之“忠”颇有贬抑。就连对屈原整体评价很高的刘勰，也认为屈原以死报国是“狷狭之志”[⑥]。针对前人对屈原之“忠”的非议，朱熹在《楚辞后语·反离骚》中转引洪兴祖的话说：“故虽身被放逐，犹徘徊而不忍去，生不得力争而强谏死，犹冀其感发而改行，使百世之下闻其风者，虽流放废斥，犹知爱其君，眷眷而不忘，臣子之义尽矣。非死为难，处死为难。屈原虽死，犹不死也。后之读其文，知其人，如贾生者，亦鲜矣。然为赋以吊之，不过哀其不遇而已。余观自古忠臣义士，慨然发愤，不顾其死，特立独行，自信而不回者，其英烈之气，岂与身俱亡哉？……屈子之事，盖圣贤之变者，使遇孔子，当与三仁同称，雄未足以与此。班孟坚、颜之推所云，无异妾妇儿童之见，余故具论之。”[⑦] 朱熹评洪兴祖之论说：“呜呼！余观洪氏之论，其所以发屈原之心者至矣。然屈原之心，其为忠清洁白，固无待于辩论而自显，……夫屈原之忠，忠而过者也。屈原之过，过于忠者也。故论原者，论

---

① 司马迁：《史记·屈原列传》，《楚辞通释·附录》，《船山全书》第十四册，岳麓书社 1996 年版，第 452、453 页。

② 朱熹：《楚辞集注》，上海古籍出版社 1979 年版，第 241－242 页。

③ 杨金鼎主编：《楚辞评论资料选》，湖北人民出版社 1985 年版，第 123 页。

④ 王夫之：《楚辞通释·序例》，《船山全书》第十四册，岳麓书社 1996 年版，第 208 页。

⑤ 王夫之：《船山全书》第十四册，岳麓书社 1996 年版，第 212 页。

⑥ 刘勰：《文心雕龙·辨骚》，郭晋稀《文心雕龙注译》，甘肃人民出版社 1982 年版，第 48 页。

⑦ 朱熹：《楚辞集注》，上海古籍出版社 1979 年版，第 241－242 页。

其大节，则其它可以一切置之而不问。论其细行，而必其合乎圣贤之矩度，则吾固已言其不能皆合于中庸矣，尚何说哉！……盖原之所为虽过，而其忠终非世间偷生幸死者所可及。洪之所言，虽有未至，而其正终非雄、固、之推之徒所可比，余是以取而附之《反骚》之篇。”① 洪兴祖认为屈原忠其国而爱其君，为之慨然赴死，虽死犹生，班固、颜之推对屈原之“忠”的否定，“无异妾妇儿童之见”。朱熹以“余观洪氏之论，其所以发屈原之心者至矣”之语，表示了对洪兴祖之论的认同。在这则评论中，朱熹借洪兴祖之论和对洪论的评价，充分肯定了屈原的“忠清洁白”之心，给予了屈原之“忠”以崇高的价值评判。但同时又认为屈原虽大节纯全但细行有弊，不合圣贤矩度和中庸之道，并因此推出“过于忠”论：“夫屈原之忠，忠而过者也。屈原之过，过于忠者也。”

船山对朱熹的“过于忠”论似乎格外反感，以至于置楚辞学史上众多的非屈之词于不顾，单挑朱子论战，在《楚辞通释》中多次就“过于忠”论与朱子直接交锋：

《楚辞通释·离骚经》之卷首曰：

> 今按旧注所述，是篇之作，在怀王之世。原虽被谗见疏，而犹未窜斥。原引身自退于汉北，避群小之愠，以观时变，而冀君之悟。故首述其自效之诚，与怀王相信之素，谗人交构之由；而继设三端以自处，游志旷逸，舒其愁绪；然且临睨旧乡，蜷局顾眄，有深意焉。至于终莫我知后，有从彭咸之志，矢心虽夙，而固有待，未遽若《九章》之决也。夫以怀王之不聪不信，内为艳妾佞幸之所蛊，外为横人之所劫，沉溺瞀乱，终拒药石，犹且低回而不遽舍，斯以为千古独绝之忠。而往复图维于去留之际，非不审于全身之善术，则朱子谓其过于忠，又岂过乎！②

《楚辞通释·离骚经》评“陟升皇之赫戏兮，忽临睨夫旧乡。仆夫悲余马

① 朱熹：《楚辞集注》，上海古籍出版社1979年版，第242－243页。

② 王夫之：《楚辞通释》，《船山全书》第十四册，岳麓书社1996年版，第212页。

怀兮，蜷局顾而不行”句曰：

盖其忠爱之性，植根深固，超然于生死之外，虽复百计捐忘，而终不能遏。即以巫咸之告，于道无损抑，无以平其不已之情，而况比匪奸邪以求容，背去宗邦而外仕，曾足以动其孤贞哉。抑考郭景纯不屈于王敦，颜清臣不容于卢杞，皆尝学仙以求远于险阻，而其究皆以身殉白刃，则远游之旨，固贞士所尝问津，而既达生死之理，则益不昧其忠孝之心。是知养性立命之旨，非秦皇、汉武所得有事，而君子从容就义，固非慷慨轻生、奋不顾身之气矜决裂者所得与也。审乎进退者裕而志必伸，原之忠，岂忠而过乎！①

《楚辞通释·九昭》评《扃志》曰：

孤情自怵，不与古人同调，而举国无同心之侣。缄闭幽贞之志，千古而下，犹有谓其忠而过者，谁与发屈子之扃乎！②

客观地说，朱熹“过于忠”论虽囿于君臣矩度和中庸之道而未为笃论，但他充分肯定了屈原的“忠清洁白”之心和屈原之“忠”的价值；并且认为，“君子之于人也，取其大节之纯全，而略其细行之不能无弊”，“故论原者，论其大节，则其它可以一切置之而不问”，屈原之“忠而过”，虽“不能皆合于中庸”，但白璧微瑕，无伤大雅，无损屈原之伟大。③ 较之扬雄、班固、颜之推、刘献之等人对屈原之“忠”的批评，朱熹的评价要客观、公正得多。《汉书·扬雄传》载，扬雄在《反离骚·自序》中说：“先是时，蜀有司马相如，作赋甚弘丽温雅。雄心壮之，每作赋，常拟之以为式。又怪屈原文过相如，至不容，作《离骚》，自投江而死，悲其文，读之未尝不流涕也。以为君子得时则大行，不得时则龙蛇，遇不遇命也，何必湛身哉！”④ 扬雄伤悼屈原，表现出了对屈原的敬仰之情，但他从远祸全身的观念和宿命论的观点出发，

① 王夫之：《楚辞通释》，《船山全书》第十四册，岳麓书社 1996 年版，第 241－242 页。
② 王夫之：《姜斋文集》，《船山全书》第十五册，岳麓书社 1996 年版，第 156 页。
③ 朱熹：《楚辞集注》，上海古籍出版社 1979 年版，第 242－243 页。
④ 杨金鼎主编：《楚辞评论资料选》，湖北人民出版社 1985 年版，第 6 页。

认为君臣遇合应顺时应命，故其向屈原发出了“遇不遇命也，何必湛身哉！”的强烈反诘，表示对屈原之孤忠的否定。

王逸《楚辞章句》引班固《离骚序》云：“且君子道穷，命矣。故潜龙不见是而无闷，《关雎》哀周道而不伤，蘧瑗持可怀之智，宁武保如愚之性，咸以全命避害，不受世患。故《大雅》曰：‘既明且哲，以保其身。’斯为贵矣。今若屈原，露才扬己，竞乎危国群小之间，以离谗贼。然责数怀王，怨恶椒、兰，愁神苦思，强非其人，忿怼不容，沉江而死，亦贬洁狂狷景行之士。”① 班固认为，屈原“露才扬己，竞乎危国群小之间”，不知明哲保身；又“责数怀王，怨恶椒、兰”，有违君臣之道。故其“忿怼不容，沉江而死”，属“贬洁狂狷景行之士”的行为，不值得称道，彻底否定了屈原以身殉国行为的价值和意义。

颜之推在《颜氏家训·文章》中说：“自古文人，多陷轻薄：屈原露才扬己，显暴君过；宋玉体貌容冶，见遇绯优；东方曼倩稽滑不雅，司马长卿窃赀无操；……凡此诸人，皆翘秀者，不能悉纪，大较如此。”② 在颜之推看来，屈原的作品和行为，“露才扬己，显露君过”，陷于“轻薄”，故将其与宋玉、东方朔、司马相如等作家同等，归入轻薄文人的行列。刘献之更是对屈原进行直接谩骂，据《魏书·列传儒林》载，刘献之“曾谓其所亲曰：‘观屈原《离骚》之作，自是狂人，死其宜也，何足惜也！’”③

汪瑗在《离骚蒙引》中说：“呜呼！屈子之欲死，曷尝因其放乎？又曷尝死于水乎？若果因君之放逐而欲死，死而又投水，则扬雄之讥犹为恕之，虽谓千载之罪人可也，岂特不可为法而已哉！……苟因君之放逐而遽欲死亡，又何其不自重而迂阔之甚邪？”④

在《楚辞通释》中，船山对上述扬雄、班固等人的非议屈原之论，甚至颜之推、刘献之等人的诋毁屈原之词，一概弃而不论，却对朱熹的“过于忠”论耿耿于怀，单挑朱子论战。显然，船山责难朱熹“过于忠”论，绝非仅仅

① 杨金鼎主编：《楚辞评论资料选》，湖北人民出版社1985年版，第233－234页。

② 杨金鼎主编：《楚辞评论资料选》，湖北人民出版社1985年版，第29页。

③ 魏收：《魏书·列传儒林》，中华书局2016年版，卷八十四。

④ 杨金鼎主编：《楚辞评论资料选》，湖北人民出版社1985年版，第101页。

是为了维护屈原的形象。船山如此在意朱熹的“过于忠”论，应该有其深层次的原因。以下分而析之。

其一，船山反感朱熹的“过于忠”论，与其根深蒂固的忠君观念有关。船山出生于一个以儒家诗书传家的官宦世家，从小接受传统文学教育和熏陶，儒家忠君观念深入骨髓，并且有君国一体的思想，将忠君视为爱国之必须。船山在《读通鉴论·汉武帝》中明确表达了自己的忠孝观念：“唯我为子故尽孝，唯我为臣故尽忠。顾七尺之躬，耳目在体而心函于内，忠臣孝子，非以是奉君父，而但践其身心之则。”① 在明末清初君危天倾的特殊环境中，船山“自抱孤忠悲越石”②，毅然决然地践行儒家忠君之道。船山在《龙源夜话自序》中说：“九月，张献忠陷衡州，购索士绅，与伯兄夜走南岳之双髻峰。家君子已衰不能徒步，为伪吏所得，胁求夫之兄弟。先君子迫欲自裁。故交黄冈奚鼎铉陷贼中，力为辗转不能解，夫之乃刺腕傅毒出，与鼎铉谋脱先君子于难。”③ 船山誓死不与农民起义军合作，乃至于以“刺腕傅毒”的极端方式摆脱起义军的纠缠，以求不负君王。1644 年，李自成攻入北京，崇祯皇帝自缢身亡，船山“闻北都之变，数日不食，作《悲愤诗》百韵”④，后四续其韵，寄托自己的忠君之情和社稷沦亡之痛。

清顺治元年（1644），清军颁发剃发令。顺治二年（1645），多尔衮再次颁发剃发新令，规定全国官民限十日内全部剃发，不剃发按逆贼论斩，即所谓“留发不留头，留头不留发”。船山拒不听令，五十年不剃发，完发以终。晚年作《走笔赠刘生思肯》，诗中写道：“老觉形容渐不真，镜中身似梦中身。凭君写取千茎雪，犹是先朝未死人。”⑤ 船山为自己蓄留的满头白发（千茎雪）感到自豪，并以“先朝未死人”自居。至老，船山“自题铭旌曰：‘亡国孤臣船山王氏之柩。’自题遗像曰：‘把镜相看认不来，问人云此是姜斋。龟于朽后随人卜，梦未圆时莫浪猜。谁笔仗，此形骸，闲愁输汝两眉开。铅

① 王夫之：《船山全书》第十册，岳麓书社 1996 年版，第 152 页。
② 唐鉴题联：《船山全书》第十六册，岳麓书社 1996 年版，第 526 页。
③ 王夫之：《龙源夜话》，《船山全书》第十二册，岳麓书社 1996 年版，第 660 页。
④ 王敔：《大行府君行述》，《船山全书》第十六册，岳麓书社 1996 年版，第 73 页。
⑤ 王夫之：《姜斋诗集》，《船山全书》第十五册，岳麓书社 1996 年版，第 368 页。

华未落君还在，我自从天乞活埋。’……自志其墓曰：‘明遗臣行人王夫之字而农葬于此，其左则襄阳郑氏之所祔也。’铭曰：‘抱刘越石之孤忠而命无从致，希张横渠之正学而力不能企。幸全归于兹丘，固衔恤以永世。’”① 船山“抱刘越石之孤忠而命无从致”，有心报国而无力回天，虽为“亡国孤臣”，仍以明人自许，故国先君魂牵梦萦，耿耿忠心天地可鉴，此乃王敔所言“忠义激烈”②。

船山赞屈原之“忠”为“千古独绝之忠”，自言“有明王夫之，生于屈子之乡，而遭闵戢志，有过于屈原”③，与屈原“时地相疑，孤心尚相仿佛”④。在船山的观念中，忠君爱国及于极致亦不为“过”，君国之忠唯有不及而无所谓“过”，故船山对朱熹的“过于忠”论极为反感。

其二，船山力诋朱熹“过于忠”论，与其《楚辞通释》的创作意图有关。船山具有强烈的民族意识，他重夷夏之辨，以防夷狄乱夏。船山在《读通鉴论》卷十四《东晋哀帝》中说：“天下之大防二：中国、夷狄也，君子、小人也。非本未有别，而先王强为之防也。中国之与夷狄，所生异地，其地异，其气异矣；气异而习异，习异而所知所行蔑不异焉。乃于其中亦自有其贵贱焉，特地界分、天气殊，而不可乱；乱则人极毁，中国之生民亦受其吞噬而憔悴。防之于早，所以定人极而保人之生，因乎天也。君子之与小人，所生异种，异种者，其质异也；质异而习异，习异而所知所行蔑不异焉。乃于其中亦自有其巧拙焉，特所产殊类、所尚殊方，而不可乱；乱则人理悖，贫弱之民亦受其吞噬而憔悴。防之于滥，所以存人理而裕人之生，因乎天也。呜呼！小人之乱君子，无殊于夷狄之乱中国，或且玩焉，而孰知其害之烈也。”⑤ 船山认为，华夏与夷狄生存环境不同，禀性相异，生活习性有别。夷狄如同小人，华夏犹如君子，贵贱判然。夷狄之乱中国，就如同小人之乱君子。故华夏对于夷狄，应“因乎天”，防之于早，以“定人极而保人之生”，

---

① 王敔：《大行府君行述》，《船山全书》第十六册，岳麓书社1996年版，第76页。
② 王敔：《大行府君行述》，《船山全书》第十六册，岳麓书社1996年版，第76页。
③ 王夫之：《姜斋文集》，《船山全书》第十五册，岳麓书社1996年版，第147页。
④ 王夫之：《楚辞通释》，《船山全书》第十四册，岳麓书社1996年版，第208页。
⑤ 王夫之：《船山全书》第十册，岳麓书社1996年版，第502页。

避免中国之生民受夷狄之吞噬而憔悴。因此，船山坚决反对向进犯中国的异族示弱，以妥协、退让的方式解决民族冲突；主张武力对抗夷族“逾防”，对入侵中国者“殄之”“夺之”“掩之”。船山在《读通鉴论》卷二十六《唐文宗》中说：“夷狄既逾防而为中夏之祸矣，殄之而不为不仁，夺之而不为不义，掩之而不为不信。使恤彼相欺之香火，养患以危我社稷、杀掠我人民、毁裂我冠裳也，则太王当终北面于獯鬻，文王可永奉币于昆夷，而石敬瑭、桑维翰、汤思退、史弥远，允为君子矣。”①

船山尤其反感投身异族者，如其在《读通鉴论》卷十八《陈高祖》中说：“侯平不受琳之指麾，琳遂奉表于高洋，去华即夷，恶已大矣，犹曰高氏非吾仇也；以妻子陷入于关中，复奉表称臣而西向，身为盟主，二三其德，荏苒妻子之私爱，北面稽颡于杀吾君、亡吾国之索虏鲜卑；斯人也，陈主所蜂虿视之，不以为人类者也，而何能奉词以讨陈邪?”“失身于异类，则已无身矣，无身而君谁之君，父谁之父，遑及忠孝哉！且若琳者，则失身于异类而亦无据也，倏而禽，倏而人，妖魅而已矣。今有妖魅于此，衣冠粉泽，而遂乐推之以为人，非至愚者不然。”② 陈霸先废梁建陈，王琳拒绝臣服并兴兵讨伐，“赫然讨贼之义举”。但其后王琳拜北齐高洋为君，奉高洋之命伐陈。船山认为，王琳虽为梁王举兵讨贼，但“北面稽颡于杀吾君、亡吾国之索虏鲜卑”，“失身于异类”，“去华即夷，恶已大矣”，不仅不能以忠孝论之，连“人类”都算不上了，只能视之为衣冠粉泽的妖魅。

船山主张以武力征讨进犯中原之夷狄，反对向异族妥协，尤其厌恶臣服于异族的行为。而其时在中国文化中处于主导地位的儒家文化，在经过宋明理学的改造后，注重自省式的修心养性，形成了内敛型的文化品格，儒雅有余而血性不足，在民族危机面前显得疲软无力。程朱理学讲究“治心”，它只能从正面劝谕人们从善，只是告诉人们如何“内圣”，对恶者却既无防范亦无制约，可以修心养性却不足以制暴。在这一文化环境中，面对民族矛盾，绥靖、妥协思想在士人中泛滥，并逐渐滑向投降主义。清初贰臣的数量，超过

① 王夫之：《船山全书》第十册，岳麓书社1996年版，第990页。

② 王夫之：《船山全书》第十册，岳麓书社1996年版，第672－673页。

以往任何一个新立之朝。仅列入《清史·列传》之《贰臣传》的贰臣就达120余人，其中不乏钱谦益、龚鼎孳、吴伟业、冯铨、曹溶、孙可望等名士。清初的贰臣，并非都是忠君观念和民族意识淡薄的人。他们中的很多人，受到中庸内省、谦和儒雅文化精神的长期浸润，知民族大义但血性不足，缺乏刚烈之气和不屈不挠的斗争精神，在清人的威迫利诱之下，最终选择了妥协、投降。钱谦益就是这类贰臣的典型代表。顺治二年（1645），明朝礼部侍郎、南明弘光政权礼部尚书钱谦益降清。降清之后钱谦益官至清廷礼部侍郎，但他却身在曹营心在汉，于顺治六年（1649）致书南明桂王重臣瞿式耜，策划反清复明活动。其后又多次策反降清武将，并暗中资助郑成功反清。其所著《初学集》《有学集》中，亦多有攻击清朝的内容。钱谦益在民族大义问题上并不糊涂，但却在权宜、妥协中走向了贰臣之路，这与他的性格有关。据传，清顺治二年（1645）五月，清兵威逼南京。兵临城下之际，柳如是与钱谦益商议投水殉国，事到临头，钱谦益试了一下水，竟言“水太冷，不能下”，放弃了殉国之举。正是这种缺乏骨气和血性的性格，将钱谦益推向了贰臣之路。

钱谦益善权宜、尚妥协，故其对屈原以死殉国的刚烈行为难以理解，对屈原之忠行颇有微词。其《黄鹤岭侍御游恒山诗序》云：“上官大夫之谗屈原也，曰：‘每一令出，自伐其功。’信斯言也，则屈子之信而见疑，忠而被谤，固已昭然矣。既已谣诼相倾危矣，而又与之以名，甚矣。……或曰，上官子兰之谗屈原，疏斥之不用已尔，非如今之曲杀之也。东海君之托于游也，澹荡其迹以解众也。或曰，屈原之所遇暗主也，东海之所遇圣君也。昔之优人有言之者矣，东海君之爱其身也，以有待也。或曰，屈原仅一姊申申而詈余矣，东海君遗爱在三辅间，父老遗民，燕赵悲歌之士所至相慰藉其欤。夫陈词沅湘，行吟泽畔者，则有间矣。”① 钱谦益认为，屈原的孤忠行为不足为法，遭谗被放之人，应效仿东海翁张弼，坦荡放达以取信于众，自爱其身以待来时。这实际上就是主张以权宜之策远祸全身，否定竭诚尽忠的价值和意义。

面对血性不足、疲软无力的时代精神文化，船山一方面继承和发扬古代朴素唯物主义的优良传统，以“六经责我开生面”的创新精神，从哲学和政

① 杨金鼎主编：《楚辞评论资料选》，湖北人民出版社1985年版，第29页。

治危害上全面清算理学唯心主义，建立起别开生面的朴素唯物辩证法体系，以寻找复兴民族的政治动力；另一方面，船山致力于文化典籍的整理与阐释，试图从传统文化中寻求民族复兴的精神资源，给时代精神文化注入刚性与活力，振奋民族精神，号召救亡图存运动。楚辞作为楚文化的重要载体，负荷着刚烈雄健、奋发有为、百折不挠的荆楚文化精神。这种文化精神自楚而下在荆楚故地传承不辍，王船山生于屈子之乡，自然受到这种文化精神的濡染。而在民族危机深重、时代精神文化萎靡疲软的背景下，这种文化精神又正是救亡图存运动所需要的。因而，为了用刚健有为的文化精神来号召救亡图存运动，平生很少为古书作注的船山，在浩如烟海的古人作品中选择了楚辞，精心撰成《楚辞通释》。由于其时抗清的武装力量已经被清兵扫平，清朝已经统一天下，关于《楚辞通释》的创作意图，船山碍于时局不便明言，但却在作品中有充分表露。如其以“得屈、宋之遗风”[①]“绍楚辞之余韵”“广三楚之遗风”[②]解释选录《惜誓》《招隐士》《山中楚辞》等楚辞作品的理由，实际上已表明了传承楚文化精神的意图。

我们再回过头来看朱熹“过于忠”之说的立论理由。在《楚辞后语·反离骚》的尾评中，朱熹首引洪兴祖之论，再通过评述洪兴祖之论陈述了自己的观点和理由。洪氏认为：屈原自沉其身，是“自尽其爱君之诚”，故“死生毁誉，所不顾也”，有类于比干之以谏见戮。比干为纣王叔父，屈原为王族子孙，为人臣者可以三谏不从而去之，比干、屈原身为国王同姓则无可去之义，只有一死报君；屈原用智于无道之邦，不能明哲保身，是因为顾及同姓之臣的身份与恩义，就像善于用“愚”的宁武子亦用智于“有官守言责”之时，明哲保身的仲山甫亦曰“夙夜匪解，以事一人”一样，情势使然，非不贤也；屈原身被放逐犹不忍离去，是“楚无人焉，原去则国从而亡”的情形所致。故屈原“虽身被放逐，犹徘徊而不忍去，生不得力争而强谏死，犹冀其感发而改行”。屈原忧国爱君，虽死犹生，为“圣贤之变者”，“当与三仁（比干、箕子、微子）同称”。针对洪兴祖之说，朱熹评曰：

① 王夫之：《楚辞通释》，《船山全书》第十四册，岳麓书社1996年版，第429页。
② 王夫之：《楚辞通释》，《船山全书》第十四册，岳麓书社1996年版，第437页。

> 呜呼！余观洪氏之论，其所以发屈原之心者至矣。然屈原之心，其为忠清洁白，固无待于辩论而自显，若其为行之不能无过，则亦非区区辩说所能全也。故君子之于人也，取其大节之纯全，而略其细行之不能无弊。则虽三人同行，犹必有可师者，况如屈子，乃千载而一人哉！孔子曰："人之过也，各于其党。观过，斯知人矣。"此观人之法也。夫屈原之忠，忠而过者也。屈原之过，过于忠者也。故论原者，论其大节，则其他可以一切置之而不问。论其细行，而必其合乎圣贤之矩度，则吾固已言其不能皆合于中庸矣，尚何说哉！且凡洪氏所以为辨者三：其一，以为忠臣之行，发其心之所不得已者，而不暇顾世俗之毁誉，则几矣；其一，引仲山甫、宁武子事，而不论其所遭之时、所处之位有不同者，则疏矣；其一，欲以原比于三仁，则夫父师、少师者，皆以谏而见杀、见囚耳，非故捐生以赴死，如原之所为也。盖原之所为虽过，而其忠终非世间偷生幸死者所可及。洪之所言，虽有未至，而其正终非雄、固、之推之徒所可比，余是以取而附之《反骚》之篇。①

在这段评述中，朱熹赞同洪兴祖对屈原的总体评价和对屈原之"忠"的价值评判，认为洪氏之论"发屈原之心至矣"，屈原的忠清洁白之心，"无待于辩论而自显"。但朱熹同时认为，屈原虽大节纯全，却细行有弊，其弊在于"忠而过""过于忠"。其理由从其对洪氏之论的三点批评中可以看出：其一，以忠臣之行发自内心不能自已，无暇顾及世俗毁誉来替屈原的自沉其身行为辩说，不妥；其二，屈原与仲山甫、宁武子所遇之时和身份地位不同，不能类比；其三，比干、箕子被杀、被囚皆受之于命君，屈原不待君命而自沉其身，不能与比干、箕子同称。概而言之，朱熹"过于忠"论的立论理由是：屈原无视所遇之时，不顾自己的放臣身份，不计世间毁誉，未奉君命而捐生赴死，虽忠心可嘉，但思虑欠周，行为过激，没有谨守君臣规范和中庸之道。

朱熹的上述观点，在其在《楚辞集注·序》中亦有所表述，其文曰："原

① 朱熹：《楚辞集注》，上海古籍出版社1979年版，第242－243页。

之为人，其志行虽或过于中庸而不可以为法，然皆出于忠君爱国之诚心。原之为书，其辞旨虽或流于跌宕怪神、怨怼激发而不可以为训，然皆生于缱绻恻怛、不能自已之至意。虽其不知学于北方，以求周公、仲尼之道，而独驰骋于变风、变雅之末流，以故醇儒庄士或羞称之。然使世之放臣、屏子、怨妻、去妇，抆泪讴唫于下，而所天者幸而听之，则于彼此之间，天性民彝之善，岂不足以交有所发，而增夫三纲五典之重?"① 在朱熹的认识中，屈原的志行"过于中庸而不可以为法"，屈原的作品"跌宕怪神、怨怼激发而不可以为训"。究其原因，在于屈原"不知学于北方，以求周公、仲尼之道，而独驰骋于变风、变雅之末流"。很明显，朱熹实际上是在借评价屈原宣扬儒雅温驯的儒家文化精神。这种文化精神强调以理节情，处事中庸，要求人们谨守君臣上下之礼、伦理纲常之义，作温柔敦厚的谦谦君子；要求文学作品"发乎情，止乎礼义"，谨遵情感中和法则。套用闻一多《三盘鼓序》中的一句话，就是缺乏"药石性的猛和鞭策性的力"。这种文化精神强于内圣而弱于外王，在汉民族大厦将倾、江山易主的历史背景下，无异于消磨斗志、泯灭血性的精神麻醉剂。

船山与屈原旷世同情，深刻理解屈原至死不悔的"忠"，崇尚蕴含于楚辞中的刚烈雄健的文化精神，他注释楚辞是要用屈原式的"忠"去唤起汉人恢复江山社稷的意识，要用刚烈雄健、激越奋发的楚文化精神去一扫时代精神文化的萎靡之气。而朱熹"过于忠"论宣扬的是一种儒雅温驯的文化精神，这种文化精神与《楚辞通释》传承"屈、宋之遗风"，"绍楚辞之余韵""广三楚之遗风"的创作目的，与船山的文化精神取向背道而驰。两种文化精神在民族矛盾激化的历史背景下发生剧烈碰撞，故而船山对"过于忠"论耿耿于怀。至于扬雄、班固、颜之推、刘献之等人对屈原的非议甚至诋毁，虽未为笃论，但均囿于论人论事，没有上升到文化精神的层面，对时代精神文化的影响远不及朱熹"过于忠"论，与船山创作《楚辞通释》的意图没有直接的冲突，故船山弃而不论。

概而言之，船山在《楚辞通释》中力诋朱熹"过于忠"论，一是因为船

① 朱熹：《楚辞集注》，上海古籍出版社1979年版，第2页。

山“忠义激烈”，对故国先君之忠“有过于屈原”，自身即朱熹所说的“过于忠”者，在其的观念中，忠于君国唯有不及而无所谓“过”，“忠”及于极致亦不为“过”；二是因为船山创作《楚辞通释》的意图，是要以蕴含于楚辞之中的刚烈雄健、奋发有为、百折不挠的文化精神来号召救亡图存运动，给时代精神文化注入血性与活力，朱熹“过于忠”论所宣扬的儒雅温驯、中庸内省的文化精神，与《楚辞通释》的创作意图和船山的文化精神取向相左，故船山对“过于忠”论耿耿于怀，三番责之。

第三节　王船山以丹法释骚的立论依据及意图

清代注楚辞者甚众，大都借注释楚辞寄托社稷沉沦之痛、民族复兴之望。在此类著作中，王船山的《楚辞通释》最负盛名、最具特色。洪湛侯《楚辞要籍解题》称其为与蒋骥的《山带阁注楚辞》、戴震的《屈原赋注》鼎足而三的清代楚辞学著作[①]。然而，被誉为清代楚辞学扛鼎之作的《楚辞通释》，却又因以道家丹法释《远游》和《离骚》卒章而屡受诟病。如清代蒋骥在《山带阁注楚辞·余论》中说：“王姜斋训浮游求女为求汝，邅道昆仑以下皆寓意铅汞妙诀，‘西’魄宫，殆被黑风吹堕矣。”[②]“若王姜斋于东西南北之游，皆指为龙虎丹铅寓言，妖氛满纸，于《远游》本义不啻秦越，尤不足当识者一笑。”[③]谭承耕在《船山诗论及创作研究》一书中认为：“船山在楚辞研究中是有失误的。而最重大的失误，则是以道教丹法注释《远游》和《离骚》末段。”[④]中华书局上海编辑所《楚辞通释·前言》说：“书中也有许多解释很难使人同意，不但有许多驳杂不纯的地方，而且有一些解释却近于妄诞。最可非议的是他注释《远游》篇，完全采用魏伯阳、葛长庚、张平叔等

---

① 洪湛侯：《楚辞要籍解题》，湖北人民出版社1984年版，第161页。

② 蒋骥：《山带阁注楚辞·余论》，《船山全书》第十六册，《杂录之部乙》，岳麓书社1996年版，第532页。

③ 蒋骥：《山带阁注楚辞·余论》，《船山全书》第十六册，《杂录之部乙》，岳麓书社1996年版，第536页。

④ 谭承耕：《船山诗论及创作研究》，湖南出版社1992年版，第125页。

的铅汞、龙虎、炼已、铸剑、三花、五炁之说来阐发，其它各篇如《离骚》卒章也间或有这种道家的言论，这正如他在本书序例中所说‘后世不得志于时者，如郑所南、雪菴，类逃于浮屠。未有浮屠之先，逃于长生久视之说，其为寄焉一也’，他自己也是一样。他说：‘忠贞之士，处无可如何之世，置心澹定，以隐伏自处’，‘惟退而闲居，忘忧养性，自贵其生’，这些话可以证明他在隐伏时期确在实践这类养生之术的，不过他这样来解释《远游》篇，实不免穿凿附会，远离主题思想，无怪蒋骥批评他‘妖氛满纸’，‘殆被黑风吹堕’了。”① 周建忠在《王夫之〈楚辞通释〉及研究》一文中亦说：“《通释》的不足主要表现在用道家炼丹养气之说来解释富于想象的诗句。”② 如此等等，不一而足。

船山以丹法释骚，主要体现在其《远游》和《离骚》末章的释词中。船山在《楚辞通释·序例》中说：

> 《远游》极玄言之旨，非《诺皋》、《洞冥》之怪说也。后世不得志于时者，如郑所南、雪菴，类逃于浮屠。未有浮屠之先，逃于长生久视之说，其为寄焉一也。黄老修炼之术，当周末而盛，其后魏伯阳、葛长庚、张平叔皆仿彼立言，非有创也。故取后世言玄者铅汞、龙虎、炼己、铸剑、三花、五炁之说以诠之，而不嫌于非古。③

又船山在《远游》章解题中说：

> 所述游仙之说，已尽学玄者之奥。后世魏伯阳、张平叔所隐秘密传，以诧妙解者，皆已宣泄无余。盖自彭、聃之术兴，习为淌洸之寓言，大率类此。要在求之神意精气之微，而非服食烧炼祷祀及素女淫秽之邪说可乱。故以魏、张之说释之，无不吻合。④

---

① 中华书局上海编辑所：《楚辞通释·前言》，中华书局1959年版，第8页。
② 周建忠：《王夫之〈楚辞通释〉及研究》，《船山学刊》2004年第4期。
③ 王夫之：《楚辞通释》，《船山全书》第十四册，岳麓书社1996年版，第208页。
④ 王夫之：《楚辞通释》，《船山全书》第十四册，岳麓书社1996年版，第348页。

意即黄老修炼之术盛于周朝末年，《远游》中的游仙之说已尽得其奥秘。后世之丹法，皆仿周代黄老修炼术而立，并无创建。故以丹法释《远游》无不吻合。基于这一认识，船山不嫌丹法之非古而以其释《远游》章句。如其释“餐六气而饮沆瀣兮，漱正阳而含朝霞”句说：

此学仙之始事，其术所谓炼己也。六气：寒水、湿土、风木、燥金、君相二火也，于人为府藏之真气。餐者，保之于己，不泄用也。沆瀣，北方至阴幽玄之气。念不妄动，养气清微，则息不喘急，从踵而发，生于至阴之地也。①

又如船山释《远游》“指炎神而直驰兮，吾将往乎南疑。览方外之荒忽兮，沛罔象而自浮”句说：

炎神，南方朱雀，真汞之精，则神是也。南疑，神者疑有疑无者也。荒忽，寥廓之谓。言既未遐举上升，栖迟人间，而修炼不辍，又复加进，龙虎既合，而不死之道得。所以养太和而极变化者，则在调伏铅汞。盖魂魄本夫妻……而絪缊无间，功用全无，自然凑合，乃保合大还之极致也。②

船山认为，《离骚》卒章所云，“抑《远游》一篇所由作也”③；《离骚》卒章之旨与《远游》略同，故亦以丹法释之。④ 如其释《离骚》“朝发轫于天津兮，夕余至乎西极。凤皇翼其承旂兮，高翱翔之翼翼”句说：

发轫，运行也。天津，析木之津，在箕、斗之间，东北之隅，真铅之所生，气之海也。西极，魄之宫也。东方魂，北方气，魂乘气而游历以暎魄，自东徂北而西，所谓逆之则仙也。⑤

又其释“忽吾行此流沙兮，遵赤水而容与。麾蛟龙使梁津兮，诏西皇使

① 王夫之：《楚辞通释》，《船山全书》第十四册，岳麓书社 1996 年版，第 352 页。
② 王夫之：《楚辞通释》，《船山全书》第十四册，岳麓书社 1996 年版，第 362 页。
③ 王夫之：《楚辞通释》，《船山全书》第十四册，岳麓书社 1996 年版，第 238 页。
④ 王夫之：《楚辞通释》，《船山全书》第十四册，岳麓书社 1996 年版，第 348 页。
⑤ 王夫之：《楚辞通释》，《船山全书》第十四册，岳麓书社 1996 年版，第 240 页。

涉予”句说：

> 流沙，西方大津。赤水，南方真汞，神之舍也。魂映魄，魄不滞而流行以合于神，蛟龙为梁以渡魄而南。所谓龙吞虎髓，龙虎匹合，交构而与神遇，则三花聚顶矣。①

上述船山以丹法释骚的行为，被人们视为谬误，其理由有二，其一如吴汝纶所云：“神仙修炼之说，服丹度世之旨，起于燕齐方士，而成于汉武之代，屈子何由预闻之?”② 或如谭承耕所说：“道教创自东汉，屈原生当战国时期，何来道教之丹法呢?”③ 也就是说，屈原之世尚无养生修炼之丹法，王船山以后学注前人作品，失之偏颇。其二如谭承耕所言，屈原坚持先进的政治理想，坚持忠君爱国，与儒家思想基本近似，而与道家清静无为、小国寡民则大相径庭，至于与道家之求仙出世，则相差十万八千里，根本沾不上边。即屈原的思想可归于儒家，以道家之丹法阐发儒家之屈原的作品，显然有误。

事实上，以养生修炼术阐释《远游》者古已有之，船山并非首创之人。王逸《楚辞章句·远游》之“题解”云：“《远游》者，屈原之所作也。屈原履方直之行，不容于世。上为谗佞所谮毁，下为俗人所困极，章皇山泽，无所告诉。乃深惟元一，修执恬漠，思欲济世，则意中愤然，文采铺发；遂叙妙思，托配仙人，与俱游戏，周历天地，无所不到，然犹怀念楚国，思慕旧故，忠信之笃，仁义之厚也。是以君子珍重其志，而玮其辞焉。”④ 在这段文章中，王逸概括了《远游》篇“深惟元一，修执恬漠”的道家思想特征，指出了其“托配仙人，与具游戏”的修炼表现。不仅如此，在王逸的注文中还引述了与丹术有关的《陵阳子明经》中话：“餐吞日精，食元符也。《凌阳子明经》言：‘春食朝霞，朝霞者，日始出赤黄气也；秋食沦阴，沦阴者，日没以后赤黄气也；冬饮沆瀣，沆瀣者，北方夜半气也。夏食正阳，正阳者，南

① 王夫之：《楚辞通释》，《船山全书》第十四册，岳麓书社 1996 年版，第 240 页。
② 姚鼐：《古文辞类纂》，中国书店 1986 年版，第 1112 页。
③ 谭承耕：《船山诗论及创作研究》，湖南出版社 1992 年版，第 125 页。
④ 刘向编集、王逸章句：《楚辞》，中华书局 1991 年版（丛书集成初编），第 79 页。

方日中气也。并天地玄黄之气，是为六气。'"① 其他注文中使用的“元精”“元气”等术语亦为丹法用语。

朱熹在《楚辞集注·远游》“题解”中说：“屈原既放，悲叹之余，眇观宇宙，陋世俗之卑狭，悼年寿之不长，于是作为此篇。思欲制炼形魂，排空御气，浮游八极，后天而终，以尽反复无穷之世变。虽曰寓言，然其所设王子之词，苟能充之，实长生久视之要诀。”② 又《楚辞集注·远游》注“因气变而遂曾举兮，忽神奔而鬼怪。时仿佛以遥见兮，精皎皎以往来”句云：“《丹经》所谓‘服食三载，轻举远游，入火不焦，入水不濡，能存能亡，长乐无忧’者，此也。”③ 注文中所说的《丹经》中的句子实则出自魏伯阳的丹道著作《参同契》。④ 再如朱熹注《远游》中“餐六气而饮沆瀣兮，漱正阳而含朝霞”句说：“六气者，《陵阳子明经》言‘春食朝霞，朝霞者，日始出赤黄气也；秋食沦阴，沦阴者，日没以后赤黄气也；冬饮沆瀣，沆瀣者，北方夜半气也。夏食正阳，正阳者，南方日中气也。并天地玄黄之气，是为六气’。”⑤ 在这段注文中，朱熹同王逸一样，引丹术著作《陵阳子明经》释《远游》词句。可见朱熹明白无误地在用道家丹法释骚。

王逸、朱熹均为深谙历史文化的饱学之士，且王逸之世距楚辞的创作时代不远，此时先秦历史文化的面貌尚清晰可辨。因此，如果说船山由于某些特定的原因而失之偏颇尚在情理之中的话，王逸、朱熹与船山同犯以楚辞时代尚不存在的后学阐释楚辞作品的低级错误，中国历史上三位赫赫有名的文化大师在同一问题上集体失误，则无论如何是件令人难以置信的蹊跷之事。因此，我们有理由相信，船山以丹法释骚，即便可能在某些细节上出现闪失，但断不至于在文化层面上出现宏观的常识性错误。

相较于王逸、朱熹的泛泛而论，船山将《远游》阐释到了道教养生学的一个具体派别，即以修炼精、气、神为主旨的内丹派。船山认为：“王逸所云

① 刘向编集、王逸章句：《楚辞》，中华书局1991年版（丛书集成初编），第81页。

② 朱熹：《楚辞集注》，上海古籍出版社1979年版，第105页。

③ 朱熹：《楚辞集注》，上海古籍出版社1979年版，第107页。

④ 潘启明：《周易参同契解读》，光明日报出版社2005年版，第150页。

⑤ 朱熹：《楚辞集注》，上海古籍出版社1979年版，第107页。

与仙人游戏者，固未解其说，而徒以其辞耳。”[①] 也就是说，在船山看来，王逸的阐释只停留在字面意思上，未能深入阐释作品的深层含义。于是，为了揭示文中所蕴含的“学玄者之奥”，船山在比较了《远游》同魏伯阳的《参同契》、张伯瑞的《悟真篇》等内丹丹道著作之后，认为以魏、张之说解释《远游》，无不吻合，因而“不嫌于非古”，径以内丹术详释《远游》。

内丹术是一种以“天人合一”思想为理论，强调生命的自修内练，通过修炼“精、气、神”而达到强身健体、延年益寿，乃至长生不老、修炼成仙之目的的养生修炼方法，为后世气功的一种。内丹学的标志性著作为东汉末年魏伯阳的《参同契》。“所谓‘参同契’，便是说，丹道修炼的原理，与《周易》、《老子》的科学而哲学的原则，参得透彻了，便可了解它们完全是同一功用，‘如合符契’的。所以他（魏伯阳）便融会《周易》、黄老、丹道这三种学术共通的道理，著述这本《参同契》了。”[②] 也就是说，《参同契》融会了《周易》与黄老学术，其修炼原理与方法可以上溯到西周甚至更早。

从文献典籍看，《黄帝内经》则已记载了“真人”“至人”“圣人”的修炼境界，以及“提挈天地，把握阴阳，呼吸精气，独立守神，肌肉若一”和“积精全神”“移情变气”等修炼方法[③]；老子《道德经》中讲述了“归根复命”“深根固柢”的内炼理论，以及“或嘘或吹”“绵绵可其若存”的吐纳功法，并提出了“长生久视”“没身不殆”的修炼理想；《庄子》中亦有“天地与我并生，万物与我为一”的修炼理论，以及“心斋”“坐忘”“凝神”“守一”之类的内炼方法。1975 年在楚国故地长沙马王堆出土的战国初期文物《行气玉佩铭》，是我国现存最早的关于养生内炼术的文物，其铭文曰：“行气深则蓄，蓄则伸，伸则下，下则定，定则固，固则萌，萌则长，长则退，退则天。天几舂在上，地几舂在下。顺则生，逆则死。”[④] 全文共四十五字，寥寥数语，言简意赅，把行气导引的指导思想和修炼过程表达得清清楚楚。这表明到战国初期行气修炼的水平已达到了相当的高度。

---

① 王夫之：《楚辞通释》，《船山全书》第十四册，岳麓书社 1996 年版，第 348 页。
② 南怀瑾：《禅宗与道家》，复旦大学出版社 1991 年版，第 217 页。
③ 《黄帝内经·素问》卷一，中华书局 2014 年版。
④ 罗振玉：《三代古金文存》，中华书局 1983 年版，卷 20。

清代吴世尚《楚辞疏》亦认为，庄周、屈原之世，丹炼、仙游应该已经是一种客观存在的文化现象，其文曰：“《远游》虽屈原闲居无聊之极思，而实不过以畅《离骚》中后两段未竟之意也。然其中述王子言处，与末路结处数语，即为后世丹炼家之祖。而与《南华》所载，广成子之告黄帝者，若合符节。想古《三坟》、《五典》、《八索》、《九丘》，在南方者，南方好学之士，皆能读之。而上古以来神圣大美而外，亦必有所谓仙人之一类者，或能久而不死，或能蹈空游行。否则庄周、屈原何致而有此说也？”①

那么，后世内丹丹法与先秦时期的养生内炼术是否有直接的传承关系呢？台湾学者南怀瑾认为：“道家的学术，渊源于上古文化的‘隐士’思想，而变为战国、秦、汉间的‘方士’，复由秦、汉、魏、晋以后的神仙，再变为道教的道士，到了唐宋以后，便称为‘炼师’，这一系列的学术思想，但从表面看来，有了几个阶段的改变，而在实质上，却是一脉相承，并无多大的变更，只有循历史文化发展的途径，吸收其他外来的学术方法，扩而充之而已。道家学术思想的中心，便建筑在这一系列修炼的方法上，道教因袭道家的内容，也就是用这系列的学术思想做根基。”② 既如此，则可以说，魏伯阳、张伯瑞等人的内丹学与先秦时期业已成型的养生内炼术是一脉相承的，其传承过程中虽有其他学术方法的渗入，但在实质上“并无多大的变更”。因而，以后世魏伯阳、张伯瑞等人的内丹学阐释创作于战国时期的楚辞作品，庶无大谬。

上述结论正好印证了船山自己对以丹法释骚问题的解释：“黄老修炼之术，当周末而盛。其后魏伯阳、葛长庚、张平叔皆仿彼立言，非有创也。故取后世玄者铅汞、龙虎、炼已、铸剑、三花、五炁之说以诠之，而不嫌于非古。”③ “所述游仙之说，已尽学玄者之奥。后世魏伯阳、张平叔所隐秘密传，以诧妙解者，皆已宣泄无余。”④ 可见，船山以丹法释骚，是具有历史文化依据的审慎之论，并非主观臆断的无根游谈。

① 杨金鼎主编：《楚辞评论资料选》，湖北人民出版社 1985 年版，第 489 页。
② 南怀瑾：《禅宗与道家》，复旦大学出版社 1991 年版，第 217 页
③ 王夫之：《楚辞通释》，《船山全书》第十四册，岳麓书社 1996 年版，第 208 页。
④ 王夫之：《楚辞通释》，《船山全书》第十四册，岳麓书社 1996 年版，第 348 页。

关于学者们视船山以丹法释骚为重大失误的第二理由，也就是屈原的思想属于儒家，而船山却以道家学术释其作品，即“儒家的人怎么会讲起黄老的话”[①] 这一问题，得从楚文化的特殊性说起。楚人是华夏族祝融部落的后裔，周昭王之时开始南迁。南迁之初，楚作为周王朝的一个属国，仍与中原华夏诸族保持着密切的联系，楚文化也没有独立于华夏文化之外。但南迁之后的楚族，却屡遭周王朝的歧视、排斥和打击，周王朝视之若蛮夷，不允许其与诸夏平起平坐，更不允许楚族发展壮大。于是，处于华夏族和三苗夹缝中的楚族，在楚王熊绎的号召下，开始了“筚路蓝缕，以启山林”的独立开国创业的历程。在这个过程中，楚人以独立不羁而又开放进取的文化精神，兼取夷、夏文化之所强，不断吸收和消融中原华夏文化和南方土著文化的某些内容，逐渐形成了“亦夏亦夷，非夏非夷”的区域文化。到春秋之初，随着周王朝的日益衰弱和楚国实力的不断增强，楚王熊通便自号为王，楚与周彻底决裂，同中原诸夏的文化联系更加松散，楚文化的独特个性日渐凸显。因此，当中原大地诸子纷争、百家蜂起之时，南楚文化虽然不乏诸子学说的影子，但在南楚大地却始终没有形成中原地区那样泾渭分明的学术派别，南楚知识分子对诸子学说兼容并蓄，同一人身上可以诸学并存。因此，正如詹安泰所言：“把屈原思想派入某一家的思想体系，是不容易得出完全正确结论的。但是，如果从相互影响的角度看，则各家的思想学说，都或多或少对屈原有影响。”“它和阴阳家、道家、儒家、法家的思想都有合有不合。”[②] 殷光熹在《屈原思想流派辨》一文中亦认为：“如果从屈原与先秦诸子思想的影响来说，这些（按：关于屈原思想的儒家说、法家说、道家说）看来都可以成立；如果就整个思想体系看，硬派屈原的思想为某一家、某一思想体系，就值得商量。”[③] 冯友兰也认为屈原的儒家身份是一种“假象”，他在《再论〈楚辞〉中的哲学思想》一文中说：“汉朝以后的人用儒家思想解释屈原的作品，造成一个屈原是儒家的假象，以这种假象为前提，于是就说：‘儒家的人

① 冯友兰：《中国哲学史论》，山西人民出版社 1981 年版，第 176 页。
② 詹安泰：《屈原》，上海人民出版社 1957 年版，第 47 页。
③ 殷光熹：《屈原思想流派辨》，《思想战线》1981 年第 3 期。

怎么会讲起黄老的话呢？因此就说《远游》原来不是屈原的作品。”[①] 总之，屈原的思想中虽然有某些儒家思想的成分，但他毕竟不同于中原地区纯粹的儒家学者，在他身上儒、道可以并存，我们不能凭着屈原的儒家思想表现而无视作品中清晰可辨的道家思想内容，顺着以儒释骚的传统惯性，断言以道释骚为谬误。

值得一提的是，船山以丹法释骚，目的不在于宣扬道家养生之术，旨在证明屈原“非婞直忘身”之徒，其捐生赴死，“非不习于远害尊生之道”，[②]而是因为其“忠爱之性，植根深固，超然于生死之外”[③]，情不得已而一死以报君殉国。简而言之就是，船山以丹法释骚，意在申明屈原捐生赴死缘于忠爱之性而非不习尊生之道，以张扬屈原的“千古独绝之忠”。船山的这一意图，明确地显示于其《楚辞通释》的释文中。船山在《楚辞通释·远游》之解题中说：

> 王逸所云与仙人游戏者，固未解其说，而徒以其辞尔。若原达生知命，非不习于远害尊生之道，而终不以易其怀贞之死，则轶彭、聃而全其生理，而况汲汲贪生，以希非望者乎？志士仁人，博学多通而不迁其守，于此验矣。[④]

又船山在《楚辞通释·离骚经》中评“陟升皇之赫戏兮，忽临睨夫旧乡。仆夫悲余马怀兮，蜷局顾而不行”句曰：

> 得修性养命之术，与天为徒，精光内彻，可以忘物忘己矣。乃倏尔一念，不忘君国之情，欲禁抑而不能，则生非可乐，和不可久，魂离魄惨，若仆悲马怀，而远游之志顿息。……抑考郭景纯不屈于王敦，颜清臣不容于卢杞，皆尝学仙以求远于险阻，而其究皆以身殉白刃，则远游之旨，固贞士所尝问津，而既达生死之理，则益不昧其忠孝之心。是知养性立命之旨，非秦皇、汉武所得有事，而君

① 冯友兰：《中国哲学史论》，山西人民出版社 1981 年版，第 176 页。
② 王夫之：《楚辞通释》，《船山全书》第十四册，岳麓书社 1996 年版，第 348 页。
③ 王夫之：《楚辞通释》，《船山全书》第十四册，岳麓书社 1996 年版，第 241－242 页。
④ 王夫之：《楚辞通释》，《船山全书》第十四册，岳麓书社 1996 年版，第 348 页。

子从容就义，固非慷慨轻生、奋不顾身之气矜决裂者所得与也。①

再如船山释《远游》“欲度世以忘归兮，意恣睢以担挢。……泛容与而遐举兮，聊抑志而自弥”一节说：

> 大还已成，刀圭入口，将度世上升，不复游于人间。乃回顾故国，不忍即去。复抑志弭节，迟回于世，以寄其忧国望治之情。盖其愤世疾邪，厌时俗之迫厄而思游仙者，弗获已之心。而还念丹成以后，仍有不忍去者，素怀之不昧者也。②

从上述引述可以看出，船山反复表达同一意思：屈原得修性养命之术，达生死之理，亦曾有游仙之思，但君国之情难忘，忠孝之心不昧，故“博学多通而不迁其守”，终不以远害尊生之道易其怀贞之死。如此，则屈原的“千古独绝之忠”得以凸显。

船山以丹法释骚自有其文化依据和内在理路，但船山为理学名家，其学术文章以儒家正统自据，“侈谈金丹，似与生平不称；详言功法，亦恐有损令名。故注疏之间，难免含蓄，关键之处，多作隐喻，既阐发《远游》之幽微，亦回避与理学之矛盾。”③ 这样，不精通丹法者难得船山释文之要领，往往容易受以儒释骚传统的左右，凭直觉斥之为谬误。

概而言之，船山《楚辞通释》以丹法释《远游》及《离骚》末章，被人们认为有用后起之学释前贤作品、以道家学术解儒家著作之嫌，故视之为船山的重大失误。事实上，内丹学的标志性著作虽出自道家，但内丹丹法却源自先秦养生内炼术，在楚辞创作年代已基本成型；且屈原并非纯粹的儒家学者，在他的思想中诸学并存、儒道兼容。因此，船山以丹法释骚有其合理性，我们不能顺着以儒释骚的传统惯性，断言其为谬误。船山以丹法释骚，其意图在于申明屈原捐生赴死缘于忠爱之性而非不习尊生之道，以张扬屈原的“千古独绝之忠”。

---

① 王夫之：《楚辞通释》，《船山全书》第十四册，岳麓书社1996年版，第241－242页。
② 王夫之：《楚辞通释》，《船山全书》第十四册，岳麓书社1996年版，第361－362页。
③ 王沐：《我国早期内丹丹法著作〈楚辞·远游〉试析》，《中国道教》1983年第12期。

第四节 《楚辞通释》的诠释特色与其在清代的影响

船山《楚辞通释》被后世学者公认为清代楚辞学的扛鼎之作，在楚辞学史上拥有崇高的地位。洪湛侯《楚辞要籍解题》称其为与蒋骥的《山带阁注楚辞》、戴震的《屈原赋注》鼎足而三的清代楚辞学著作[①]，大体代表了学界的共识。然而，《楚辞通释》在清代并未产生重大影响，清代学者对其反应相当冷淡，终清一代，关于《楚辞通释》的评述，传世者仅见张仕可《楚辞通释·序》对《楚辞通释》的简论和蒋骥《山带阁注楚辞·余论》中的几则短评。另有丁光祺作于康熙四十七年（1708）的《刊楚词南华附识》，及王扬绪、王扬绩作于康熙四十八年（1709）的跋文，但二文仅见于湘西草堂本《楚辞通释》，其后各本均无，其文后世罕传。[②]《四库全书》收录清朝自创立至乾隆时代一百三十年间的楚辞学著作达十三种之多，占所录“楚辞类”著作总数的一半，具体篇目为：萧云从《钦定补绘离骚全图》、蒋骥《山带阁注楚辞》、毛奇龄《天问补注》、林云铭《楚辞灯》、李光地《离骚经注》和《九歌注》、方楘如《离骚经解》、顾成天《离骚解》、顾成天《楚辞九歌解》、顾成天《读骚别论》、林仲懿《离骚中正》、夏大霖《屈骚心印》、屈复《楚辞新注》、刘梦鹏《楚辞章句》。从收录篇目可以看出，许多乏善可陈之作赫然在目，却不录《楚辞通释》，可见《楚辞通释》在《四库全书》编辑之时影响不大、认同度不高。

康熙四十四年（1705），提督湖广学政潘宗洛作《船山先生传》，传中已提及《楚辞通释》。康熙四十八年（1709），王敔刊刻第一批船山遗书，《楚辞通释》的最早刻印本面世，书中附有张仕可洋溢着赞誉之情的序言。康熙五十二年（1713），蒋骥作《山带阁注楚辞》，卷首《采摭书目》中已有《楚辞通释》，《余论》亦有关于《楚辞通释》的批评话语。可见，至《四库全

① 洪湛侯：《楚辞要籍解题》，湖北人民出版社1984年版，第161页。

② 王夫之：《船山全书》第十四册，岳麓书社1996年版，第457、459页。

书》收编时，《楚辞通释》已刊行六十余年，并在社会上有所流传，并非深闭固藏的尘封之作。因而，《楚辞通释》不见于《四库全书》，无论是由于征集环节的疏漏还是《四库》馆臣的有意删汰，都说明其时《楚辞通释》在学界地位不高、影响有限。

由于船山在《楚辞通释》中借阐释楚辞抒发了自己的身世之哀和社稷沦亡之痛，委婉地表达了自己的民族思想和志节操守，隐含以荆楚文化精神冲击明清之际疲软无力的社会精神文化，为救亡图存运动注入精神活力的诗学意图，在清代特殊的社会背景之下有犯忌之嫌，因而，论及《楚辞通释》在清代遭受冷遇的原因，人们多归之于政治因素。然而，正如1959年中华书局版《楚辞通释·前言》所云："如果说屈原是用美人香草来寄托他的君国之思的话，则王夫之是以注释楚辞来发泄他的社稷沦亡之痛的。因为其旨隐，其辞晦，所以能够瞒过清朝统治者的耳目。当王夫之死后，司文衡的湖广提学使向他的儿子王敔征求遗书时，王敔审情度势，把触犯清朝忌讳的遗书深闭固藏，只把这《楚辞通释》和《庄子解》、《张子正蒙注》、《思问录》等几部无甚违碍的书拿出来。""因他在文章中处处托称屈原和楚国，所以竟连清朝统治都也被他瞒过了。"[①] 因为旨隐辞晦，《楚辞通释》自康熙四十八年（1709）王敔首次刻印始，其传播并没有受到明显的政治干预。乾隆年间四库馆开馆征书之时，被列入禁毁书目的船山著作有《船山自定稿》《五十自定稿》《六十自定稿》《七十自定稿》《夕堂戏墨》《夕堂永日绪论》《船山鼓棹》《五言近体》《七言近体》九种。《楚辞通释》虽未收入《四库全书》，但亦没有列入禁毁书目；清道光二十八年（1848），俞焜任分巡道，在衡阳补刻船山子集遗书五种，其中就有《楚辞通释》；同治四年（1865），曾国藩、曾国荃兄弟出资刊刻船山遗书，《楚辞通释》得以再次刊刻发行。因而，关于清代学界对《楚辞通释》反应冷淡的原因，即便政治因素的干预不能完全排除，也绝非主因。既如此，《楚辞通释》在清代遭受冷遇，应当说与其时的学术评价标准有关。因此，我们不妨从《四库全书》对所录楚辞作品的评价入手，以点及面，对清代的学术评价标准作一个大致的了解。

---

① 中华书局上海编辑所：《楚辞通释·前言》，中华书局1959年版，第4、7页。

《四库》馆臣纪昀认为：“夫汉儒以训诂专门，宋儒以义理相尚。似汉学粗而宋学精。然不明训诂，义理何由而知？概用诋诽，视犹土苴，未免既成大辂，追斥椎轮；得济迷川，遂焚宝筏。”① 从这种重考据轻义理的观念出发，《四库全书》对自汉代至清初的楚辞学著作进行了概述性的总体评价：“注家自东汉至宋，递相补苴，无大异词。迨于近世，始多别解，割裂补缀，言人人殊，错简说经之术，蔓延及于词赋矣。”② 基于这种认识，《四库全书》对自汉至宋的考据类楚辞学著作刻意褒扬，几乎全部收录，而对自宋至清初发挥义理之作则严格筛选、删汰甚众，并将这种重考据、轻义理的评价标准贯穿于具体的作品品评中。《四库全书》对王逸的《楚辞章句》评价很高，理由在于其“去古未远，多传先儒之训诂”，而论其不足，则曰“又往往举其训诂而不备列其考据”③，褒扬与批评，均不出考据学视野；宋代洪兴祖的《楚辞补注》，“列逸注于前，而一一疏通证明补注于后，于逸注多所阐发”，符合考据学的学术规范，而又弥补了王逸注“不甚详赅”之不足，故而受到《四库》馆臣的特别推崇，认为其“于楚辞诸注本之中，特为善本”④，评价之高，甚至超过了朱熹的《楚辞集注》；在《四库》馆臣看来，明代楚辞学著作或失于考证，或失之疏略，因而《四库全书》对其整体评价不高。明代楚辞学著作中唯一不被贬抑的是陈第的《屈宋古音义》。客观而论，不要说汪瑗《楚辞集解》等七种收录著作，就是被《四库全书》删汰的李陈玉《楚辞笺注》、陆时雍《楚辞疏》等，总体成就亦不在《屈宋古音义》之下，《四库全书》独尚《屈宋古音义》，大抵因为陈第此书考据翔实，有征实之风；在清代楚辞学著作中，《四库全书》最推崇的是蒋骥的《山带阁注楚辞》，理由有二：其一，“所注即据事迹之年月、道理之远近，以定所作时地，虽穿凿附会所不能无，而征实之谈终胜悬断。”其二，“驳正注释之得失，考证典故之异同，其间诋诃旧说，颇涉轻薄。如以‘少司命’为月下老人之类，亦几同戏

① 纪昀：《阅微草堂笔记》，中国文联出版社1996年版，第10页。
② 永瑢、纪昀：《四库全书总目》，中华书局1965年版，卷148。
③ 永瑢、纪昀：《四库全书总目》，中华书局1965年版，卷148。
④ 永瑢、纪昀：《四库全书总目》，中华书局1965年版，卷148。

剧，皆乖著书之体。而汰其冗芜，精其精要，亦自瑕不掩瑜。”①《四库全书》指出了蒋骥在明末清初以意为之的学术风气影响下难以避免的学术通病，即穿凿附会、流于轻薄等，但由于其长于考辨，故评之曰“瑕不掩瑜”。而对清初的其他楚辞学著作，如毛奇龄的《天问补注》、顾成天的《读骚别论》、屈复的《楚辞新注》等则颇有微词，理由大抵为“臆测”“武断”“以意为之”等。以上所举，不一而足，可以看出《四库全书》是以考据学的学术标准作为褒贬依据来衡量和评价历代楚辞学著作的。

《四库全书》的学术评价标准并非个案，而是在清代学风背景之下学界的普遍规则。明朝中叶以后，由于阳明后学的影响，许多学者不再致力于经典的研究，往往拾人牙慧，群相趋附，渐渐形成了“束书不观，游谈无根”的空疏学风。明亡之后，高谈性理所造成的空疏学风被提升到了“空疏误国”的高度遭到猛烈批判。从反对宋明理学家学无根底、束书不观的空疏学风出发，清初的顾炎武、黄宗羲、王夫之等学者，以“博学”“求实”“经世”为宗旨，以宋学为根柢，兼采汉学博证、务实学风，开启了“经世致用”的实学之风。他们以汉儒经学为宗，从语言文字训诂入手，开展文献审订、真伪辨别、校勘注疏，以阐释古代典籍为手段，发表自己的学术政治见解，把治学与当世之务结合起来，以求“经世之用”。但在清朝统治者的文化高压政策和利诱笼络手段的双重作用下，清初这种“经世致用”的实学之风，到康熙末年开始转变，至乾嘉时期发生了根本性变化。由于统治秩序尚未稳定，清初统治者对坚持民族气节的汉族知识分子在政策上尚有怀柔的一面，隐居不仕的明朝士大夫尚可以在一定范围内著述、讲学，文字狱与乾嘉二朝相比相对要少，处罚和株连的程度也相对较轻。自康熙末年始，统治者不断强化对意识形态领域的控制，实施了包括禁止结社讲学和大规模禁书、毁书等一系列措施在内的文化高压政策，文字狱的严酷程度空前绝后。在这种情况下，清初那种稽古问今、经世致用的学风被强行扭曲了。在实行文化高压政策的同时，清朝统治者还采取笼络手段，引诱知识分子钻进故纸堆，埋头做学问。如康熙十七年（1678）设博学鸿词科，笼络一批知名学者闭门编纂丛书、类

① 永瑢、纪昀：《四库全书总目》，中华书局1965年版，卷148。

书，从事古书的考证、校雠、注释和辑佚等，朱彝尊、陈维崧、毛奇龄、尤侗等均在其列。乾隆帝竭力鼓吹“稽古右文”，以引诱知识分子不问政治、专事稽古，除继续举行博学鸿词科考试外，还于乾隆十八年（1753）开《四库全书》馆，征召大批学者入馆编校古籍。

在上述背景下，学者们虽然继承了清初大师们的治学方法和研究内容，但却摒弃了“经世致用”的思想，他们把毕生精力投入到古籍的考证、校勘、注释、辑佚等工作中，稽古而不问今，为学问而学问。研究的方法陷入孤立、静止，注重对古代典籍的梳爬考证，忽视宏观研究和义理阐释。学术界逐渐形成了专注于文字、音韵、训诂，以考据为时尚的风气。这种风气虽以乾嘉二朝为盛，但却弥漫于整个清朝学界。

船山是传统学术从宋明理学向清代汉学转变的开山人物之一，其《楚辞通释》既延续了宋代义理探寻之风，又坚持实证的科学态度，体现了言必证实的治学精神，在训诂和考证上颇下功夫且成就斐然。但是船山毕竟不是专事稽古、为学问而学问的考据学家，其《楚辞通释》的创作主旨在于“绍楚辞之余韵”“广三楚之遗风”①，即以刚烈雄健、奋发有为的楚文化精神来号召救亡图存运动。因而，尽管《楚辞通释》采用了传统的笺注体例，继承了传统训诂学的原则和方法，但考据并非著作的重心所在，著作的侧重点在于文意阐发，尤其是文本精神的揭示，即张仕可所谓“用达微言”②。文字训诂只是揭示义理的手段，是为义理阐释服务的，故文字训诂虽不乏精辟之见，但往往十分简略。

《楚辞通释》这一主于义理阐释的特点，在王敔《大行府君行述》和张仕可《楚辞通释·序》中都有所表述。在《大行府君行述》中，王敔评述船山稗疏类著作时说：“于《四书》及《易》、《诗》、《书》、《春秋》，各有《稗疏》，悉考订草木鱼虫山川器服，以及制度同异、字句参差，为前贤所疏略者。盖亡考自少喜从人间问四方事，至于江山险要，士马食货，典制沿革，皆极意研究。读史读注疏，于书志年表，考驳同异，人之所忽，必详慎搜阅

① 王夫之：《楚辞通释》，《船山全书》第十四册，岳麓书社 1996 年版，第 437 页。

② 张仕可：《楚辞通释·序》，《船山全书》第十四册，岳麓书社 1996 年版，第 456 页。

之，而更以闻见证之，以是参驳古今，共成若干卷。”[①] 王敔评述船山《庄》《骚》注疏著作说：“又以文章之变化莫妙于《南华》，词赋之源流莫高于屈宋，《南华》去其外篇杂篇诃斥圣门之讹妄，其见道尚在狂简之列；屈子以哀怨沉湘，抱今古忠贞之恸，其隐情莫有传者，因俱为之注，名曰《庄子衍》、《楚辞通释》。更别作《庄子通》，以引漆园之旨于正。自作《九昭》，以旌三闾之志。”[②] 从上述引文可以看出，在评述船山稗疏类著作时，王敔着重介绍了船山稗疏类著作在考证方面所做的工作和取得的成就。而在介绍船山的《庄》《骚》注疏时，王敔全然不提考证，强调的是船山在传屈子之情、旌三闾之志、正漆园之旨方面的成就。两相比较可以看出，王敔已经注意到了《楚辞通释》注重义理阐释而不以训诂为事的诠释特点。再如张仕可在《楚辞通释·序》中说：“船山先生旷世同情，深山嗣响。赓著《九昭》，以旌幽志；更为《通释》，用达微言。攻坚透曲，剖璞通珠，啸谷凌虚，抟风揭日。盖才与性俱全于天，故古视今籍论其世。”[③] 所有的赞誉都聚焦于义理阐释，而未提及训诂、考据。

同时，《楚辞通释》采取“释”“评”结合的方法阐述文意，同一般考据学家的古书注本相比，有太多倾注个人思想观念和情感体验的主观评述，有类于司马迁之“发愤抒情”。除通行的在《序例》及各篇题解中进行总评之外，船山还常常在文意阐述的过程中借题发挥，直接发表自己的意见。如《楚辞通释·离骚经》中“陟升皇之赫戏兮，忽临睨夫旧乡。仆夫悲余马怀兮，蜷局顾而不行”四句之释文：

> 皇：天也。戏：与曦同；赫戏：光明之盛也。得修性养命之术，与天为徒，精光内彻，可以忘物忘己矣。乃倏尔一念，不忘君国之情，欲禁抑而不能，则生非可乐，和不可久。魂离魄惨，若仆悲马怀，而远游之志顿息。盖其忠爱之性，植根深固，超然于生死之外。虽复百计捐忘，而终不能遏。即以巫咸之告，于道无损抑，无以平

① 王敔：《大行府君行述》，《船山全书》第十六册，岳麓书社1996年版，第73页。
② 王敔：《大行府君行述》，《船山全书》第十六册，岳麓书社1996年版，第74页。
③ 张仕可：《楚辞通释·序》，《船山全书》第十四册，岳麓书社1996年版，第456页。

其不已之情，而况比非奸邪以求容，背去宗邦而外仕，曾足以动其孤贞哉。抑考郭景纯不屈于王敦，颜清臣不容于卢杞，皆尝学仙以求远于险阻，而其究皆以身殉白刃，则远游之旨，固贞士所尝问津。而既达生死之理，则益不昧其忠孝之心。是知养性立命之旨，非秦皇汉武所得有事。而君子从容就义，固非慷慨轻生，奋不顾身之气矜决裂者所得与也。审乎进退者裕而志必伸。原之忠，岂忠而过乎！①

这段释文总计二百七十余字，文字训诂仅占十四字，主体为义理阐释，且十之八九为表现个人思想观念和情感的主观评述。

再如船山释《招魂》中“湛湛江水兮，上有枫。目极千里兮，伤春心。魂兮归来，哀江南”句说：

哀，怜也。览江南春色如此，以游以畋，倍足娱人。而魂不归来，空伤千里之目，故招之使返，勿负此可怜之媚景。情词之凄恻，至此而极。俯仰江山风物，将来曼草之悲，今日萧条之怨，神余字外，千古犹为荐涕，而长与湘流同逝矣。②

除“哀，怜也”为注释外，其除文字皆为情文并茂的抒情性评述，主观感情色彩浓郁，寄托了作者的社稷沦亡之痛。

再如船山释江淹《爱远山》“若溘死于汀潭，哀时命而自惬”两句说：

不得于君，亦时命之适然，岂敢以怨怼君父哉？属文之道，以意为主；其情私者，其词必鄙，其气戾者，其言必倍。屈子忠贞笃于至性，忧国而忘生，故轮囷系伟于山川，灿烂比容于日月。而汉人以热中宠禄之心，欲相仿佛，婞怒猖狂，言同诅咒，清湘一曲，起泥滓之波，非但无病呻吟，如昔人所讥已也。淹生千岁之后，独能曲达其情，念系于君，而不与鸡鹜争粒粟之宠辱，故夕秀初含，

① 王夫之：《楚辞通释》，《船山全书》第十四册，岳麓书社 1996 年版，第 241 页。

② 王夫之：《楚辞通释》，《船山全书》第十四册，岳麓书社 1996 年版，第 416 页。

朝华已启，庶几温柔宽厚之旨，旷百世而嗣音矣。[①]

船山据江淹之文句而借题发挥，抒发了自己对屈原忠贞之性、忧国情怀和苏世独立品格的景仰之情；借江淹“旷百世而嗣音”，传达出了自己与屈原旷世同情的心声。整段文章未涉及文字训诂，全为主客评述。

《楚辞通释》的释文大抵如上文所述，表现出了“义理为体、训诂为用，释评结合、发愤抒情”的诠释特色。《楚辞通释》刊行于康熙末年，其时考据学已渐成气候，《楚辞通释》“义理为体、考据为用，释评结合、发愤抒情”的诠释特色与其时专注于微观考证的考据学风气相左，故而《楚辞通释》自刊行时起就难以引起学界的广泛关注。到《四库全书》编纂之时，考据学更是进入了鼎盛时期，在时代风尚的影响下，《四库》馆臣摒弃《楚辞通释》具有必然性。乾隆之后的整个清代，考据学一直是占据主导地位的学术方法，“所谓读人，便只好躲起来读经，校刊古书，做些古时的文章，和当时毫无关系的文章”[②]。整个学术界，无不走考据的途径，钻进故纸堆，操练纯学术。在这种背景下，不以考据为主体内容，试图通过阐释古代典籍达到“经世之用”目的的《楚辞通释》自然难以引起学者们的兴趣，故多弃而不论。

《楚辞通释》因与清代考据学风尚相左而遭受冷遇，从其在考据学始盛的乾隆朝前后的不同境遇可以得到印证。《楚辞通释》为世人所知，大概始于康熙四十三年（1704）湖广学政潘宗洛访求船山遗著。至康熙朝结束，《楚辞通释》面世的时间不过十八年。在这十八年的时间内，《楚辞通释》得以刊行，其传播虽然遭遇“无一有气力者为之推挽”[③] 的困境，但见于现存文献的评论仍有四种，分见于张仕可《楚辞通释·序》、丁光祺《刊楚词南华附识》、湘西草堂本《王扬绪王扬绩跋》和蒋骥《山带阁注楚辞·余论》。其中张仕可、丁光祺和王扬绪、王扬绩对《楚辞通释》予以了充分肯定和高度赞誉。如张仕可在《楚辞通释·序》中说：

楚三闾大夫扃志沉湘，遗文贲楚。《骚经》写百折之孤忠，《天

① 王夫之：《楚辞通释》，《船山全书》第十四册，岳麓书社1996年版，第449－450页。
② 鲁迅：《三闲集》，人民文学出版社1980年版，第21页。
③ 邓显鹤：《船山著述目录序》，《船山全书》第十六册，岳麓书社1996年版，第411页。

问》诘千秋之疑理。神以思通，作歌而侑；仙如可接，托赋斯游。鬼不能谋，詹尹之陈蓍漫托；人无同志，渔父之鼓枻忘言。是其回风之悲，于谁荡愤；而往日之惜，究于《怀沙》者也。从游若宋、景二子，瑰词仅托《招魂》；隔代有王、刘诸贤，呻吟要为无病。船山先生旷世同情，深山嗣响。赓著《九昭》，以旌幽志。更为《通释》，用达微言。攻坚透曲，剖璞通珠。啸谷凌虚，抟风揭日。盖才与性俱全于天，故古视今籍论其世。①

丁光祺在《刊楚词南华附识》中说：

先生没后之十余年，余与嗣君虎翁为儿女姻，乃稍稍得窥其遗编。先生之书，以羽翼《六经》、发明四先生之奥为主，而游心词赋，旁及子史，又先生之绪余也。祺少喜读《庄》、《骚》二书，苦不能解；近颇见有解此二书者，文义牵合附会，更不惬于心。得先生所著《楚辞通释》及手解《庄子》本，如获导引，以游武夷、天台，心醉神怡，莫名其胜。②

湘西草堂本《王扬绪王扬绩跋》云：

慨自三闾沉湘，而后辨者、招者、吊者、惜者、哀者、叹者、怀者、注者、谱者，不一其人，而旨蕴未悉。最后紫阳因赵丞相之没，为注《楚辞》以寄意，用传《三百篇》之法，然亦略而未详，故与王叔师、洪兴祖旧本并行于世，而后之别为解者仍踵相承焉。今者先生《通释》本出，是灵均千载而下特遇一知音也。其为绝世独立之士同，其为风雅擅代之才同，其为忠孝昭揭之……。③

蒋骥《山带阁注楚辞·余论》在微观层面对《楚辞通释》中的十余条释文提出了质疑、批评。如其在“离骚”条中说：“按《战国策》，靳尚说楚怀

① 张仕可：《楚辞通释·序》，《船山全书》第十四册，岳麓书社 1996 年版，第 456 页。
② 丁光祺：《刊楚词南华附识》，《船山全书》第十四册，岳麓书社 1996 年版，第 457 页。
③ 王扬绪、王扬绩：《王扬绪王扬绩跋》，《船山全书》第十四册，岳麓书社 1996 年版，第 459 页。

王出张仪，旋以随行为魏张旄所杀，而上官大夫至襄王时尚存，其为两人明甚。王叔师以为同列大夫上官靳尚，《史记正义》引以证原传，鹘突可笑，朱子驳之是矣。而王姜斋犹谓尚称上官，与原称三闾同，抑何鲁莽乎！”又说：“王姜斋训浮游求女为求汝，邅道昆仑以下皆寓意铅汞妙诀，‘西’指魄宫，殆被黑风吹堕矣。”[①] 又如其在“九歌”条中说：“《通释》又以为前十章送神通用之曲，不知十章中迎送各具，何烦更为蛇足也?”[②] 再如其在“远游”条中说“若王姜斋于东西南北之游，皆指为龙虎丹铅寓言，妖氛满纸，于《远游》本义不啻秦越，尤不足当识者一笑。”[③] 蒋骥之论虽为贬抑之词，但蒋骥既非船山故旧，又非湘籍人士，其能就细节问题发此评论，说明《楚辞通释》其时已流通于乡党故旧之外，在一定程度上引起了学界的关注。

以上例证说明，《楚辞通释》面世之后，在康熙朝的短短十八年之中，确乎产生了一定的影响，在一定程度上引起了学界的关注。自乾隆朝起，学界似乎无视《楚辞通释》的存在，不再有一言半语的评论。不仅如此，道光二十年（1840）邓显鹤主持刊刻守遗经书屋本《船山遗书》，亦将《楚辞通释》排除在外。《楚辞通释》境遇的变迁，与清代学风的转变是同步的。清朝前期，作为对明代游谈无根的空疏学风的反动，学界掀起了“经世致用”的实学之风，训诂、考证成为阐释典籍、揭示义理的重要手段。但清初“经世致用”的实学之风，从康熙末年开始发生变化，至乾隆时演变为专以考据为事、稽古而不问今的考据之风，影响及于清末。于是，自乾隆朝起，随着专事考据的乾嘉学风的兴盛，注重义理阐释而不以考据为事的《楚辞通释》，自然也就被人们所摒弃了。

需要说明的是，《楚辞通释》虽然重义理阐释而不以考据为事，但却尊重原文本义，力求“意言相属”，不做无根游谈。船山在《楚辞通释·序例》中说：“《经解》曰：‘属辞比事。’未有不相属而成辞者。以子属天，则为元

① 蒋骥：《山带阁注楚辞·余论》，《船山全书》第十六册，《杂录之部乙》，岳麓书社 1996 年版，第 532 页。

② 蒋骥：《山带阁注楚辞·余论》，《船山全书》第十六册，《杂录之部乙》，岳麓书社 1996 年版，第 534 页。

③ 蒋骥：《山带阁注楚辞·余论》，《船山全书》第十六册，《杂录之部乙》，岳麓书社 1996 年版，第 536 页。

后；以下属天，则为六寓。引而伸之，触类而长之，或积崇隆为泰华，成衍浩瀚为江海，卮出而不穷，必不背其属，无非是也。王叔师之释《楚辞》也异是。俄而可以为此矣，俄而可为彼矣，其来无端，其去无止。然则斯制也，其为孛星之欻见，行潦之忽涸乎？昧于斯旨，疑误千载。今此所释，不揆固陋，希达屈子之情于意言相属之际。疏川浍以入经流，步冈陵而陟绝巘，尚不迷于所往乎！"[①] 船山指出，诠释典籍可以"引而申之，触类而长之"，即可以引申和发挥，但引申、发挥不能脱离原文本义。像王逸《楚辞章句》那样"来无端""去无止"，游离于原文本意之外而任意发挥，则会产生"疑误千载"的严重后果。所以，船山申明自己诠释楚辞坚持"意言相属"的原则。由于船山坚持"意言相属"的诠释原则，故《楚辞通释》虽然主于义理阐释而不囿于考据，但却能"就文即事，顺理诠定"[②]，不做无根游谈。

概而言之，清代自康熙末年起，逐渐形成了专注于文字、音韵、训诂，稽古而不问今，以考据为时尚的学术风气。船山的《楚辞通释》虽然继承了传统训诂学的原则和方法，但重心却在义理阐释上。以考据学的学术标准衡量，《楚辞通释》"虽号称名著，但疏于文字、音韵、训诂之学"[③]，其"义理为体、考据为用，释评结合、发愤抒情"的诠释特色，与弥漫于清代学界的考据之风抵牾不合，故其虽颇具造诣，在清代却遭受冷遇，难以获得与其学术成就相当的学术地位，影响极为有限。

① 王夫之：《楚辞通释》，《船山全书》第十四册，岳麓书社1996年版，第207页。
② 王夫之：《楚辞通释》，《船山全书》第十四册，岳麓书社1996年版，第243页。
③ 于省吾：《泽螺居楚辞新证》，中华书局2003年版，第2页。

主要参考文献

[1] 王夫之：《船山全书》，岳麓书社 1996 年版。
[2] 张廷玉等：《明史》，中华书局 1974 年版。
[3] 赵尔巽等：《清史稿》，中华书局 1977 年版。
[4] 永瑢、纪昀等：《四库全书总目》，中华书局 1965 年版。
[5] 永瑢、纪昀等：《四库全书简明目录》，台北商务印书馆 1980 年影印本。
[6] 张寿林：《续修四库全书总目提要》，中华书局 1993 年版。
[7] 焦循：《孟子正义》，中华书局 1987 年版。
[8] 阮元等：《十三经注疏》，中华书局 1982 年版。
[9] 朱熹：《诗集传》，中华书局 2017 年版。
[10] 朱熹：《楚辞集注》，上海古籍出版社 1979 年版。
[11] 班固：《汉书》，中华书局 1962 年版。
[12] 司马光：《资治通鉴》，中华书局 1956 年版。
[13] 何文焕辑：《历代诗话》，中华书局 1981 年版。
[14] 丁福保辑：《历代诗话选编》，中华书局 1983 年版。
[15] 郭绍虞编：《中国历代文论》，上海古籍出版社 1979 年版。
[16] 洪湛侯：《楚辞要籍解题》，湖北人民出版社 1984 年版。
[17] 董治安主编：《两汉全书》，山东大学出版社 1999 年版。
[18] 张少康、卢永璘编选：《先秦两汉文论选》，人民文学出版社 1999 年版。
[19] 姚鼐：《古文辞类纂》，中国书店 1986 年版。
[20] 赵逵夫、韩高年主编：《历代赋评注》（汉代卷），巴蜀书社 2010 年版。

[21] 丁福保辑:《清诗话》，上海古籍出版社 1978 年版。
[22] 郭绍虞辑:《清诗话续编》，上海古籍出版社 1983 年版。
[23] 赵逵夫主编:《先秦文论全编要诠》，人民文学出版社 2010 年版。
[24] 朱迪光:《王船山学术思想研究论文著作目录索引》，湘潭大学出版社 2018 年版。
[25] 梁启超:《清代学术概论》，中国书籍出版社 2006 年版。
[26] 梁启超:《中国近代三百年学术史》，东方出版社 1996 年版。
[27] 钱钟书:《谈艺录》，中华书局 1984 年版。
[28] 钱仲联:《梦苕庵清代文学论集》，齐鲁书社 1983 年版。
[29] 王闿运:《湘绮楼日记》，岳麓书社 1997 年版。
[30] 纪昀:《阅微草堂笔记》，中国文联出版社 1996 年版。
[31] 李贽:《李贽文集》，社会科学文献出版社 2000 年版。
[32] 李贽:《焚书》，中华书局 1967 年版。
[33] 汤显祖:《汤显祖全集》，北京古籍出版社 1999 版。
[34] 江盈科:《明代诗话全编》，江苏古籍出版社 1997 年版。
[35] 袁宏道:《袁中郎全集》，世界书屋 2009 年版。
[36] 萧萐父、许苏民:《王夫之评传》，南京大学出版社 2002 年版。
[37] 刘春建:《王夫之学行系年》，中州古籍出版社 1989 年版。
[38] 张西堂:《明王船山先生夫之年表》，台湾商务印书馆 1978 年版。
[39] 侯外庐:《船山学案》，岳麓书社 1982 年版。
[40] 邓谭洲:《王船山传论》，湖南人民出版社 1982 年版。
[41] 嵇文甫:《晚明思想史论》，北京出版社 2016 年版。
[42] 嵇文甫:《王船山学术论丛》，中华书局 1962 年版。
[43] 张岱年等:《王船山学术思想讨论集》，湖南人民出版社 1984 年版。
[44] 王孝鱼:《船山学谱》，中华书局 2014 年版。
[45] 袁愈宗:《王夫之〈诗广传〉诗学思想研究》，中央编译出版社 2012 年版。
[46] 谭承耕:《船山诗论与创作研究》，湖南出版社 1992 年版。
[47] 陶水平:《船山诗学研究》，中国社会科学出版社 2001 年版。

[48] 杨松年:《王夫之诗论研究》，台湾文史哲出版社 1985 年版。
[49] 朱迪光:《王夫之诗歌创作考论》，中国社会科学出版社 2017 年版。
[50] 朱迪光:《王船山研究著作述要》，湖南大学出版社 2010 年版。
[51] 蒋寅:《清代诗学史》，中国社会科学出版社 2012 年版。
[52] 崔海峰:《王夫之诗学思想论稿》，中国社会科学出版社 2012 年版。
[53] 曾守仁:《王夫之诗学理论重构》，台湾大学出版中心 2011 年版。
[54] 萧驰:《抒情传统与中国思想——王夫之诗学发微》，上海古籍出版社 2003 年版。
[55] 张健:《清代诗学研究》，北京大学出版社 1999 年版。
[56] 朱易安:《中国诗学史（明代卷)》，鹭江出版社 2002 年版。
[57] 陈良运:《中国诗歌批评史》，江西人民出版社 2001 年版。
[58] 林庚:《中国文学简史》，北京大学出版社 1988 年版。
[59] 刘志盛、刘萍:《王船山著作丛考》，湖南人民出版社 1999 年版。
[60] 李剑波:《清代诗坛对宋诗范式的重建与创新》，中国社会科学出版社 2015 年版。
[61] 涂波:《王夫之诗学研究》，湖北人民出版社 2006 年版。
[62] 朱自清:《朱自清说诗》，上海古籍出版社 1998 年版。
[63] 汤显祖:《汤显祖全集》，北京古籍出版社 1999 年版。
[64] 林庚:《中国文学简史》，北京大学出版社 1988 年版。
[65] 钱谦益:《牧斋初学集》，上海古籍出版社 1996 年版。
[66] 钱谦益:《牧斋有学集》，上海古籍出版社 1985 年版。
[67] 黄宗羲:《黄宗羲全集》第十册，浙江古籍出版社 1994 年版。
[68] 王国维:《观堂集林》卷十，中华书局 1959 年版。
[69] 陈居渊:《清代朴学与中国文学》，百花洲文艺出版社 2010 年版。
[70] 王国维:《观堂集林》卷十，中华书局 1959 年版。
[71] 廖群:《〈诗经〉与中国文化》，东方红书社 1997 年版。
[72] 李泽厚:《美学三书》，安徽文艺出版社 1999 年版。
[73] 赖力行:《中国古代文论史》，岳麓书社 2000 年版。
[74] 焦循:《孟子正义》，中华书局 1987 年版。

[75] 王长华:《诗论与子论》,学苑出版社 2001 年版。
[76] 萧华荣:《中国古典诗学理论史》,华东师范大学出版社 2005 年版。
[77] 萧华荣:《中国诗学思想史》,华东师范大学出版社 1996 年版。
[78] 袁宏道:《袁宏道集笺》,上海古籍出版社 2008 年版。
[79] 郭晋稀:《文心雕龙注释》,甘肃人民出版社 1982 年版。
[80] 钱谦益:《列朝诗集小传》,中华书局 1961 年版。
[81] 刘毓庆:《从经学到文学——明代〈诗经〉学史论》,商务印书馆 2001 年版。
[82] 叶燮:《原诗》,人民文学出版社 1979 年版。
[83] 黄汝城等:《日知录集释》卷七,清道光十四年(1834)刊本。
[84] 何光岳:《楚源流史》,湖南人民出版社 1988 年版。
[85] 张正明:《楚文化史》,上海人民出版社 1987 年版。
[86] 李中华、朱炳祥:《楚辞学史》,武汉出版社 1996 年版。
[87] 中华书局上海编辑所:《楚辞通释》,中华书局 1959 年版。
[88] 蒋骥:《山带阁注楚辞》,上海古籍出版社 1984 年版。
[89] 刘向编集、王逸章句:《楚辞》,中华书局(丛书集成初编)1991 年版。
[90] 南怀瑾:《禅宗与道家》,复旦大学出版社 1991 年版。
[91] 冯友兰:《中国哲学史论》,山西人民出版社 1981 年版。
[92] 詹安泰:《屈原》,上海人民出版社 1957 年版。
[93] 潘启明:《周易参同契解读》,光明日报出版社 2005 年版。
[94] 于省吾:《泽螺居楚辞新证》,中华书局 2003 年版。
[95] 秦秋咀:《王夫之诗学体系研究——以“诗情流动”为中心》,湘潭大学出版社 2018 年版。
[96] 吴海庆:《船山美学思想研究》,河南人民出版社 2004 年版。
[97] 叶朗:《中国美学史大纲》,上海人民出版社 1985 年版。
[98] 石朝辉:《情与贞的交织:对王船山诗学的一种解读》,湖南人民出版社 2015 年版。
[99] 李一鸣:《诗际幽明:王船山诗学研究》,知识产权出版社 2019 年版。
[101] 刘春建:《王夫之学行系年》,中州古籍出版社 1989 年版。

[102] 吴立民、徐荪铭：《船山佛道思想研究》，湖南出版社 1992 年版。
[103] 吴乃恭：《船山理论范畴》，吉林人民出版社 2002 年版。
[104] 萧平汉：《理想与现实：王夫之历史哲学研究》，中央文献出版社 2009 年版。
[105] 谢芳：《王夫之经济伦理思想研究》，中国社会科学出版社 2018 年版。
[106] 熊考核：《王船山美学》，中国文史出版社 1991 年版。
[107] 吴戬：《沈德潜宋诗观探微》，南开大学出版社 2018 年版。
[108] 郜积意：《经典的批判——西汉文学思想研究》，东方出版社 2000 年版。
[109] 李剑波：《清代诗学话语》，岳麓书社 2007 年版。
[110] 鱼宏亮：《知识与救世：明清之际经世之学研究》，北京大学出版社 2008 年版。
[111] 吴调公：《古典文论与审美鉴赏》，齐鲁书社 1985 年版。
[112] 鲁洪生：《诗经学概论》，辽海出版社 1998 年版。
[113] 易重廉：《中国楚辞学史》，湖南出版社 1991 年版。
[114] 王泽应：《船山伦理与西方近代伦理比论》，国际展望出版社 1991 年版。
[115] 陈良运：《中国诗学体系论》，中国社会科学出版社 1992 年版。
[116] 王运熙：《中国文学批评通史》，上海古籍出版社 1996 年版。
[117] 袁行霈等：《中国诗学通论》，安徽教育出版社 1994 年版。
[118] 王英志：《清人诗论研究》，江苏古籍出版社 1986 年版。
[119] 朱则杰：《清诗史》，江苏古籍出版社 2000 年版。
[120] 梁启超：《近代学风之地理分布》，《清华大学学报》，1924 年第一卷第 1 期。
[121] 洪涛：《以情为本：理欲纠缠中的离合与困境——晚明文学主情思潮的情感逻辑与思想症状》，《南京大学学报（社会科学版）》2009 年第 4 期。
[122] 陈建生：《知始则知化——评船山诗论及其历史观》，《徐州师范学院学报（哲学社会科学版）》1989 年第 3 期。

[123] 刘志盛：《王船山著作版本源流考（一）》，《求索》1981年第3期。
[124] 刘志盛：《王船山著作版本源流考（二）》，《求索》1982年第1期。
[125] 殷光熹：《屈原思想流派辩》，《思想战线》1981年第3期。
[126] 王沐：《我国早期内丹丹法著作〈楚辞·远游〉试析》，《中国道教》1983年第12期。
[127] 陶水平：《流派·个性·风格——评王夫之反“门庭”观的诗学理论得失》，《东南大学学报（哲学社会科学版）》2000年第3期。
[128] 杨宁宁：《王夫之诗情论辨正》，《北京师范大学学报（社会科学版）》2017年第4期。
[129] 刘疏影、吴建民：《古代诗歌本体论之三种命题》，《河池学院学报》2011年第4期。
[130] 毛正天：《中国古代诗学的“诗本体论”》，《湖北民族学院学报（社会科学版）》1993年第4期。
[131] 李中华：《论船山文学精神》，《船山学报》1987年第1期。
[132] 李中华：《船山诗论中的艺术原则》，《船山学报》1984年第2期。
[133] 崔海峰：《从王夫之看“温柔敦厚”的诗教观》，《船山学刊》2008年第3期。
[134] 袁愈宗：《从〈诗广传〉看王夫之的诗情观》，《船山学刊》2005年第2期。
[135] 陶水平：《船山诗学形成的个人语境述论》，《船山学刊》2000年第2期。
[136] 谭承耕：《“修文以函情”、“治情以治国”——船山对诗歌社会作用的认识》，《船山学刊》2008年第3期。